『十四五』时期国家重点出版物出版专项规划项目

中国现代文学馆馆藏文物文献研究

2020—2021卷

中国现代文学馆 编

西苑出版社
XIYUAN PUBLISHING HOUSE
·北京·

图书在版编目（CIP）数据

中国现代文学馆馆藏文物文献研究. 2020—2021卷 / 中国现代文学馆编. -- 北京 : 西苑出版社, 2022.9
ISBN 978-7-5151-0849-0

Ⅰ. ①中… Ⅱ. ①中… Ⅲ. ①中国文学－现代文学史－研究 Ⅳ. ①I209.6

中国版本图书馆CIP数据核字(2022)第133367号

中国现代文学馆馆藏文物文献研究（2020—2021 卷）
ZHONGGUO XIANDAI WENXUEGUAN GUANCANG WENWU WENXIAN YANJIU (2020—2021 JUAN)

策划编辑	赵　晖
责任编辑	辛小雪
装帧设计	黄　尧
责任印制	陈爱华
出版发行	西苑出版社 XIYUAN PUBLISHING HOUSE
地　　址	北京市朝阳区和平街11区37号楼　邮政编码：100013
电　　话	010-88636419
印　　刷	三河市嘉科万达彩色印刷有限公司
开　　本	710mm×1000mm　1/16
字　　数	252千字
印　　张	20.5
版　　次	2022年11月第1版
印　　次	2022年11月第1次印刷
书　　号	ISBN 978-7-5151-0849-0
定　　价	88.00元

前　　言

中国现代文学馆是在巴金先生倡议下，在一大批著名作家、学者响应下，于1985年成立的国家级文学馆。从成立之日起，它就是世界上规模最大的文学博物馆。

中国现代文学馆的重要功能，是征集、保管、展览、研究中国现当代文学书籍、期刊以及作家的手稿、书信、日记、照片、音像等资料，以此为文化的传承提供服务。

三十七年来，在海内外作家及其亲属，以及学者的襄助下，中国现代文学馆的馆藏文物、档案数量已达90余万件，其中作家手稿书信类8万余件，初版本图书16000多种、创刊号期刊1000多种、书画2600余件、实物 1 万余件。用巴金先生的话来说，这些都是“蕴藏中国人民美好心灵的丰富矿藏”。

我们已经整理出版了“中国现代文学馆馆藏珍品大系”“中国现代文学馆钩沉丛书”“中国现代文学馆研究丛书”以及“中国现代文学馆青年批评家丛书”，希望能为研究者和读者提供一个通往作家作品、文学流派乃至社会思想史、心灵史的路径。

为方便读者进一步了解中国现代文学馆，我们决定出版文学馆员工们的馆藏研究成果。多年来，我们的员工与这些珍贵的文物朝夕相处。他们熟悉、珍惜这些文物，在业余时间为它们写下的宝贵的文字，已经成为人们了解馆藏状况的重要资料。此次，我们也收录了高校老师研究馆藏文物的论文。我们愿意进一步加强与高校和学术机构的联系，促进馆藏研究走向深入。

李　洱

目　录

计文君

倩谁记去做奇传
——端木蕻良长篇历史小说
曹雪芹创作研究

计文君

小说家，文学博士，中国现代文学馆研究员，北京大学曹雪芹美学艺术研究中心专家委员会委员，北京曹雪芹学会理事。出版有小说集《化城喻》《问津变》《白头吟》《帅旦》《剔红》等，曾获人民文学奖、杜甫文学奖、郁达夫小说奖等奖项，出版有《红楼梦》研究专著《曹雪芹的遗产——作为镜像和方法的世界》《曹雪芹的疆域——〈红楼梦〉阅读接受史》等多部。

01 倩谁记去做奇传

——端木蕻良长篇历史小说《曹雪芹》创作研究

计文君

一

端木蕻良的创作延续了六十多年，跨越中国现代和当代两个文学时期。1978 年，他开始了长篇历史小说《曹雪芹》的创作。1979 年，《曹雪芹》上卷开始在香港《文汇报》上连载，第二年由北京出版社出版。这部小说面世之后引起了广泛的关注，社会反响强烈，随即加印。《曹雪芹》中卷，在其夫人钟耀群的协助下于 1983 年完成，1985 年出版。令人遗憾的是，下卷的创作并不顺利，到端木蕻良 1996 年去世，依然没能面世。[①]

翻检端木蕻良 20 世纪 80 年代的通信，他在与文学界、出版界的朋友

① 曹革成:《端木蕻良年谱》，沈阳：春风文艺出版社，2020 年。本文涉及端木蕻良的纪年信息，皆引自此书。

通信中，多次提到了《曹雪芹》这部小说的创作和出版情况。[①]1986年的信中他表示，《曹雪芹》下卷“即将完稿”，但这个“即将”，延宕了10年，终未完成。

长篇历史小说《曹雪芹》，是20世纪的小说家端木蕻良对那位中国18世纪伟大前辈同行的文学想象，也是他对《红楼梦》这部经典全部理解的叙事呈现。有论者认为端木蕻良是一位“期待深入研究的作家”[②]，《曹雪芹》作为其晚期重要作品，虽未完成却独具价值。本文通过对该作品上卷、中卷和作家留下的相关资料的分析研究，希望能帮助我们更为深入、全面地认识端木蕻良的创作。

二

曹雪芹无传。

生前没人给曹雪芹写传记，身后没人给他写行述，甚至他的名字都不曾在官方档案中出现。经由几代研究者的苦心搜寻，凭借非常有限的史料和合理推定，我们大致能够拼接、勾勒出曹雪芹的身世和生活轨迹。但严格地说，迄今为止，我们并没有获得任何关于曹雪芹本人的信史资料。

端木蕻良对《红楼梦》和它的作者有着相当深入的研究和了解，他认为自己是“与《红楼梦》有血缘关系的作家”，他在各个历史时期都有论红文章，后来结集出版，书名为《红泥煮雪录——端木蕻良说〈红楼梦〉》。从这本书中，我们可以很清晰地看到，端木蕻良自少年至暮年都对《红楼梦》

① 通信内容来自中国现代文学馆馆藏资料“端木蕻良八十年代的书信”。

② 张立群：《一个期待深入研究的作家》，《文艺报》，2015年3月20日。

和曹雪芹充满了热爱和自己的思考。他在《曹雪芹》上卷前言中坦言："想写长篇小说《曹雪芹》是很早的事了。……本来这个题材，是属于社会的。曹雪芹本人的接触面是那么广泛，他的思想，又有极为深远的继承性，应该坦率地承认，囊括这么浩瀚的素材，绝不是我一个人所能承担得了的。没有最初的和今后的广大助力，我是没法完成的。"①

在端木蕻良的构想中，这部名为《曹雪芹》的历史小说，是一个庞大而艰难的工程。他要建构出那个"大变革的时代"，那个"挥金如泥的盛世"和"锦绣成灰的前夕"，要把他的主人公曹雪芹放在"时代的旋涡"里来写。同时，端木蕻良也把《红楼梦》的作者曹雪芹，放在一个古代思想谱系中来定位："在曹雪芹前面有过王夫之，蒲松龄；和他同时代的有戴震，吴敬梓。他们通过社会实践，树立了崇高的思想典范。还可以追溯得更远些，施耐庵、罗贯中、吴承恩、关汉卿、汤显祖等，都曾为曹雪芹开辟了道路。"②在端木蕻良梳理的这条思想谱系中，主要涵盖了唯物思想、反抗精神、崇情观念，充满主观能动性的审美创造原则。这一点也可以从端木蕻良写的诸多文章中得到印证，如《王夫之与曹雪芹》《曹雪芹师楚》《曹雪芹和戴震》《曹雪芹和孔夫子》《曹雪芹的情欲观》《曹雪芹的朴素的唯物主义思想》等。这是端木蕻良对《红楼梦》作者曹雪芹的理解：曹雪芹继承了中国历代进步的哲学思想和文学观念，并且以"集大成"的姿态成为"典范"。他在小说创造中也贯彻了这一理解。

从创作动机来分析，端木蕻良想要塑造一个有血有肉的曹雪芹，因为这个不同凡响的生命个体为我们奉献了后来成为中国文学正典的《红楼

① 端木蕻良：《曹雪芹·前言》，《曹雪芹》，北京：北京出版社，1980年，第13页。

② 端木蕻良：《曹雪芹·写在蕉叶上的信》，《曹雪芹》，北京：北京出版社，1980年，第3页。

梦》。用小说的形式来完成对曹雪芹的想象，不只是代偿地满足长久以来读者对《红楼梦》作者了解的渴望，更为深刻的意义是，曹雪芹的人生与《红楼梦》的诞生是一体两面的问题。端木蕻良知道自己创作这部以曹雪芹为主人公的历史小说，不只是要生动形象地展现曹雪芹的精神情感世界，同时也是在回答一个难题：《红楼梦》这部百科全书式的伟大作品是如何创作出来的。

按照这样的构想，《曹雪芹》应该是一部比《红楼梦》更“大”的作品：更为广阔的社会图景、更为多元的人物身份、更为复杂的思想情感……我们从端木蕻良留下的大量的史料、档案，以及民俗、文化等方面的研究资料来看，他为这部作品做了大量的准备。即便如此，与他自己设定的叙事目标相比，依然是不够的。这也就可以理解作家为什么在上卷出版的卷首，发出“浩瀚”的喟叹了。

除了宏大的叙事目标构成的压力，还有一重由于《红楼梦》带来的无形压力。端木蕻良作为现当代文学史上有过重要作品的小说家，选择了这样一个自带特殊关注度的题材——曹雪芹。经由整个现当代各个文学时期的建构，曹雪芹已经是“封王成圣”的中国古典小说第一人，他的背后，站着“显学”红学和正在形成的“曹学”。所以端木蕻良的创作从动笔肇始，就有些不由自主的“沉重”。

端木蕻良在不止一篇文章中强调：“我写的是长篇历史小说，不是在写曹雪芹的传记。”[①]“请允许我再啰唆一遍，我不是写传记，我是写小

① 端木蕻良：《红泥煮雪录——端木蕻良说〈红楼梦〉》，南京：江苏文艺出版社，2010年，第251页。

说。”[1] 作家之所以再三提到这一点，除了为自己的小说创作争取到虚构或者杜撰的天然“合法”权力，同时也在强调，自己的小说关心的并不是真实的历史中那位名霑号雪芹的曹家后人，而是“《红楼梦》的作者”。因此端木蕻良才说，“通过《红楼梦》，使人们心目中对曹雪芹已经具备了不可磨灭的印象。他已经生活在我们的心里，人们都在心中早已为他立起了不朽的丰碑……每个人都会按照自己的理解，创作出一个曹雪芹的形象来，我不过是其中一个罢了。”[2] 他又以荷马为例分析，认为无论这是一个行吟诗人的名字，还是几个诗歌的收集者的名字，都不妨碍我们对于荷马史诗的欣赏，也无损于荷马的形象——一个前无古人后无来者的盲诗人的伟大形象。

按照端木蕻良的理解，他所创作的历史小说《曹雪芹》，从根本上说，不是“曹雪芹传”，而是“《红楼梦》传”。作家要通过这部历史小说，来演绎《红楼梦》这样一部巨著是如何诞生的。

三

1980 年 7 月，《曹雪芹》上卷已经出版，到哈尔滨参加《红楼梦》学术研讨会的端木蕻良在松花江畔的友谊宫写了一封给单复的信，集中谈到了正在写作的中卷和构思中的下卷。上卷中，曹雪芹还是个少年，后面自然要写青年和中年的曹雪芹。端木蕻良说：“无须我来提，大家都会想到：

① 端木蕻良：《曹雪芹·前言》，《曹雪芹》，北京：北京出版社，1980 年，第 18 页。

② 端木蕻良：《长篇小说〈曹雪芹〉序之三》，《红泥煮雪录——端木蕻良说〈红楼梦〉》，南京：江苏文艺出版社，2010 年，第 259 页。

曹雪芹的爱情悲剧应该是怎样的？曹雪芹写《红楼梦》的过程是怎样的？曹雪芹的艺术构思和对客观事物的认识是怎样形成的？最主要的，作用在曹雪芹身上的动力，到底是什么？……诸如此类的问题，都会接踵而至。"[①]

对于《红楼梦》的专业研究者，这些也都是非常困难的问题。很多红学家在回答这些问题的时候，不自觉地会变身小说家，面对零星且稀少的材料，推理演绎与合理猜想往往最后就成了虚构。但是，作为小说家的端木蕻良并没有因此获得解放或者感到轻松，他虽然在序言、前言和相关文章中，反复强调小说虚构的自由，然而落入实际创作，他并没给自己留下多少腾挪的空间。他在承担学术性压力的同时，还承担着文学性的压力。他在信中说："要回答这些重大问题，绝不是我一个人所能承担得了的。何况，读者要见到的，不是答复，而是描写，不仅是描写，而是要形象，不仅要形象，而是要感动！"

端木蕻良所谓不是他"一个人"所能承担的那些问题，是聚讼纷纭的"红学"根本问题，不仅专业研究者关注，普通读者也很关注。但在创作中，端木蕻良必须"一个人"给出答案。这个"答案"还要经得起上述两重检验。于是，端木蕻良在生成自己的答案时，选择了最大程度地"依赖"《红楼梦》的文本和相关学术研究成果。他在塑造曹雪芹形象和设计小说叙事情节时，一种方法是根据学术成果进行文学"演绎"；另一种方法是按照《红楼梦》文本进行"还原"。

我们先看端木蕻良对曹雪芹形象的塑造。

学术研究成果对成年曹雪芹的容貌勾勒，大致分为"胖党"和"瘦党"

---

① 这封通信因为谈及《曹雪芹》，收入端木蕻良：《红泥煮雪录——端木蕻良说〈红楼梦〉》，南京：江苏文艺出版社，2010年，第267页。

两派。一派是根据裕瑞的《枣窗闲笔》中的记载：雪芹“身胖、头广色黑，善谈吐、风雅游戏，触景生春”；另一派的依据则是敦诚的“四十萧然太瘦生”、明义的“王孙瘦损骨嶙峋”等诗句。此前喧嚣热闹一时的各种雪芹小像，后都被证实“此雪芹非彼雪芹”，不可靠。借着“傲骨如君世已奇”的诗句，靠着对《佩刀质酒歌》的解读，这样一个单薄的诗歌抒情性主人公剪影般的勾勒，无法完成对曹雪芹精神世界的刻画，更不要说塑造一个有血有肉的小说人物了。学术研究成果能够给到小说家的帮助非常有限，而且内在的纷争还给小说家造成了某种程度的困扰。端木蕻良虽然采信了《枣窗闲笔》关于脂砚斋为雪芹叔辈某人的记载，给少年曹霑指了一位脂砚叔叔——“脂砚何人”是“红学”研究中的“死结”，但他显然不愿意选择裕瑞给后人描述的那个“黑胖大头”的曹雪芹。

无法得到学术的足够支撑，端木蕻良就转向了《红楼梦》的文木。于是我们就有了一个“如宝似玉”的曹霑。

端木蕻良并不认为《红楼梦》是曹雪芹的“自传”。事实上，经过1954年的全国“评红”运动，胡适关于《红楼梦》是曹雪芹“自叙传”的说法，已经丧失了“合法性”。端木蕻良是一个自觉秉持着现实主义小说观念的作家，《红楼梦》在他的认知中也是伟大的现实主义作品。因此他在创作《曹雪芹》选择依靠《红楼梦》文本时，具体的虚构方法是按照现实主义创作原则，进行了从“小说”到“生活”、从“叙事”到“素材”的“逆推还原”。

端木蕻良在上卷和中卷中所塑造的那个曹雪芹，与《红楼梦》中的贾宝玉一样有着春花秋月般的容貌，金镶玉裹的装扮，童年、少年时生活在富贵温柔乡、花柳繁华地。身边有着袭人、晴雯一般的丫鬟金凤、双燕，有着疼爱他的祖母和作为祖父精神传递的象征性人物太小姐李芸。在上卷中，曹寅和李芸的故事占据了相当的篇幅。为了解决曹雪芹的思想来源问题，曹寅被设计为对曹雪芹有重要影响的人，曹寅与李芸的故事是以“前史”或“预演”的形式，映照着曹雪芹的精神、情感的成长和命运。到了中卷，李家的另一位小姐，曹霑的表妹李玥出场，她与少年曹霑之间的日常，俨然宝黛一般，甚至还有父亲检查曹霑功课、李玥拿出自己替写的文字帮助曹霑蒙混过关这样动用原著情节的情况。

至少在中卷结束的时候，曹雪芹必将经受的那场“大变”还未真正降临，我们没看到从锦衣玉食到举家食粥的下坠过程中，曹雪芹的身心将发生什么样的真正变化。而且按照中卷的叙事节奏，曹霑的成长相对比较缓慢，依然在宝玉的形象笼罩之下。

端木蕻良对学术研究成果的“演绎”主要用在了对主人公生活环境的设定上。他基本采用了彼时关于《红楼梦》作者的主流研究成果，设定曹雪芹是曹寅的孙子、父亲为曹颙，他是马氏所生的遗腹子，曹家家世以及姻亲关系的设定也与此一致。他采用了曹雪芹生于康熙五十四年（1715）的观点，只是出于小说叙事的需要，将故事时间起点定为1722年，也即雍正元年；小说开始时主人公的年纪被设定为7岁。任何与学术研究结论不同哪怕是无关宏旨的“腾挪”，端木蕻良都在上卷前言中专门做了说明。譬如曹雪芹有两位嫁给显赫家族的姑姑，一位是平郡王妃，也就是对曹雪芹命运有较大影响的福彭的母亲，另一位对曹雪芹的命运无甚影响，所以就只写了一位。另外就是“无中生有”了一位可能有的人物——苏州织造李煦的妹妹李芸。李家与曹家一荣俱荣一损俱损，祸福与共，曹寅逝去之后，这位终身不嫁的太小姐生活在曹家，看着曹家的变迁。端木蕻良说：

“如果说不顾细节的真实就是浪漫主义的话，那么我也可能沾了浪漫主义的光。”①

这样的“浪漫主义”比例相当少，为了塑造现实主义所要求的“典型人物”所需的“典型环境”，端木蕻良倾尽全力要用文字画出一幅康雍乾时期中国的全景画卷，从宫闱斗争、朝堂倾轧、政局变幻写到江湖风云、民间风情，形形色色的人物涉及社会各个阶层。端木蕻良说：“也只有这样的历史现实，才出现了这样一个曹雪芹。要描绘出一个活的曹雪芹，不把他糅合到时代背景里来写，也就成为不可能的了。但是，处在那个风起云涌的时代，不使前波后浪的史实淹没曹雪芹，不使千头万绪的家史纠缠住曹雪芹，又使他本人不离开这个历史的浪潮，这就使写作遇到了很多困难。”②

即便没有作者反复表述“困难”，我们也可以想象这是一种何其重重束缚、困难且不自由的写作。

四

事实上，《曹雪芹》的上卷创作相对比较顺利，历时不过一年多，出版后，端木蕻良也得到了较为热烈的反馈。1980 年 7 月，在写给单复的那封信中，他提到正在创作的中卷年底就会完成，而下卷则会在 1981 年的年底完成。“任务还是艰巨的，特别是对于我来说。不过在大家的鼓励和帮助下，我

① 端木蕻良：《曹雪芹·不是前言的前言》，《曹雪芹》，北京：北京出版社，1980 年，第 10 页。

② 端木蕻良：《长篇小说〈曹雪芹〉序之三》，《红泥煮雪录——端木蕻良说〈红楼梦〉》，南京：江苏文艺出版社，2010 年，第 256 页。

相信还是能够完成的。”[①]中卷的创作比作家的预判晚了3年才完成，出版则迟至1985年。至于下卷，则没能完成。

端木蕻良在1989年患病之前，健康状况还是不错的。在他与亲友的通信中，还会提及众人期待《曹雪芹》下卷早日完成。但下卷迟迟不能顺利产生，除了创作之外的干扰，创作本身的原因，只怕更为根本。

一是外部原因，大的文学话语环境彻底改变了。80年代中期，文学思潮汹涌，此时面世的《曹雪芹》中卷，完全没有参与其中与之对话的可能。这与上卷出版时的情况完全不同。那段时间曾经有过一阵历史小说的高潮，姚雪垠《李自成》、徐兴业《金瓯缺》、凌力《星星草》、任光椿《戊戌喋血记》、蒋和森《风萧萧》、杨书案《九月菊》、鲍昌《庚子风云》等历史小说都是引发广泛关注的鸿篇巨制。端木蕻良的《曹雪芹》显然也是这个队列中的一员。他在写给友人的信中提及姚雪垠的《李自成》与蒋和森的《风萧萧》，引为同路人。中卷的出版拖了两年，虽然作为成名作家，依然会得到关注，但是很难像上卷出版之后那样，得到令作家倍感鼓舞的热烈反馈了。端木蕻良不得不面对新的评论环境和读者期待，是否调整、如何调整自己的创作，不可能不成为问题。

二是内部原因，端木蕻良在上卷和中卷中所依赖的两条路径、学术成果与《红楼梦》文本，在下卷的创作中几乎无法再提供支持了。若不放弃，写作几乎无法进行。而且端木蕻良对《红楼梦》的思考也产生了一些变化。在其去世后，1997年由钟耀美整理的端木蕻良遗稿发表于《文艺理论与批评》1997年第4期，即《王夫之与曹雪芹》一文，文中端木蕻良详细分析

---

① 这封通信因为谈及《曹雪芹》，收入端木蕻良：《红泥煮雪录——端木蕻良说〈红楼梦〉》，南京：江苏文艺出版社，2010年，第267页。

了他认为是王夫之美学中提纲挈领的一段话："烟云泉石，花鸟苔林，金铺绣帐，寓意则灵。身之所历，目之所见，是铁门槛。"端木蕻良认为王夫之这里论述了"第一自然"与"第二自然"，前者构成人类的"大环境"，后者构成了"小环境"，人在认识客观世界的时候，要被主观火花"照亮"，经由"意念"这道工序，融会贯通才能成为意象。他引这段生动且有风味的话来评价《红楼梦》恰到好处，因为曹雪芹超越了自身"亲睹亲闻"这个"自己画就的藩篱"，从"身之所历，目之所见"的铁门槛中脱身出来，才有了《红楼梦》的恒久价值。①

端木蕻良创作观念的变化和原有创作路径的调整，给尚未完成的小说带来了新的可能性。下卷的核心内容，自然就是《红楼梦》的创作过程。想象出生动具体的细节，完成对曹雪芹著书过程的叙事呈现，无疑是非常具有挑战性的高难度任务。端木蕻良的下卷遗稿目前还未发现，我们无法获悉细节，但根据通信资料中谈及的构想，端木蕻良将会给曹雪芹的叙事天才一个"演进"的过程。端木蕻良采信了脂批中的记载：曹雪芹写过一部《风月宝鉴》，其弟棠村曾为之作序，而这部《风月宝鉴》就是《红楼梦》的底本，"批阅十载，增删五次"，最后成就了一部经典。②

对于端木蕻良来说，下卷还有一个重要且困难的大问题，就是曹雪芹的思想走向问题。主人公的生命终结，当然是自然的结局，但却不能成为小说的结局。小说的结局是用来盛放意义的。对于秉持着历史唯物主义的认识论和现实主义的小说观的端木蕻良来说，在什么地方给出曹雪芹这个

① 端木蕻良：《王夫之与曹雪芹》，《红泥煮雪录——端木蕻良说〈红楼梦〉》，南京：江苏文艺出版社，2010 年，第 128 页。

② 该信曾刊于《红楼梦学刊》2006 年第 4 期，标题为《〈红楼梦〉确实有个底本——端木蕻良 80 年代书信》。

人物“弧光”的落点，是非常重要的。如果我们把《曹雪芹》放在端木蕻良整个一生的创作脉络中去观察，不难发现，这部长篇历史小说，一如既往地秉持着中国现当代小说家最为宏大的文学“野心”——“史诗”追求。“史诗”追求之下的小说创作，贯彻着作家对历史发展规律的真理性表达。具体到《曹雪芹》，作家贯彻的是马克思主义的历史发展观，通过塑造曹雪芹这一文学形象，完成对于社会历史斗争、进步的真理性表达，他不能不顾真实的历史强行拔高，但也必须保证自己给出的意义立足点，足以匹配这部鸿篇巨制“史诗”。

我们现在看不到作家对于曹雪芹生命最后阶段是如何想象的，但从资料中我们可以发现，端木蕻良对于曹雪芹的“出路”是早有考虑的，他在给友人的信中说:“《曹雪芹》的去向问题，也经常在我脑子里萦回。感谢《废艺斋残稿》的发现，它为我解决了这个问题。至于它的真实性如何，且不去管它。但它提供给我们的，比凭空虚构的还更富想象力，单凭这一点就足够了。”①

端木蕻良所说的《废艺斋残稿》，就是有研究者认定的曹雪芹佚著《废艺斋集稿》，内容包括金石篆刻、扎糊风筝、烹饪、脱胎、编织、园林、印染、竹器、扇骨等内容，原本八册，现仅存其中一册《南鹞北鸢考工记》。

我们据此可以推断一下端木蕻良对于曹雪芹没落后生活的想象：除了写作《红楼梦》，同时也在尽其所能帮助底层人民谋生、谋利。《废艺斋集稿》的发现，使得作家有了勇气，给了曹雪芹从“公府”走向“民间”的出路。

---

① 端木蕻良：《曹雪芹·写在蕉叶上的信》，《曹雪芹》，北京：北京出版社，1980年，第6页。

五

端木蕻良在用向《红楼梦》“致敬”的态度乃至方法，创作了这部以《红楼梦》作者为主人公的多卷本长篇历史小说。可惜，《曹雪芹》宿命般地没能完成。

没有充分的资料证明，端木蕻良在创作的晚期，开始彻底质疑自己此前对《红楼梦》的理解，但是从其后期的一些相关文章中，我们看到了一种松动、开放的趋势，如上文所引的《王夫之与曹雪芹》。事实上，《红楼梦》很难简单直接地被纳入现实主义叙事范式。用现实主义的小说创作方法论还原《红楼梦》这样一套复杂叙事系统的建构过程，某种意义上，端木蕻良是给了自己一项“无法完成的任务”。

端木蕻良固然有着明确的创作目的，即以文学的手段生动具体地表现曹雪芹思想的成长轨迹和《红楼梦》的诞生，但他依然将小说的艺术性要求放在了第一位。《曹雪芹》上卷和中卷，语言典雅又通俗，对康雍乾时代生活场景的构建，展现了端木蕻良作为小说家的才华。书中那些旗人贵族家庭的种种规矩，妙峰山香会，京城的闹元宵，罗王府的风水阴阳，乃至三教九流、医卜星算、结社联句、茶馆酒肆、戏院匠铺等，使得《曹雪芹》上卷与中卷成为当代小说中难得的充满风景和风情的叙事文本。《曹雪芹》给我们提供了一个现实主义小说家对曹雪芹的解读和想象，这是端木蕻良对当代文学不该被忽视的重要贡献。

我们在对端木蕻良表达敬意的同时，也不得不充满了遗憾。在人生的最后阶段，端木蕻良并没有放弃《曹雪芹》下卷的写作，然而人至暮年，病患缠身，此前没有解决的问题，此时是否获得某种程度的解决；对于《红

楼梦》和曹雪芹，又有了什么新的认知，我们不能臆断，也很难得知——他写的下卷手稿，生前从未给外人看过……①

端木蕻良对于自己的长篇历史小说《曹雪芹》的创作，似乎也可如此一问：此系生前身后事，倩谁记去做奇传？

（本文资料由中国现代文学馆馆藏协助提供）

① 根据端木蕻良女儿钟蕻的回忆，父亲去世后，母亲钟耀群曾经发现过端木蕻良写作的下卷手稿；母亲去世后，因为搬家，这部分手稿和其他手稿混在一起。2020年10月，钟蕻对存留的父母手稿进行了整理和检查，目前还未发现母亲所提及的父亲留下的《曹雪芹》下卷手稿。

付丹宁

子夜是一部怎样的小说

——纪念茅盾逝世 40 周年

杂文是一种怎样的文体

——纪念鲁迅诞辰 140 周年

付丹宁

毕业于北京大学，文学博士，助理研究员。2020 年起任职于中国现代文学馆。研究方向为中国现当代文学。在《文学评论》《中国现代文学研究丛刊》等刊物发表《“谈鬼”的正与变——1930 年代周作人的神话学历史观及其文学实践》《作为革命债务的遗产——“第三种人”论争中的“文学遗产”问题》《“两个口号”论争前夕鲁迅眼中的上海文坛与革命危机》等学术论文近十篇。

02 《子夜》是一部怎样的小说

——纪念茅盾逝世 40 周年

付丹宁

茅盾（1896—1981），原名沈德鸿，字雁冰，嘉兴桐乡人。

沈雁冰是我国新文学史上的重要文学理论家，是出版史上重要的编辑、报人，是早期马克思主义思想的重要传播者，是早期共产主义运动的重要参与者。在这许多身份之外，在茅盾的笔名下，他同时是我国左翼文学史上最杰出的作家之一。其长篇小说《子夜》，是 20 世纪 30 年代新文学重要的收获。

1981 年茅盾去世后，写作《子夜》前后的一批手稿由先生哲嗣韦韬捐赠给中国现代文学馆，其中包括《子夜》完整的手稿 440 页，以及《子夜》写作过程中产生的提纲、笔记近十份。大体说来，这些手稿显示了《子夜》自构思起经历的多次变形，从提纲的写作，也可以窥见茅盾小说的特定形态：强烈的概念演绎的特质，然而显然明知故犯。

一、《子夜》讲了什么？

《子夜》动笔于1931年初，出版于1933年春。初版的封面装帧在书题“子夜”下，斜行衬着“The Twilight: A Romance of China in 1930”字样组成的花纹。换言之，在“twilight”（“黄昏”）之外，这部小说还有一个副标题：1930年中国的一个罗曼史。

罗曼史（“romance”）是兴起于欧洲中世纪的一种文体样式，通常为长篇叙事诗，讲述骑士冒险故事。而在茅盾这里，罗曼史无疑是一个戏仿的用法。《子夜》中，我们能看到雪铁龙汽车和勃朗宁枪、狐步舞和回力球、咸肉庄和土耳其浴，小说的主角——工厂主吴荪甫——被描述为“二十世纪机械工业时代的英雄骑士和‘王子’”。但小说所讲述的，却是在名为上海的商战丛林中，这个当代骑士冒险、然而一败涂地的故事。

吴荪甫经营的主业是缫丝，即收购蚕茧，加工为成品丝，供下游工厂纺织成绸。但吴荪甫的野心不止于此，小说开始后不久，他便与工商业的友人一道，谋划着新公司：益中。

按照吴的计划，益中是一个专门向工业贷款的银行；益中竞争的对象，是金融巨头赵伯韬，赵在上海聚拢了大量的资本，尽数投入公债、黄金和期货的投机交易，以至于实业方面遇周转不灵，每每无钱可贷。凭借益中，吴荪甫要改善中国工业受制于金融家的处境。

但吴荪甫的雄心是危机重重的。除了金融巨头的封锁，在北方，新旧军阀混战破坏着商品流通，在南方，村镇处处是农民暴动，城市中的工人则组织着连绵不绝的罢工。“身边到处全是地雷”，几乎每一个困境吴荪甫都无力突围。到小说的结尾，益中的业务逐一搁浅，吴荪甫在与赵伯韬的金融斗法中损失殆尽，不得不关停丝厂，逃往牯岭。

二、1930 年是怎样的一年？

但《子夜》不能简单被看作一本“商战小说”，在小说故事发生的两个月间，茅盾所试图展现的是 1930 年中国的全景，也是 20 世纪历史的整体趋势。应该说，1930 年确实是中国现代历史中相当微妙的一年，20 世纪则是人类历史上前所未有的纷争与变革的世纪。

辛亥革命推翻了清王朝的统治，但政权迅速为晚清各地的军事实力派所接管。失势的国民党谋求与共产党的联合，到 1926 年，两党共同出兵，北上征讨北洋政权，史称“北伐”。然而，从孙中山去世后，国共双方便摩擦不断。1927 年，蒋介石、汪精卫先后发动“清党”，这样，就在国民政府定都南京的同时，共产党却从合作党变为非法组织，不得不转入地下。

自此，中国陷入了长达 5 年的混乱。

1. 中原大战

直到 1932 年前，蒋介石在国民党中的统治地位都远不能称为稳固：右的方面，有国民党一贯反共的西山会议派，他们指责蒋介石不能彻底清剿共产党；左的方面，有国民党赞同孙中山“联俄联共”的改组派，他们认为蒋介石未能贯彻总理遗志，已经成为新军阀。北伐军中，桂系对未能夺得党权耿耿于怀；旧军阀中，山西的阎锡山、西北的冯玉祥，都在竭力遏制中央军的势力范围。

1930 年成了北伐后国民党党内矛盾集中爆发的一年。这一年的春天，与蒋介石角逐的诸势力在北方联合，共同起兵反蒋，史称“中原大战”。双方拉锯数月，相持不下，这就是《子夜》中吴荪甫和赵伯韬金融斗法的背景：只有战争能使公债期货产生大幅涨跌，而胜败反复则为金融投机提供了肥沃的土壤。

与吴荪甫合作益中的政客之一唐云山，显然是改组派成员，言必称“总理”。据他说，吴荪甫等人的危机：

> 是政治没有上轨道的缘故。……要政治上轨道，不是靠军人（指蒋介石）就能办到。办实业的人——工业资本家，应该发挥他们的力量，逼政治上轨道。……我们汪先生（汪精卫）就是竭力主张实现民主政治，真心要开发中国的工业。

吴荪甫的姻亲杜学诗则是一个国家主义者：

> 什么民族，什么阶级，什么劳资契约，都是废话！我只知道有一个国家。而国家的舵应该放在刚毅的铁掌里……而且任何人不能反对这管理国家的铁掌！譬如说中国丝不能和日本丝竞争罢，管理“国家”的铁掌就应该一方面减削工人的工钱，又一方面强制资本家用最低的价格卖出去，务必要在欧美市场上将日本丝压倒！要是资本家不肯亏本抛售，好！“国家”就可以没收他的工厂！

这种观点后来部分成为蒋系的论调。

2. 大萧条

更大范围的骚乱是世界经济危机。1929年10月，美国股市崩盘，“大萧条”很快波及欧洲。与之相应，白银相对黄金急剧贬值。白银是当时中国的主要通货，由于白银的购买力下降，中国工业的进口原料价格随之上涨；同时，资本主义国家为应对本国的经济危机，多出台了贸易保护的关税政策，中国的出口贸易也受到了沉重打击。

但是，在此情况下，国民政府对民族工商业似乎并无扶助之意，以火柴厂为例：

> 生产火柴的主要化学原料氯酸钾、赤磷……除运到码头由海关征收7.5%的进口税，还要领因属于“爆裂品”而必需的运输护照，比如在江苏每5000斤填照一张，要缴纳护照费和印花税6.50元，另外每百斤还要缴纳“运单费”1元。
>
> 火柴制成后运销过程中还要承担高额赋税，等到制成火柴出厂运销时，又要逢关缴税，遇卡纳厘。
>
> 相比较而言，瑞典火柴行销我国只需缴纳7.5%的进口税，而不必缴纳各种厘金。[①]

这导致不仅出口困难，民族工商业在国内市场上也无力与外国企业竞争。

以上种种，是小说开篇吴荪甫和他的实业伙伴们直接面临的困境，在

---

① 赵丹:《论〈子夜〉对1930年中国民族工业危机反映的真实性》,《中国现代文学研究丛刊》,2016年第10期。

这样的处境下，按照茅盾的调查：

> 仅一九三〇年，上海的丝厂由原来的一百家变成七十家。无锡丝厂由原来的七十家变成四十家。广东丝厂的困难也差不多。其他苏州、镇江、杭州、嘉兴、湖州各丝厂十之八九倒闭。四川丝厂宣告停业的，二三十家。

三、20 世纪是怎样的一个世纪？

世界经济危机发生在 1930 年，这有其偶然性。但在茅盾看来，吴荪甫面对的一切，是有其内在联系的，这是帝国主义时代殖民地国家的本质处境。

还在 20 世纪之初，列宁就在《帝国主义是资本主义的最高阶段》中指出："20 世纪是从旧资本主义到新资本主义，从一般资本统治到金融资本统治的转折点。"

列宁认为，随着生产力发展，大规模的生产使得任何工厂主都不可能有充足的资金启动生产，应对市场波动。这催生了一种新事物：金融寡头。往往是银行，汇集了大量的社会资本，投资、借贷，从抽取利息，到决定企业的生死。雄厚的财力使金融寡头在社会上升期获取更多的利益，从而在萧条中更可能存活，并兼并那些破产的企业。"愈来愈多的利润，巩固了金融寡头的统治，替垄断者向整个社会征收贡赋。"

金融寡头使资本更彻底地与生产环节相分离，更集中，又更不可见。最终，它会在"帝国""沙皇""日耳曼民族"一类的概念中隐身，将资本主义政府改造为自身的政治代理。到国内市场已经饱和、劳资对立无法化解时，这个政府便会转向殖民扩张——这就是帝国主义。

首先是军事占领，继而是经济渗透，强迫殖民地消化宗主国产品，为宗主国提供廉价的原料和劳动力。

此时，殖民地国家的资本家，就成了金融垄断下的高级工人。从宗主国一面说，他是“民族资产阶级”，为了维护自身的利益，他多少要维护殖民地工人的利益；从殖民地一面说，他是“买办”，因为他最终仍要剥削殖民地工人，并且是双倍的剥削。

帝国主义论是北伐前后中国最具动员力的理论，它为北伐提供了合法性基础，因为北洋军阀被认为是最大的“买办”——为了向列强支用军费、军火，他们往往出卖辖区的路权、矿权。帝国主义论直接催生了北伐的口号：“打倒列强除军阀。”

四、一种新小说

大体说来，《子夜》是一部相当冷静以至于稍逊灵动的小说。按茅盾的说法，这部三十万字的小说，单是情节大纲就写了好几册。如果看一看现今保存下来的部分，就会发现，茅盾构思的基础完全是政治经济学的术语。

可以说，《子夜》依靠的不是捕捉情绪、氛围的能力，而是近于数学家的演绎与归纳，而这也可以说是茅盾写作的整体特征。有学者曾将茅盾与吴组缃、沙汀等人共同称为“社会剖析派”，所说的也就是这个意思。

不过，茅盾的小说与吴、沙其实不尽相同。同样写社会关系，吴组缃和沙汀更接近人情小说、风俗小说，他们表现的对象，仍然是能直观感知的东西。但是茅盾不然，茅盾真正的写作对象是绝对超验的资本。

资本的特征就是不可经验。它控制着人们的吃穿用度，甚至所思所感，但是资本本身不可见，它既不是黄金，也不是银行账户上的数字。这是资本的本质，也可以说是现代社会的本质。千百万人将自身的劳动投入自己无法控制的市场，听任不知何人规定他们的工资、工作时长、购买力、恩格尔系数和基尼系数，浮沉在变幻莫测的通胀与紧缩、匮乏与过剩间。增长不断持续，为的只是持续增长，和为艺术而艺术一样纯粹、虔诚、不可理喻。现代社会庞大的组织形态，使人再也不能仅从自身的所见所闻就理解自己的处境，一如资本远离了生产的任何一个环节，而掌握在不可见的金融寡头手中。现代是超验的，茅盾的写作对象，就是这超验之物本身。

在这个意义上，反而是《子夜》中那些竭力使用文学手段的部分，往往给人以用力过猛之感。吴荪甫据说是“紫酱色的一张方脸，浓眉毛，圆眼睛，脸上有许多小疱”，而这样的句子在小说中出现过多次：

> 他脸上的紫疱，一个一个都冒出热气来。
>
> 吴荪甫很暴躁地回答，脸上的小疱一个一个都红而且亮起来。
>
> 俄而他脸上的紫疱有几个轻轻地颤动。

紫疱仿佛显像管，随时使吴荪甫的脸现出情节需要的颜色。事实上他的脸永远在变色，有时忽青忽红，有时半红半青，似乎是一种特别功法。

用力过猛与作家的笔力有关，但也许更应该看到，塑造人物和环境，其实是传统欧洲小说的兴奋点，它关注曲折的人性，微妙的情绪，然而，茅盾所写的，是超乎传统小说以上的新的类型。人物的形象和深度心理并不能有效地再现资本，在不得不仍借助旧形式之际，它只能是用力过猛的。它需要新的结构方式、新的风格特质，然而它还远未捕捉到自身的可能性。

奈格里和哈特在2000年共同发表了《帝国》一书，其核心观点是，以民族国家为单位的帝国主义争霸的时代已经过去了，随着第三次技术革命的发生，资本正展开其全球流动，第一世界/第三世界的地理分布，正在变为赛博分布：人们可能比邻而居，然而因占据截然对立的政治经济学位置，从而分有迥乎不同的命运。

在这个意义上，《子夜》不仅是关于20世纪的小说，也为理解和再现当今世界的复杂形势，提供了某种契机。

03 杂文是一种怎样的文体

——纪念鲁迅诞辰140周年

付丹宁

中国现代文学馆藏有鲁迅著《不三不四集》一册，联华书局1936年11月出版，发行人费慎祥。《不三不四集》实即1933年出版的《伪自由书》。该书原由北新书局托名青光书局付排，然梓行不久即遭上海社会局封禁。费慎祥系北新工友，鲁迅曾在费处出版过多种封禁书刊，“联华书局”也曾频繁更名，同文书店、具中书局、野草书屋、三闲书屋都是它用过的化名，《不三不四集》则是《伪自由书》更名后的重版，但印发后也很快被禁。《不三不四集》在鲁迅的杂文集中是症候性的，它是在查禁中“钻”文网的产物，然而它也象征着鲁迅编印文集的某种姿态：“不三不四”，不冠不冕，随时更名，但是只要可能，就继续下去。

1934—1935年的文艺报刊上，曾集中出现过一批讨论“杂文”的文章。“杂文”的历史很长，《文心雕龙》类述诗骚祝赞铭诔诸体，而继之以“杂文”，以为“文章之枝派，暇豫之末造”，相当于“其他类”。晚清以来，“杂文”多数时候也只是报刊栏目没有名字的名字，或讥之为“报屁股的延伸”，是一种内容层面的补白。较为经心时题作“随感录”、“自由谈”乃至“什么话”，较随意时就径称为“杂文”了。直到三十年代这次杂文论争开始，“杂文”才成为一种特定的文体。

论争中几乎所有人在谈论“杂文”时，都会谈及鲁迅，似乎鲁迅已经将自己的名字刻在“杂文”二字里。在鲁迅逝世后的相当一段时间内，对他的读者而言，“继承鲁迅的遗产”指的既不是他的小说，也不是他的学术，而是他的杂文。确实，即使以最严苛的定义，杂文在鲁迅的创作中也占据将近三分之二的份额，而在他生命的最后十年，这些文字可以说是他全部的工作。

那么，什么是杂文？

如以较宽泛的用法，除《朝花夕拾》与《野草》外，从《热风》(1925)起，到《且介亭杂文》(1936)止，鲁迅自编的文集都是杂文集。不过在鲁迅自己，这些文章称杂文是较晚起的，最初，它们被称为短评、杂感、杂感文。自然，杂文不是诗，不是小说，是散文，而且是一种特别的散文。通行的看法是，杂文带有批判性，在这一点上它区别于《藤野先生》那类回忆性的散文。此外则有人认为它不取正面立论之姿，是一种在写法上也刻意“不正经”的文体，持这种观点的人便会认为《论雷峰塔的倒掉》不能称为杂文，只能称为论文。也有人认为杂文必得有闲话风，是所谓 essay 的变体，是故那些过于直露的论战文字当不计入其中，它们仅仅是杂感。

看上去，何谓杂文，言人人殊。但可以说，这些从文体层面界定鲁迅杂文的尝试都不成功。事实上，至少在 1934 年以前，很难说鲁迅在有意识地区别这些称呼。到1933年瞿秋白选印这些文章时，也还是总题为《鲁迅杂感选集》，这当然是得到鲁迅首肯的。即使在杂文论争正式展开后，“杂文”的称呼被固定下来了，鲁迅的写法也仍无一定之规。相比起来，与其说杂文是一种“文体”，不如说它是看待文章的一种方式。或者说，并非在文章内部有破题奇正之分、持论庄谐之辨，杂文之为杂文，在乎文章内外间的关系。

《且介亭杂文·序》称：“其实‘杂文’也不是现在的新货色，是‘古已有之’的，凡有文章，倘若分类，都有类可归，如果编年，那就只按作成的年月，不管文体，各种都夹在一处，于是成了‘杂’。分类有益于揣摩文章，编年有利于明白时势，倘要知人论世，是非看编年的文集不可的。”这样说来，文章并非被写作杂文，倒不如说是被编作杂文，读作杂文。着眼于文章自身，则杂文各有其体，但如抛开文章，将文字视为现实的显影，也就有了杂文。

这也就不难理解，何以《宋民间之所谓小说及其后来》这样的学术文章，《论“他妈的！”》这样的议论文，乃至《论“费厄泼赖”应该缓行》这样的拟八股，都被收入文集《坟》中，而总名之为“杂文”。盖彼时鲁迅的意图是“将陈迹收存起来”，“造成一座小小的新坟，一面是埋藏，一面也是留恋”。重要的不是文章的内容，而是文章背后个人逝去了的时光。

《坟》是鲁迅“钦定”的第一种杂文集，所收者虽上至留日时期的少作，但体现的是结集时1926年的眼光。同样编定于1926年的另一部杂文集《华盖集》就文章体式上看似乎较为统一了，究其实质，编法还是一律：不加删削，编年相从，“一时的杂感一类的东西，几乎都在这里面”。同样，这带有保存陈迹的用意，“是我转辗而生活于风沙中的瘢痕”，但是这次，“瘢痕”显影的与其说是逝去的生命，不如说是现实的“风沙”了。

《华盖集》之“华盖”，取“华盖运”之义，“华盖运”谓倒霉、背时，是说文集是交背运的产物。应该说，写作集内诸文的1925年，也确实是鲁迅从前期向后期转变的一年。

事情须追溯到1917年。作为新文化运动核心的《新青年》，就其组成而言，其实是可以分为三派的。杂志早期的撰稿人是以陈独秀为代表的皖籍革命党人，到1916年杂志迁往北京后，新加入的撰稿人则多为北京一地高校的师生。其中，鲁迅、周作人、钱玄同等多为章太炎的弟子，其文学观与政治观都有着清晰的明治时期日本思想界的印迹；胡适却是留美学者，在新文化运动兴起后，追随胡适的学生辈如傅斯年、罗家伦等，其知识结构亦大抵近之。

新文化运动兴起之初，《新青年》圈子关注的话题大体集中于白话、科学主义、个人解放，其立场亦无明显差异。但随着运动的发展，三派间观点上的龃龉也逐渐暴露出来。

到1925年，陈独秀已成为中国共产党的领导人，南下投身于国共合作，《新青年》也早已被改造为共产党的机关刊。滞留北京的作者群中，胡适门下尽管大多曾是五四运动中的学生领袖，但此时对日渐兴盛的学生运动已经逐渐失去兴趣。在他们看来，新文化运动要保持自身的活力，必须从“运动”中回撤，一变而为“进研究室”，进行知识积累式的常态建设。与此相应，新文学的关注点也从个人解放和社会批判，转向了文学技艺的打磨。应运而生的，便是徐志摩这样的“新月派”作家。

与之相反，鲁迅并不认为新文化运动的弊端是由知识储备不足造成的，作为知识的新文化也不足以提供理想社会的蓝图。倘使未来并不存在于任何理论内部，而只会在持续行动之中逐渐浮现，那么，“进研究室”最终所起到的效果可能不过是“调查，研究，推敲，修养，……结果是老死在原地方”。

章门弟子和胡适一派矛盾的正面爆发便是在 1925 年。是年初，北京女子师范大学的学生不满于校长杨荫榆，公开要求更换校长，杨乃开除为首的学生自治会成员，史称“女师大风潮”。事件不断发酵的过程中，执教于女师大的章门弟子出而声援学生，胡适一派的杂志《现代评论》则站在了杨荫榆一边。事实上，《华盖集》中的绝大多数文章，都是女师大风潮中的笔墨官司。所谓“华盖运”，首要指的也是这次风潮。

“女师大风潮”的政治背景是复杂的，可以明确运动的发展有国民党和共产党组织的介入，风潮背后，事实上是广州国民政府和北京的北洋政府间的对抗。但具体到鲁迅来说，这一背景并非他介入风潮的原因。

更恰切的看法是，鲁迅对截至 1925 年的新文化运动以及新文学早已深感不满，而“女师大风潮”使这些内部危机更为迫切地显示了出来。如果说“新文化运动”已经“踱进研究室”，相应的，新文学正在“搬入艺术之宫”。起初，白话文运动所描绘的是这样一种文学图景：依照可以被学理地论证为“公理”的那些观念——思想独立、恋爱自由、妇女解放——文学提供一种基于情感和思辨的演绎。但在与《现代评论》一派的交锋中，鲁迅日渐清晰的认识是：“公理”随时可以化为新的权威，按喜好选择施用的环境。新文化者方其资源充足时是社会达尔文主义者，“看看达尔文赫胥黎的书，要人帮忙就有克鲁巴金的《互助论》”，从“适者生存”一变而倡言“人类爱”了；新文学则成为一种滥情而不及物的复制品，如果不是复制既有的汉语文本，就是复制既有的西语文本。此时，要召唤一种新的“思想革命”，同时，也就意味着，必须再度有一种新的文学形态。

这种新的文学形态就是杂文。

可以说，1925年是鲁迅杂文写作走向自觉的一年。是在“女师大风潮”中，杂文被明确地放在了“艺术之宫”的对立面，将自身形塑为“任意而谈，无所顾忌”的一种特定的写法。在鲁迅那里，杂文的内涵此后几乎再未发生过变化，一直到1934年杂文论争的时候，他论证杂文合法性的思路依旧如此——“我们试去查一通美国的‘文学概论’或中国什么大学的讲义，的确，总不能发见一种叫作Tsa-wen的东西。这真要使有志于成为伟大的文学家的青年，见杂文而心灰意懒：原来这并不是爬进高尚的文学楼台去的梯子。托尔斯泰将要动笔时，是否查了美国的‘文学概论’或中国什么大学的讲义之后，明白了小说是文学的正宗，这才决心来做《战争与和平》似的伟大的创作的呢？我不知道。但我知道中国的这几年的杂文作者，他的作文，却没有一个想到‘文学概论’的规定，或者希图文学史上的位置的，他以为非这样写不可，他就这样写。”

杂文的内涵确定下来，杂文的写法也就有了基本的形态，此谓“杂文笔法”。通常认为包括在“杂文笔法”中的有类比、归谬、反语、借古讽今等，这些特定的修辞术使得杂文能够成为一种文体，而被广泛地应用。但在鲁迅的杂文，最具特色的修辞，也许应当称为“言辞的翻转”。

不妨来看一篇杂文：

“以夷制夷”

我还记得，当去年中国有许多人，一味哭诉国联的时候，日本的报纸上往往加以讥笑，说这是中国祖传的“以夷制夷”的老手段。粗粗一看，也仿佛有些像的，但是，其实不然。那时的中国的许多人，的确将国联看作“青天大老爷”，心里何尝还有一点儿“夷”字的影子。

倒相反，“青天大老爷”们却常常用着“以华制华”的方法的。

例如罢，他们所深恶的反帝国主义的“犯人”，他们自己倒是不做恶人的，只是松松爽爽的送给华人，叫你自己去杀去。他们所痛恨的腹地的“共匪”，他们自己是并不明白表示意见的，只将飞机炸弹卖给华人，叫你自己去炸去。对付下等华人的有黄帝子孙的巡捕和西崽，对付智识阶级的有高等华人的学者和博士。

我们自夸了许多日子的“大刀队”，好像是无法制伏的了，然而四月十五日的《××报》上，有一个用头号字印《我斩敌二百》的题目。粗粗一看，是要令人觉得胜利的，但我们再来看一看本文罢——

“（本报今日北平电）昨日喜峰口右翼，仍在滦阳城以东各地，演争夺战。敌出现大刀队千名，系新开到者，与我大刀队对抗。其刀特长，敌使用不灵活。我军挥刀砍抹，敌招架不及，连刀带臂，被我砍落者纵横满地，我军伤亡亦达二百余。……”

那么，这其实是“敌斩我军二百”了，中国的文字，真是像“国步”一样，正在一天一天的艰难起来。但我要指出来的却并不在此。

我要指出来的是“大刀队”乃中国人自夸已久的特长，日本人虽有击剑，大刀却非素习。现在可是“出现”了，这不必迟疑，就可决定是满洲的军队。满洲从明末以来，每年即大有直隶山东人迁居，数代之后，成为土著，则虽是满洲军队，而大多数实为华人，也决无疑义。现在已经备用了特长的大刀，在滦东相杀起来，一面是“连刀带臂，纵横满地”，一面是“伤亡亦达二百余”，开演了极显著的“以华制华”的一幕了。

至于中国的所谓手段，由我看来，有是也应该说有的，但决非“以夷制夷”，倒是想“以夷制华”。然而“夷”又那有这么愚笨呢，却先来一套“以华制华”给你看。

这例子常见于中国的历史上，后来的史官为新朝作颂，称此辈的行为曰：“为王前驱”！

近来的战报是极可诧异的，如同日同报记冷口失守云：“十日以后，冷口方面之战，非常激烈，华军……顽强抵抗，故继续未曾有之大激战”，但由宫崎部队以十余兵士，做成人梯，前仆后继，“卒越过长城，因此宫崎部队牺牲二十三名之多云”。越过一个险要，而日军只死了二十三人，但已云“之多”，又称为“未曾有之大激战”，也未免有些费解。所以大刀队之战，也许并不如我所猜测。但既经写出，就姑且留下以备一说罢。

四月十七日。

这篇杂文写于1933年，所写的是二月间的“热河事变”。议论时事，但鲁迅所使用的全是报纸上的报道，几乎不增加任何其他渠道的信息，可以说，在此，议论所循行的并非事实，而是言辞。言辞展开的方式可以是演绎，可以是归纳，然而《“以夷制夷”》并非如此，这里，真正的线索是“以夷制夷”一词的诸变体。“以夷制夷”是不足凭的，因为“夷”早已并非“夷”，接着便一转而将“以夷制夷”翻转为“以华制华”。然而“以华制华”仍非究极，那不过是“以夷制华”的一个意外的效果。在此，日本军国主义侵略战争的本质是以中国的伪军进攻中国的国军，但国民政府的“抗日”，也可以仅仅是以攘外之名行“剿共”之实。

议论文的通则是摆事实进而讲道理，但在鲁迅的杂文里，事实是沉默的，鲁迅所使用的仅仅是“道理”，并且是别人的道理。固然，这是种较省力的议论，它不需要一线的采访、数据的收集，不需要“进研究室”，但在鲁迅，这种言辞的游戏也许另有一种用意。在某种意义上可以说，“公理”是这样一种“道理”，它垄断了所有的言辞，使反动统治者的一切行为无往而不可合理化，这也就意味着，现实脱离了任何言辞，而成为一种绝对不可见的东西：“有明说要做，其实不做的；有明说不做，其实要做的；有明说做这样，其实做那样的；有其实自己要这么做，倒说别人要这么做的；有一声不响，而其实倒做了的。然而也有说这样，竟这样的。”

言辞不是揭示事实，而是遮蔽事实，言辞遮蔽着事实，同时又将自身幻化的诸相赋权为事实。当言辞被彻底垄断之际，事实就丧失了被指陈，甚至被感知的可能，而归之于沉默，古语所谓“言语道断”，或俗语所谓“无话可说”。然而又不只是沉默，垄断言辞者给予事实的，倒不如说是过度的言说。对于垄断，恰切的理解不是言辞遮蔽事实，而是根本不存在事实，一切“事实”都只是言辞自我再生产的原料。在此，杂文笔法就并不是庄子所谓“以天下为沉浊，不可与庄语”，并不是文字游戏，毋宁说，杂文笔法是在言辞彻底被剥夺状态下的言说方式。

放弃对事实的抢夺，就采纳敌人所出示的话语。以敌人的话语与敌人的话语对峙，却绕到话语的背面，使之翻转过来，再度翻转过来。在不断的翻转中，不期然间，发现已经置身于言辞的脆弱地带。“翻转言辞”得以有效，正在于垄断必然的另一面：一如有压迫处便有反抗，当言辞处处遮蔽着事实时，事实也就处处潜藏于言辞之中。

这多少使人想起切·格瓦拉对游击战的论述：

> 对敌人的武器、弹药和作战习惯都必须要加以考虑，因为游击部队的主要供应来源正是敌人的武器装备。如果在武器装备上可以有选择的话，我们应当选择和敌人使用相同型号的武器，因为游击队最大的问题就是弹药匮乏，而这必须去找敌人要。

使用敌人的武器并不是一种单纯的战术，不如说，它反映着特定的现实形势——一种绝对不对等的对抗。杂文不是正方与反方的雍容揖让的辩论，杂文是一种在压倒性的压迫之下的反抗。因而它将势必是看上去欠缺“艺术之宫”风味的，甚至可以看上去是欠缺逻辑的，而往往是看上去欠缺体面的。用瞿秋白的话来说，杂文是一种“非合法主义”的文体，是文化的游击战。

不援引既有的法律，而是使用被指为非法的文体，以文体自身的能量重新立法，可以说，这是文学革命的本意。推究其源，倘使文学革命是思想革命的延伸，可以说，这也就是新文化运动根本性的精神气质，乃至现代中国革命的精神气质。

在这个意义上，杂文是鲁迅留下的中国新文学的遗产，也是中国革命的遗产。

易彬

田仲济与彭燕郊交往谈屑

——围绕四封信的一些话题

易

彬

湖南长沙人。中南大学文学与新闻传播学院教授、博士生导师。主要从事中国现当代文学史、中国现代文学文献学、新诗、中外文学关系等方面的研究，有《文献与问题：中国现代文学文献研究论衡》等著作多部。

04 田仲济与彭燕郊交往谈屑

——围绕四封信的一些话题

易 彬

引言：书信获取的一些机缘[①]

文学史家田仲济（1907—2002）与诗人彭燕郊（1920—2008）可说是因梁宗岱（1903—1983）而通信，田仲济为梁宗岱前妻沉樱（1907—1988）的表哥[②]，当时拟写《沉樱传》；而彭燕郊协助梁宗岱晚年伴侣甘少苏完成的回忆录《宗岱和我》（重庆出版社，1991 年）刚刚出版。

田、彭二人的交往线索其实几近于无。我在做彭燕郊晚年口述时，曾提到“据说，当时有人称您为‘小艾青’？”他的回答是：“山东大学有个老教授，田仲济，他写的现代文学史里边这么写的。我在重庆的时候见

① 感谢杨洪承教授对于本文写作所提供的帮助。

② 不少文章认为田仲济是沉樱的表弟，但沉樱在信中称田仲济为“四哥”，此处亦称“表哥”。

过他。”[①] 但当时见面的讯息并不见闻于世。2013年，我在参与整理彭燕郊遗藏的时候，见到田仲济1992年底的两封来信，曾向田先生的女婿、四卷本《田仲济文集》（江苏文艺出版社，2007年）的主编杨洪承教授询问相关事宜，他的答复是：“田先生没有保留书信的习惯，所以我在编他的文集时，这方面阙如较多，第四卷收了30余封他致友人的书信，当时没有找到给彭燕郊先生的信，很是遗憾……田先生与彭燕郊先生的书信交往，据我知道是在20世纪80年代中后期至90年代初。起因是彭先生与梁宗岱关系甚密，梁先生的前妻是沉樱，沉樱与田先生是表兄妹。田先生晚年拟写沉樱传，收集相关资料中知道彭与梁及梁以后的妻子甘少苏的关系。为此，当年他们书信往来甚多。可惜田先生这里一封彭的来信也没有保留下来。我这里只有一本1992年12月17日彭先生签名送田先生的《宗岱与我》的小书。该书是甘少苏写的，彭先生在书前写了一篇很长的代序，想你是知道的。情况大体就这些。”[②] 杨洪承教授的答复当时为我解了疑惑，由此亦可见，线索实在有限，即便是非常熟悉田仲济先生的人，所知亦不多。

一个重要的机缘在于，2020年彭燕郊诞辰百年之际，中国现代文学馆举办了“彭燕郊诞辰百年纪念座谈会及彭燕郊文学资料捐赠仪式”，借此机会，查阅了一些文学馆所藏彭燕郊相关文献，其中就有致田仲济的两封信，有一封的写作时间在田仲济的两封来信之间，往来关系明确。资料显示，2007年8月17日，田仲济先生诞辰百年之际，中国现代文学馆也举办了“田仲济先生（1907—2002）诞辰百年纪念会、《田仲济文集》出

① 彭燕郊口述、易彬整理：《我不能不探索：彭燕郊晚年谈话录》，桂林：漓江出版社，2014年，第122页。

② 据2013年3月9日，杨洪承致笔者的邮件。

版座谈会暨田仲济藏书捐赠仪式”。从文学馆网站所披露的信息看，彭燕郊信的捐赠人一栏有“田仲济家属”字样，那应该就是当时捐赠过来的。“文学馆的主要任务是收集、保管、整理、研究现当代文学书籍及作家著作、手稿、书信、日记、录像、照片、文物等资料”，也常在某些重要的时间节点举办文学人物相关的活动。田仲济、彭燕郊百年诞辰之际，文学馆所举办的纪念座谈会和作品捐赠仪式[①]对相关文献搜集、整理、出版及人物研究当有着重要的推动作用。

人物研究往往受制于文献，目前所见为两人1992—1994年的书信四封，从内容可知，应该不是全部的通信，但实际通信量可能也不是很大。鉴于两人交往的线索太过微薄，这里先略作钩沉，以期呈现一些历史事实和未尽的话题，引起更多的关注。

一、“拟写《沉樱传》，材料尚不足”

田仲济是教育家、作家和文艺理论评论家，被认为是“中国现代文学学科的奠基人之一”[②]，1947年即以笔名蓝海出版了“我国首部现代文学研究专史”《中国抗战文艺史》（现代出版社），随即被翻译为日文，于1949年出版。[③]1984年，该书由山东文艺出版社再版。

---

① 更多情况参见杨洪承:《田仲济百年诞辰纪念会》,《中国现代文学研究丛刊》,2007年第6期;王雪：《独木成林的文学景观——彭燕郊诞辰百年纪念座谈会综述》，《中国现代文学研究丛刊》，2021年第5期。

② 这个说法由来已久，最近仍有细致的梳理，参见魏建：《田仲济：中国现代文学学科的奠基人之一》，《中国现代文学论丛》，2021年第1期。

③ 杨洪承：《田仲济先生生平》，《中国现代文学研究丛刊》，2002年第2期。

按照彭燕郊1992年12月17日复信中的说法，1944年冬或1945年春在重庆期间，有一次“文协”开会时曾见到过田仲济，并表示后来读过他的文学史著，“印象很深”。田仲济在重庆居住有年，彭燕郊则是1944年桂林大撤退的时候才逃难到重庆的。1944年12月16日，“文协”借中国文艺社举行茶话会，欢迎来重庆的作家宋云彬、彭燕郊、严杰人、华嘉、任禾等人。老舍致欢迎词，宋云彬报告了旅途的艰苦情形。[①]随后，三百多位文化界人士在郭沫若执笔的“文化界对时局进言”上签名，田、彭都在其列。[②]彭燕郊后来有《“文协”重庆作家宿舍》等回忆文。抗战胜利后，彭燕郊旋即返回桂林，田仲济则是稍晚去了上海。田仲济在复信中谈到了20世纪80年代的中国现代文学史写作事，未谈及早年的文学史著，也未回应当年重庆见面之事，因此，关于见面或已难觅更多的细节了。

对读目前所见田、彭的书信，有些地方还可适当引申。一是关于文献细节的甄别。书信类文献，限于语境，信息往往是片段式的，或难完整，或有偏误。若有更多书信（包括往来书信），则信息可更通达。比如，彭燕郊关于沉樱与前夫所生女儿的说法即得到了田仲济的纠正。而田仲济所提到的一些书名，如林海音的《隔着竹帘儿看见她》、甘少苏的《宗岱和我》，都有细微的误差。

彭燕郊信中明确提到田仲济当年的文学史著，对照他晚年回忆所谈，“小艾青”的说法即出于此，但这一说法似无依据。研究指出，该文学史的初版本和再版本确是都提到了彭燕郊，初版写道：“彭燕郊写了《战斗

---

① 陆耀东等主编：《中国现代文学大辞典》，北京：高等教育出版社，1998年，第547页。

② 见《文化界发表对时局进言——要求召开临时紧急会议，商讨战时政治纲领，组织战时全国一致政府》，《新华日报》，1945年2月22日。

的江南季节》，他和孙钿都有纤细的美”，1984 年的修订本则称，“彭燕郊的《冬日》《雪天》等诗，意境秀美，笔调细腻，在深沉的爱国主义感情中流露出对艰苦战斗的渴望”，但两版“均未提到‘小艾青’一说”。[①] 此外，彭燕郊在信中将《中国抗战文艺史》误写成了《抗战文学史》，而晚年回忆所称“山东大学有个老教授”，应为“山东师范大学”之误。口述历史须细致核对相关历史文献，否则可能存在这样那样的纰漏，此即一例——这一例由我本人造成，在此提出，以督促自己在今后的研究工作中多加留意，再小的细节也要尽力核实。

另一个则是关于通信的主角人物，沉樱。沉樱 1907 年生于山东潍县，1920 年代中期开始创作，以写恋爱婚姻、知识女性的情感世界见长。沉樱先是与戏剧家马彦祥有过一段婚姻生活，育有一女（如彭燕郊信中所谈），1935 年与诗人、翻译家梁宗岱结婚，抗战时期居留重庆，后因梁宗岱与广西当地的粤剧演员甘少苏相识相爱而离开（田仲济信中提到，沉樱不愿人们谈论这些个人隐私）。沉樱曾任教于上海市实验戏剧学校、复旦大学，1949 年去台湾，后赴美国定居，1982 年曾回国，并有定居的打算，但未成，1988 年病逝于美国。

田仲济与沉樱为姨表亲，他给彭燕郊的信中开篇即表示是“拟写《沉樱传》，材料尚不足”，“由台北林海音著《隔着竹帘儿看见她》中获知有些材料是你提供的。故写信打扰你”。这正是彭燕郊稍早时候所做的工作。[②] 综合两人书信，读者对沉樱与梁宗岱晚年的情形以及梁宗岱去世之后遗物

---

① 宫立：《“我不能不探索”》，《海南日报》，2014 年 7 月 10 日。

② 从 1991 年 3 月 28 日彭燕郊致卢季野的信来看，《宗岱和我》出版之时，彭燕郊尚不知沉樱已经离世。

的处理，有了一些直观的印象。

但从一个更大的历史视域来看，关于沉樱的研究可能也不算少，但多是主题研究，生平研究始终还是比较稀少。田仲济拟想中的《沉樱传》最终未能完成。早在1935年，田仲济就写过评论《谈沉樱的小说》（后改题为《沉樱论》）[①]，20世纪80年代以来也写下了《沉樱的散文观与散文缘》[②]《沉樱去台湾以后》[③]等文，看得出，田先生为《沉樱传》的写作做了很多的准备工作[④]，但对一位已臻耄耋之境的老人而言，传主虽是亲人，却是数十年寓居海外，音讯不多，传记文献不足，加之个人的身体状况又欠佳（信中即谈到“视力很坏”），一部完整的人物传记的写作实在是困难重重。

沉樱的好友赵清阁（1914—1999）当时读了《宗岱和我》之后，即发表了随笔《记梁宗岱诗人》，稍后又有《哀思梦沉樱》（《新文学史料》，1995年第4期），不过，类似的文字并不多。时至今日，相关史实多微渺、晦暗，难以细察。比如1982年回国之行的一些细节，“沉樱为什么说她对不起巴金”[⑤]，而沈从文又是何时何地将《沈从文小说选》、《沈从文散文选》（1981）签赠给沉樱的[⑥]，都已不得其详。

---

① 现收入杨洪承主编：《田仲济文集·第3卷》，南京：江苏文艺出版社，2007年，第324—333页。

② 刊载于《泰安师专学报》，1991年第1期，现可见于《田仲济文集·第3卷》，第643—656页。

③ 先后刊载于《昌潍师专学报》，1990年第2期；《新文学史料》，1992年第1期；现可见于《田仲济文集·第4卷》，第458—479页。

④ 相关文章还包括1980年代为沉樱所译《同情的罪》《秘密的婚姻》《青春梦》等书作的序或后记，以及为其所译《女性三部曲》作的《沉樱小传》；相关传记文献则还可包括为沉樱1978年冬至1984年冬的28封来信作的按语和注释，见《沉樱自美国来信》，《新文学史料》，1992年第1期。

⑤ 周立民：《一个“新女性”的人生断片——女作家沉樱素描》，《传记文学》，2020年第7期。

⑥ 徐自豪：《1982，沉樱归国记：从沈从文的两册签赠本说起》，澎湃新闻·上海书评，2020年4月30日（https://m.thepaper.cn/newsDetail_forward_7201836?from=timeline）。

二、“有关梁宗岱”

彭燕郊能掌握沉樱、梁宗岱的文献，则要从他20世纪80年代前期筹划“诗苑译林”丛书说起。大概是在1982年的时候，彭燕郊开始与梁宗岱联系，其时，梁宗岱已进入生命的晚期，疾病缠身，但彭燕郊非常尊敬这位前辈人物，曾到广州拜见，征求他对于该丛书的意见。1983年3月，《梁宗岱译诗集》出版，为湖南人民版“诗苑译林”丛书最早的出版物。

说起来也是奇妙。也是在1982年，阔别祖国30多年的沉樱从纽约飞回中国，“在上海，受到巴金、赵清阁等作家友人的热情款待。到济南，见到她的表弟，作协山东分会副主席田仲济。在北京，会见中国文联副主席阳翰笙，还见了朱光潜、卞之琳、罗念生等老朋友。当然，她也见了她与第一个丈夫所生的女儿马伦。然而，她这次归程，却没有广州这一站。那里的宗岱应该是等候着她的；而她本人也早有意和宗岱一见。”[①] 这也就是1992年11月26日田仲济信中谈到的沉樱“来大陆那次”的情形。梁宗岱与沉樱在晚年之际终未得一见，否则，彭燕郊关于沉樱或许会有更多、更直观的感受。

1983年11月，梁宗岱逝世。此后，其晚年生活伴侣甘少苏将梁宗岱的“全部遗著”以及各类悼念文字、唁电、挽联、悼词等都寄给了彭燕郊。彭燕郊随后主编的湖南人民版“散文译丛”中，也有梁宗岱与黄建华合译的《蒙田随笔》（1987年）。而甘少苏在写出回忆录《宗岱和我》初稿之后，于1985—1989年，又得到彭燕郊及友人的帮助，五次修订书稿，并最终

---

① 黄建华、赵守仁：《梁宗岱传（插图本）》，广州：广东人民出版社，2013年，第287页。

于1991年2月出版。[①]

《宗岱和我》出版之后，彭燕郊多方寄赠，以期扩大影响。北京方面，即寄给了胡乔木、冯至、罗大冈、陈占元、卞之琳诸位。[②]上海的施蛰存先生也在寄赠之列。施蛰存（1905—2003）与梁宗岱属同时代人，但交道并不是很多。从他当时的阅读感受以及沉樱好友赵清阁等人的反应可以见出此书所引起的反响：1991年6月1日，施蛰存来信赞许其序和甘少苏的文笔："惠赐《宗岱和我》，已收到，两天读完，印象甚好。我与宗岱在上海、香港各见过二次，略知其人，今读此书，始识全面。抗战胜利后，在上海闻宗岱遗弃沉樱，与一粤剧演员结婚，当时对宗岱，文艺界颇有非议。少苏女士此书，叙宗岱，叙自己，坦率真诚，使我对二人之结合，改变旧时看法，可知知人亦诚不易也。""北有新凤霞，南有甘少苏，皆女士中之佼佼者，甚佩服之。""兄所撰序文亦充满感情，不同凡响，精诚所至，非率尔之作，尤为佩服。"7月8日，施蛰存又来信表示："《宗岱和我》已有好几人看过，都说好。赵清阁看后，说'不胜感慨'。她是沉樱的好友。"7月18日，又来信表示"想写一篇随笔"，并且，随信寄来赵清阁为《宗岱和我》所写随笔的剪报（刊《新民晚报·读书版》）。[③]

实际上，不仅仅是大陆的诸多人士，彭燕郊还与台湾地区的人士联系，先是给莫渝寄去《宗岱和我》，并询问此书以及梁宗岱译诗集在台湾地区出版的可能性；又通过他联系上林海音，询问梁宗岱译著的出版事宜，并

① 彭燕郊：《一瓣心香（代序）》，甘少苏：《宗岱和我》，重庆：重庆出版社，1991年，第2—4页。

② 据1991年5月5日彭燕郊致卢季野的信，未刊稿。

③ 施蛰存：《致彭燕郊》，见《施蛰存全集·第5卷（北山散文集 第4辑）》，上海：华东师范大学出版社，2011年，第2259—2262页。按：1991年7月3日，彭燕郊致《宗岱和我》一书的责编卢季野的信中，抄录了1991年6月1日施蛰存来信中的一段文字。

寄去相关材料[①]——其中就包括晚年沉樱写给梁宗岱的信，如田仲济所谈，《隔着竹帘儿看见她》一书用到了这些书信材料。由此也就不难理解，当接到田仲济的来信提到林海音的著作并询问《宗岱和我》一书的时候，彭燕郊随即寄上了《宗岱和我》以及个人诗论集《和亮亮谈诗》（生活·读书·新知三联书店，1991 年），这即是杨洪承教授所见签名本。再往后，更年轻的一代研究者李振声、陈太胜等人因梁宗岱文献整理与研究工作而来的时候，彭燕郊都给予了非常热切的帮助，将自己所藏资料无保留地拿出。

与此同时，彭燕郊也满怀热情地写下了不少关于梁宗岱的文字，为《宗岱和我》作《一瓣心香（代序）》之后，还有为梁宗岱遗译《圣诗三首》作《附记》（刊载于香港《大公报·文学》，1994 年 1 月 18 日）以及《诗人的灵药——梁宗岱先生制药记》（台湾《联合报》，1992 年 12 月；《新文学史料》，1994 年第 2 期）、《〈梁宗岱文集〉题记》（香港《大公报·文学》，1996 年 10 月 30 日；珠海出版社，1997 年 10 月）、《〈莎士比亚抒情诗选〉代译序》（湖南文艺出版社，1997 年 12 月）、《可爱的梁宗岱先生》（《芙蓉》，2003 年第 5 期），等等。[②]

彭燕郊关于“梁宗岱”的种种行为，在后学李振声看来，是“关乎到一宗文化遗产的守护和传承”，其中有“薪尽火传”的含义在。[③]而对于彭燕郊本人而言，可以毫不夸张地说，“梁宗岱”是贯穿于其晚年精神视域之中非常重要的一位文化人物。这两年，随着所掌握的彭燕郊文献愈加

① 部分参见易彬：《“钩沉集腋，功在文苑”——陈子善老师学术工作评述》，《传记文学》，2019 年第 3 期。按：1992 年 1 月 15 日，陈子善给彭燕郊来信也是关于梁宗岱译著在台湾印行事，其中也提到了林海音等人。

② 所列作品中，有两篇在大陆和港台发表时，题目有所不同。

③ 李振声：《薪尽火传》，《中华读书报》，1997 年 3 月 26 日。

丰富，我有编订《有关梁宗岱——围绕彭燕郊的一些人与事》的打算，拟以专题图书的形式，勾连不同代际的文化人物之间某种共通的精神脉动，呈现当代思想史、文化史的某些独具魅力的侧面。限于篇幅，更多的构想与细节这里就不再赘述，但将田、彭二人通信纳入“有关梁宗岱”这一视域，应该也是合宜的。

在讨论现当代文学的时候，文学活动以及人物关系往往值得特别注意。研究指出，在面对文学现象时，不能止于“文坛掌故、文学谈助或名人轶事之类”，而应“回到一个朴素的原点，重新定义文学活动的性质及其与作家自身、和他人和社会到底是个什么样的关系”，对作家（们）的文学行为展开“实存分析”，进而探究其“文学史意义”。[①] 在类似的文学人物之间的研究中，多着眼于彼此间的实存行为分析。不过在彭燕郊这里，还可以进一步拓展为时间更长的人物关系，近于一种文化传承的谱系，即，梁宗岱——彭燕郊——更年轻的学者。

三、未尽的话题，凝固的历史

田仲济关于“沉樱传”的写作未能完成，从彭燕郊的角度来看，当时他多方联络，希冀《宗岱和我》以及“梁宗岱译诗集”能在台湾地区出版，莫渝、林海音等人也为此做了努力，但最终都不了了之。实际上，《宗岱和我》一书，他向田仲济表示“自己也很不满意，将来有机会还想重新整理出版”。而从目前所知彭燕郊与该书责编、重庆出版社的卢季野的通信可知，该书

---

① 解志熙：《相濡以沫在战时——现代文学互动行为及其意义例释》，《新文学史料》，2011年第3期。

出版后不久，他多次表达类似的意思，比如1991年7月10日即谈道：“由于朋友们都建议设法使《宗岱和我》更臻完善，主要的是大家认为现在这样子由于帮忙整理的朋友过分热心，加上了些‘文艺腔’反而失去原来的质朴和使全书格调不统一，这本书已引起注意，我想还是应该使它尽可能恢复本来面目的。”这样的愿望也未实现。

新时期之后，一批历经磨难、年逾花甲乃至古稀之年的文化老人仍在持续工作，力图在历史文献的整理、新的文化建设等方面发挥“余热”。就其实际成果而言，田仲济主编《中国现代文学史》《中国现代小说史》（与孙昌熙合作），编辑六卷本、三百余万字的《王统照文集》和《中国新文艺大系：1937—1949·散文杂文集》等；彭燕郊则是参与筹划或主编了多种外国文学丛书（刊），如“诗苑译林”丛书、“散文译丛”、“犀牛丛书”、“现代散文诗名著译丛”以及《国际诗坛》《现代世界诗坛》等。这些工作在当时所产生的效应自是程度不一，而在此之外，也还有上述这类耗费不少时间和心力、最终却未能如愿的工作。这种未如愿、未完成，也是时代史与个人史的重要内容——时至今日，一些情形依然如故，譬如“沉樱传”始终没有出现，《宗岱和我》的“重新整理出版”更是全无可能，在这里，历史恍若被凝固、光泽日益黯淡，读来不免有些唏嘘。

沉樱之外，田、彭二人信中另一个话题是田仲济的杂文研讨。杂文是在田仲济的写作行为中非常重要的一类，“30年代末40年代初，是田仲济先生杂文创作的高峰，先后有《杂文的艺术与修养》《情虚集》《发微集》《夜间相》等结集出版。它们是抗战中后期大后方杂文的重要作品。田仲济先生师承鲁迅先生的杂文传统，数十年如一日地坚持杂文创作，解放后虽因《雅量》等杂文受到政治牵连，但痴心不改。1987年退休以后，仍不倦地写作，又出版了40余万字的《田仲济杂文集》和《田仲济序跋集》，专家和学者们认为‘对人的尊重’是田仲济杂文的基本主题；敏锐发现实感，深邃的历史思辨和诗性美，是他杂文的基本风格”[①]。所称《田仲济杂文集》《田仲济序跋集》均为1991年出版。而杂文座谈会的成果后由宋遂良、王万森编成《百家论杂文》（山东教育出版社，1993年）出版。彭燕郊当时有“回忆绀弩”或“聂绀弩传”一类写作计划，也完成了一些零散的篇章，他表示“一定争取来参加”，但最终未成行。

目前尚未见到1992年底至1994年7月10日间两人的通信，从田仲济的第二封信来看，他当时还没有收到彭燕郊寄赠的《宗岱和我》等书籍，因此，也无法得知他对于这部回忆录的感受。而从彭燕郊一年半之后的信来看，期间，田仲济曾寄来新书——很可能即是《百家论杂文》一书，同时，还询问了梁宗岱的“制药书”，即《我学制药的经过》，此文为梁宗岱逝世之后印出（油印）[②]，彭燕郊应该是得到了甘少苏寄来的油印本，据此写成的长文《诗人的灵药——梁宗岱先生制药记》在《新文学史料》1994年第2期刊出。信中提到“此书及另一些有关梁先生的资料”，“拟献给中国现代文学馆”。查阅相关文献可知，当时有一次引起较大反响的“当代著名作家支持兴建中国现代文学馆捐献著作活动”，包括巴金、冰心、夏衍等147位作家捐赠了各自的作品300余册，彭燕郊也在其列。所捐献的书籍于1993年11月“由上海拍卖行在东湖电影院公开拍卖，所得款项全部捐献给即将兴建的中国现代文学馆”，随后还出版了《书香缘——作家捐书题词集》（费滨海编，上海人民出版社，1995年11月）一书。这意味着彭燕郊在更早时

① 杨洪承：《田仲济先生生平》，《中国现代文学研究丛刊》，2002年第2期。

② 梁宗岱：《宗岱的世界·诗文》，广州：广东人民出版社，2003年，第403页。

候就与中国现代文学馆有联络，按说应该有相关书信来往，但目前暂无从见得。至于梁宗岱的资料是否捐赠给中国现代文学馆，也不得其详。

1996年6月，田仲济、蒋心焕主编的《中国新文艺大系：1937—1949·散文杂文集》由中国文联出版公司出版，其中收入彭燕郊的散文诗《宽阔的蔚蓝》，这可能是两人最后的文字交集了。

附录：田仲济、彭燕郊往来书信四封

（一）田仲济致彭燕郊（1992年11月26日）

燕郊先生：

冒昧写信，请谅。

由于我拟写《沉樱传》，材料尚不足，由台北林海音著《隔着簾儿看见她》[①]中获知有些材料是你提供的。故写信打扰你。

沉樱于88年在美逝世，在遗物中据她女儿讲，往来书信没有一张，我想这与她晚年有人各方打听她的个人隐私，特别是她过去的恋爱结婚情况，引起她的反感所致，她曾给我两次信，嘱不要对外谈她过去的一些琐事，她怀疑有人专门就过去婚恋等问题，添枝加叶，以取悦于人。她说她生前绝不愿看有关于她的这类文字。她来大陆那次，在我处住过两次，对宗岱多次提到就赞他聪明。她在美国一直以梁夫人的身份处世。但由甘少苏存的你寄给林海音的他们间那几封中才正［证］实了，他们晚年实际上已得

① 本信和下一封信中，该书名均有误，应是《隔着竹帘儿看见她》（台北：九歌出版社，1992年5月版），其中有《念远方的沉樱》《最后的沉樱》等多篇记录沉樱的篇章。

到互相谅解，当然她对梁甘的结合一直是认为非法的——无论如何说，谅解是件好事。没有沉樱指教，宗岱的女儿们也无从探望宗岱。从一切事情上证明甘少苏的为人还是不坏的，据说关于宗岱著译文字或有关资料，她一般都给宗巨[①]一份，特别是她能积累那么多材料成为《宗岱与我》[②]更不是一般人能想到与做到的。那本书，即《宗岱与我》对我写沉樱传是很有用处的，听说，是你修改定稿的。如今市上已看不到了，拟请你费神为我代购一本。若购不到时，是否可借用你的一用，倘蒙俯允，则请挂号寄下，我收到后复印后即再奉还。

去年我印了“杂文集”“序跋集”各一小册[③]，倘见告宿舍号数，当即寄上请正。明年春四、五月济南一些友人拟举行杂文座谈会，倘有意莅临指教，当奉寄邀请函。

因视力很坏，写得不象样子，请谅！

即颂

冬安！

田仲济上

11月26日

通讯处：

济南山东师范大学32楼111号

---

① 指梁宗岱的弟弟梁宗巨（1924—1995），辽宁师范大学数学教授。

② 指甘少苏所著《宗岱和我》，重庆：重庆出版社，1991年。

③ 指田仲济：《田仲济杂文集》，济南：山东文艺出版社，1991年；《田仲济序跋集》，济南：山东教育出版社，1991年。

邮编：250014

电话：363712（总机）转分机2812

（二）彭燕郊致田仲济（1992年12月17日）

仲济先生：

你好！很高兴读到来信。

我记得很清楚，那是1944年冬或1945年春，在重庆，一次文协[①]开会，我曾见到过你。记得你穿的是蓝色的长袍，戴眼镜，没有刮胡子，我是后辈，你大约记不得了。后来我读到你的《抗战文学史》（用笔名出版的[②]，是吗？），印象很深。这些年我知道你都在山东，隔得远了，无缘一申倾慕。

你要写《沉樱传》，极是好事。宗岱先生去世后，甘少苏女士发愿写回忆录，惜文化程度低，没人协助，我先后按她的要求介绍两位女青年做她的助手，结果都不够理想。甘所写的本较质朴，她们统统用些“文艺腔”给破坏了，书稿最后由我改、定。不幸的是甘女士未及见到此书出版也去世了。现在的这本《宗岱和我》我自己也很不满意，将来有机会还想重新整理出版，现遵嘱寄上一册，请多提意见。

据我所知，甘女士曾多次给沉樱女士写信，均未获复信，仅有的一次是宗岱先生去世后甘女士写信报丧，沉樱回了信，并给甘女士寄了一张照片，这照片甘女士给我看过。甘女士去世后，遗物中的来往书信等不知由谁保管，由于当时我自己在病中，未能赶赴广州，有些情况不太了解。宗

① 此处为书信原文引用，即中华全国文艺界抗敌协会，简称“文协”。

② 应是指田仲济用笔名蓝海所写《中国抗战文艺史》，上海：现代出版社，1947年初版。

巨先生和思薇女士[①]都曾通信，我想宗巨先生知道的情况应该更多些。

马彦祥先生已去世，他和沉樱女士的女儿听说还在美国。记得我们在重庆时马先生也在重庆，那时他是和一个明星或名演员同居的吧，我已记不清了。

这些年我写的诗较多，84 年出版过一本“诗选”，印得太少，已找不到了。最近我编了三本诗集，明春或可出版，当即寄呈请政。《宗岱和我》及拙著《和亮亮谈诗》现寄上，请多指正是幸。[②]

中国现代文学史，你是先行者，开拓者，很想读到你的大著，不知还有存书不？如承与“杂文集”“序跋集”等一起赐寄，则感激不尽矣！

承嘱参加杂文座谈会，甚感！对我来说，这是个很好的学习机会，一定争取来参加。我对杂文写作是外行，但在写“回忆绀弩”，不能不边学边写。

匆匆不尽，顺颂

身笔两健！

彭燕郊

92. 12. 17

我现常住长沙家中，来示请寄：

410005 长沙东风路湖南省博物馆宿舍

---

① 指梁宗岱和沉樱的大女儿梁思薇（1936— ）。

② 彭燕郊所谈到的个人作品集，指诗集《彭燕郊诗选》，长沙：湖南人民出版社，1984 年；诗论集《和亮亮谈诗》，北京：生活·读书·新知三联书店，1991 年版，但所称“三本诗集”，当时并未出版。

（三）田仲济致彭燕郊（1992年12月29日）

燕郊同志：

手书拜读。是由于得林海音女士的赠书二册，沉樱散文全集、隔着竹簾儿看见他，后者显然是您提供的那些信的资料。又得到宗巨先生的信，承他告诉我《宗岱和我》是你定稿并送了他一册，我才冒然写了前一封信。

承你惠赐书笈，想不久即可收到。现寄奉杂文集、序跋集各一本，请收，并指正。杂文座谈会拟于4月中旬举行，预备通知已发出多日，主要内容是要求写文章，因为想最后汇集印一本“从一个作者看杂文问题”[①]，这就座谈有些意义了。不然的话，只谈这两本书，是没有什么意义的。是在济的几个已工作的研究生，他们的意见要开这么个会，完全不理会也不好。您愿参加自然是欢迎之至。我们与全国闻一多研究会还拟于明年暑间（可能6月或10月）在烟台召开一个闻一多学术研讨会，就性质来说，您不参加前者而出席那个会更好些。自然究竟出席哪个会，还是由您来定。都参加我们也是欢迎的。

中国现代文学史我个人只有一本讲稿，并未付印，“文革”后各地编书，山东四院校也编了一本，我也参加了，我考虑到若是同时同地印两本同样性质的书会互相影响，所以个人的就未向外拿。以出书难，只有作为几校的教材，才较有出路，就更不便拿了。四院校那本是80年初出的。还有一点，出的各书十之八九是以各校的讲义为基础的，（临时编也不出这范围）作为讲义，用别书的材料自然是完全可以的，但由于时间久了，哪些是自己的，

① 后有宋遂良、王万森编：《百家论杂文》，济南：山东教育出版社，1993年。

哪些是采用别人的，大半连自己也忘了，这样就造成了既不注明，也不用引号。人我混在一起了。我觉这是我们的一件憾事。不悉以为然否？我省出的那本，是集四校的人凑的，但凑时无例外的以其本校或本人讲义为据，不然，怎样一两个礼拜就凑起一本书呢？十来年前的事，我个人也无存书，恐找起来也困难了，主要的是无太大参考价值故未去给你物色，请谅。

来［信］提到的沉樱与马生的那女儿，名马伦，未出过国，可能也未受大学教育，现在在开封化肥厂当会计。我与沉樱是两姨表亲，家庭间一些具体事，多少晓得一点。

其他后叙，敬贺

新年阖家吉祥！

田仲济上

12月29日

（四）彭燕郊致田仲济（1994年7月10日）

仲济先生：

你好！

谢谢惠赐新书，给了我极好的学习机会，读它，增进了我对你、对你的杂文，以及对杂文这一文体和我国杂文的现状与将来的认识，得益匪浅！

你想要的诗人制药书，想是指梁先生的“我学制药的经过”[①]，此书

① 制药的相关情况亦可参见彭燕郊：《诗人的灵药——梁宗岱先生制药记》，《新文学史料》，1994年第2期。

及另一些有关梁先生的资料，我拟献给中国现代文学馆。记忆中，此书亦已无存书了。当函询梁宗巨先生。他或知道梁先生遗物在何人手中，有无此书。如何容后奉告。

匆匆不尽，祝

暑祺！

燕郊

94.7.10

张元珂

新儿女英雄传的本事、故事与文本修改

论茹志鹃高高的白杨树的茅盾眉批本

——兼及『十七年』时期茅盾眉批实践的价值及意义

张元珂

山东沂南人。文学博士，副研究员，南京大学博士后。主要研究方向：中国新文学版本、中国当代小说、传记文学。现为中国艺术研究院传记研究中心副主任、《传记文学》编辑、研究生院硕士研究生导师。兼任中国小说学会理事、中华文学史料学学会理事、临沂大学文学院特聘教授。在《中国现代文学研究丛刊》《文艺理论与批评》《南方文坛》《现代中文学刊》等学术期刊发表论文三十余篇；著有《韩东论》《中国新文学版本研究》《新文学版本丛话》，主编《现代作家研究》（共八卷）。主持国家社会科学基金会一般项目、中国博士后科学基金会面上资助课题、中国作家协会重点作品扶持项目各一项。曾获中国艺术研究院优秀科研成果奖、第三届沂蒙精神文学奖。

05 《新儿女英雄传》的本事、故事与文本修改

张元珂

抗战期间，围绕减租减息、参军拥军、军事斗争、统一战线等活动，各根据地所发生的战役、战事和所涌现出的英模人物不胜枚举。在相当长的一段时期内，包括日军、伪军、国民党军队、八路军、当地土匪在内的各种关系在冀中犬牙交错，各种力量此消彼长，此间以白洋淀为中心区域所发生的各种中小型游击战、伏击战更是数不胜数。迷宫般的芦苇荡、神出鬼没的“雁翎队”、层出不穷的抗日英雄、错综复杂的历史关系，都为文学创作提供了丰富的素材和深厚的主题。这也就是冀中能够涌现出《小兵张嘎》《荷花淀》《敌后武工队》等众多文学经典的根因所在。同样，袁静与孔厥合著的《新儿女英雄传》也是以冀中抗战期间的典型人物和故事为原型并经过艺术加工后而生成的艺术品，其创作背景、本事到故事也都与冀中白洋淀一带的自然形貌和抗战史息息相关。它自1949年5月在《人

民日报》初刊以来便在各层次读者群中迅速、广泛传播开。由此，作为抗日根据地的冀中，与作为文学书写对象的冀中，彼此互证、补充、说明，并以其特有的呈现方式、效果，确证了彼此在解放区文学史上的重要地位。

关于《新儿女英雄传》的创作动机、过程、目的，袁静在一次谈话中有详述[①]，她和另一作者孔厥由于长期在一起工作，因而对相关人物、故事都相当熟悉，并且对延安文艺座谈会精神的领悟和实践高度一致，故虽为合写，但并无割裂。他们先列大事年表，撰写提纲，再共同推敲故事情节，拟定小说结构，然后由袁静写初稿，孔厥负责文字修改、润色，并在不断征求冀中党委领导和各界干部群众意见后最终完成初稿。小说中的人物都有事实根据，但大都经过了综合与加工，即将现实中人物的英雄事迹挪移到牛大水、杨小梅等角色身上，继而通过交叉讲述，集中反映冀中根据地抗战历程，揭示在战争环境下青年人的成长。比如《生死关头》一章中牛大水英勇斗争的经历和精神风貌，就是以一位叫“张复生”的英雄人物原型为主，以他人做补充（比如“雁翎队”队长郑少臣），然后综合创作而成。杨小梅也同样是根据几个原型集合而成，正如袁静所说：“她的模特儿，有的还在当地工作，有的已经南下，有的已经牺牲了。”[②]其中，时任妇联主任的马淑芳的不幸遭遇和斗争经历，是启发袁静决定塑造这一典型的最初动因，将先后担任区民政助理、妇联委员等职务的张惠中的故事予以扩写。这都充分表明，《新儿女英雄传》从人物到故事大都有事实可依，虽人名皆为虚构，但部分情节或很多细节带有一定的非虚构性。这

① 可参阅杨鹤龄：《〈新儿女英雄传〉创作经过——记袁静同志的谈话》，石韵、辛夷：《〈新儿女英雄传〉评论集》，上海：海燕书店，1950 年，第 86—91 页。

② 可参阅杨鹤龄：《〈新儿女英雄传〉创作经过——记袁静同志的谈话》，石韵、辛夷：《〈新儿女英雄传〉评论集》，上海：海燕书店，1950 年，第 90 页。

种立足于本事、力在呈现总体性历史景观的文学创作，亦可看作是以小说方式对一段历史的形象记载。因为这种记载，有关白洋淀“雁翎队”的抗战事迹也就逐渐被传奇化，其由本事向小说故事蜕变，也见证了文学或文学性生成的演变过程。但是，这种简化处理和类似“演义”式的书写，也有将冀中抗战历程的残酷性和复杂性弱化和遮蔽的嫌疑，这无疑也是本书的一个遗憾。

无论在解放区还是在“十七年”时期，作家作为文艺工作者的首要职责即为党的革命和建设事业服务。《新儿女英雄传》于1949年在解放区的“爆红”以及在此后的声名远播，其重要原因之一，即相比于同时代众多文本，它在“新中国”这个话语场中因其出场的恰逢其时而更具有无可取代的宣教价值和示范意义。从故事层面来看，小说主要讲述七七事变后，回乡的共产党员黑老蔡组织一帮主要由农民组成的民间抗日武装，与国民党和日伪势力周旋，虽历经一系列挫折和牺牲，但最终取得胜利的斗争过程。在这一过程中，穿插讲述一帮来自农村的青年人在抗战中的成长经历，特别突出了牛大水和杨小梅在情感和斗争中的精神蜕变。黑老蔡的刚毅形象和领导能力，显然表现的是党在抗战中所发挥的支柱作用。杨小梅和牛大水的相逢及其由犹疑到坚定、由自发走向自觉的斗争经历，很明显也是在彰显党的强大领导力和培育之功。而对何世雄、张金龙等反面人物的塑造则更是善恶忠奸立判，其反衬之力非常明显地昭示出作者的写作意图。以上可说明，在由本事到故事的演变过程中，作者理念先行、直接切入主题的实践，无论在当时还是在“十七年”时期，都被作为最重要的品质予以宣扬。在今天看来，这也的确有其概念化的弊端，但文学与政治的结合及其超文学诉求，特别是在大众化、为工农兵写作、普及与提高成为时代主旋律、主诉求的年代，它在这几方面所做出的成就和所起到的助推作用，也正彰显出其在彼时最重要的价值。

当然，《新儿女英雄传》的文学价值和意义并不止于上述论定。作为解放区“新英雄传奇小说”的重要代表作之一，它自在《人民日报》文艺版连载（1949 年 5 月 25 日至 7 月 12 日）并于同年 10 月由海燕书店初版以来，就一直以其对冀中八年抗日故事的生动讲述，对新人物形象的集中塑造以及对民间艺术特别是群众语言和传统章回体的创造性吸纳、改造，而备受彼时读者和专家学者们的持久喜爱、热议。同时，作为成功践行毛泽东延安文艺座谈会讲话精神的典型文本之一，于新中国成立前夕诞生的《新儿女英雄传》亦因其对大众化、通俗化文艺风尚的模范实践，特别是在文艺的“普及与提高”方面所做出的卓有成效的示范效应，而成为解放区文学和新中国工农兵文学的代表作而予以推广。实际上，早在 1950 年前后两年间，经由郭沫若、谢觉哉、王亚平、萧也牧等文艺界要人的阐释、推介以及借助报纸连载、图书出版和电影改编而在广大读者间的快速、广泛传播，它作为“红色经典”的主题内涵和艺术特质更是在“当代”维度上被予以重释，并由此进一步夯实了其作为文学史经典的地位。《新儿女英雄传》诞生于“现代”语境中，吸纳并分享了“中国现代文学”赋予的革命内涵和艺术形式，同时，它又深深扎根于“当代”语境中，阐释并参与建构了“中国当代文学”之最初样态。这种双重价值和意义正是今天我们在重读类似《新儿女英雄传》这种创作于新中国成立前夕的解放区经典作品时，尤需予以再次关照和阐释的新向度。

《新儿女英雄传》有众多版本，常见的主要有：《人民日报》1949 年初刊本、海燕书店 1949 年初版本、人民文学出版社 1956 年初版本、作家出版社 1963 年初版本、人民文学出版社 1977 年版和 1978 年版。另外还有时代出版社 1950 年电影版（剧本）、人民文学出版社 1978 年农村版和各种画册版。如果说从 1949 年《人民日报》初刊本到海燕书店初版本的变化仅是个别文字修饰，基本不涉及文本语义系统的变动，那么，从人民文学出版社 1956 年初版本、作家出版社 1963 年初版本到人民文学出版社 1978 年版中的变迁，则表现为从修辞到文本体系的全方位改变。此处仅就作家出版社 1963 年初版本（后文简称作家社版）到人民文学出版社 1978 年版（后文简称人文社版）中出现的部分重要异文做简单梳理和简要阐释。

作家出版社 1963 年初版本原文	人民文学出版社 1978 年版本中的变动
P1：牛大水二十一了，还没娶媳妇。	P1：牛大水二十三了，还没娶媳妇。
P10：……唱着《义勇军进行曲》：起来，／不愿做奴隶的人们！／把我们的血肉／筑成我们新的长城……	P10：唱着《大刀进行曲》：大刀向鬼子们的头上砍去！／全国武装的弟兄们，／抗战的一天来到了，／抗战的一天来到了……
P19：第三段：两个人又割了一会儿，双喜又低声说："大水，我问你，将来实行共产主义你看好不好？"大水傻不济济的说："共产，共我的地不？我还有五亩地呀！"双喜直了腰，用小镰子点着他说："你这个傻蛋！共你那五亩地干什么呀？"大水还在割，双喜气恼的说："别割了，咱们走吧！"两个人背着柴禾，不言不语地回来了。	P20：删除第三段，增加：……就又问："你看黑老蔡这个人怎么样？"大水马上答道："那还用说！他真是个好样儿的，我最信服他啦！他怎么说，我就怎么干！"双喜点点头。他们又割了一会，就背上柴禾回来了。
P28：……还唱着《青年进行曲》呢：前进！／中国的青年！／挺战！／中国的青年……	P29：……还唱《新中华进行曲》呢：我中华英勇的青年／快快起来，／起来！／一齐上前线……

P101：春去秋来，敌人的“大扫荡”开始了。 这残酷的“五一大扫荡”，是在一九四二年。	P101：开头增加：一九四二年——抗战抗到第五个年头，共产党和共产党领导八路军、新四军一天天发展壮大，新建立的抗日根据地和农民游击队从无到有，从小到大，也越战越强了。这使得日本鬼子逐渐懂得了：国民党倒不可怕，共产党才是他们的心腹大患，就把对付国民党的主力部队调来对付共产党，向各个抗日根据地大举进犯。 在冀中，残酷的“五一大扫荡”开始了。
P104：第四段、第五段、第六段	P109：全部删除。
P107：第三段：小梅眼泪汪汪的做起来……	P111：小梅做起来……
P110：小梅一肚子委屈，坐在庙台上哭。想想哪儿也是敌人。一伙子同志死的死，散的散，大水、双喜、黑老蔡……也都不知道死活，抗战可怎么能胜利啊？	P114：删除最后一句。
P111：……他挂了彩，也还拼命抵抗呢；自己好好儿想寻死，多丢人啊，死也死得没价值！想来想去，不能就这么死了。她痴痴呆呆的在井边爬了半天，雨把她浑身淋得湿透了，风吹着，忍不住打寒战；她回到庙台上，在墙角里坐下来，累得迷迷糊糊，睡着了。	P115：……他挂了彩，也还拼命抵抗呢；自己好好儿的，泄什么气呀！哭，哭有什么用！……想来想去还得坚持，还得找同志，找组织。对，找到党，就有了主心骨，就有信心，有办法，劲儿也有处使啦……可是，往哪儿找同志，找组织呢？
P111：他疯了，同志们的心儿给什么咬住了似的，都忍不住哭出声来了。	P144：删除。
P141：就低声唱起《青年进行曲》：前进！／中国的青年！／挺战！／中国的青年！／中国恰像／暴风雨中的破船，／我们要认识／今日的危险；／用一切力量／争取胜利的明天！……	P147：就低声唱起《新中华进行曲》：我中华英勇的青年快快起来，／起来！一齐上前线，／四万万觉醒的大众／已不再忍受这横暴的摧残！／满怀的热血已沸腾，／满腔的热泪总不干，／不将暴敌扫荡誓不生，／不将国土恢复誓不还！／……

P154：我们要／以一当十，／百以当千——青年进行曲	删除
著作署名：袁静　孔厥	著作署名：袁静等　著

以上异文大体可分三类：一类是渲染气势，拔高人物形象，或直接强化主题呈示的文本修改。比如把《青年进行曲》换成《新中华进行曲》，其宏大格调和气势立显；通过人物之口或直接的话语表述，强化"党组织"和"共产党员"在抗战过程中所起到的中流砥柱作用。另一类是删除表达低沉情感、消极情绪和展现我方群众落后面貌的语句或段落。比如，诸如"抗战可怎么能胜利啊？""共产，共我的地不？"之类的不合时宜的语句或段落被悉数删除。其他诸如在 101 页中丑化群众和在 111 页中宣扬悲观情绪的话语也一概删除。经过这种改动，1978 年版本已成为"洁本"，主题更突出，道路更光明，黑老蔡、牛大水等人物形象被再次拔高。很显然，前两种修改深深刻印着理念先行的烙印，人物脸谱化更突出，主题呈现更直接，相比于 1963 年作家出版社初版本，其文学性被削弱。还有一种是为符合时政要求而做出的修改。这主要有两处：一处是将牛大水的年龄由 21 岁改为 23 岁，以合乎婚姻对年龄的最低要求（当时的婚姻法规定："男不得早于 22 周岁"）；另一处是将著作者署名由"袁静　孔厥"改为"袁静等著"（人民文学出版社 1956 年版、1977 年版、1978 年"农村读物版"，也都署"袁静等著"），可能是出版社有意为之，但如何理解和裁量，显然也并非一律，作家出版社 1963 年初版本就依然署二人名字，就是很好的例证。

本文为国家社科基金项目“新文学作品版本发掘、整理与研究”（项目编号：17BZW185）阶段性成果

06 论茹志鹃《高高的白杨树》的茅盾眉批本

——兼及“十七年”时期茅盾眉批实践的价值及意义

张元珂

早在1949年之前，茹志鹃（以下简称“茹”）就有作品发表，但真正实现由战士向作家的彻底转换则发生于20世纪50年代。新中国成立后，她利用一切机会下基层（工厂、农村），体验生活，搜集素材，为写作打下了坚实基础。应该说，20世纪50年代是其“作家意识”充分形成且创作取得重大成就的时期。这一时期，她虽然自觉将角色设定为“文化战士”“毛泽东的文化兵”，但她的文学实践与主流模式不一样，从而使得其在“十七年”时期因与众不同而成为“独特的这一个”。《高高的白杨树》中的15篇作品就是这种意识与实践的成果。茹在“十七年”时期的脱颖而出以及文学地位的取得，都与茅盾的及时发现、阐释与不遗余力的提携分不开。1959年9月，茹的第一部文集《高高的白杨树》由上海文艺出版社初版（分精装和平装两种），列为《上海文艺丛书》之一种，内收小说

十篇:《关大妈》《妯娌》《在果树园里》《新当选的团支书》《百合花》《高高的白杨树》《澄河边上》《如愿》《鱼圩边》《黎明前的故事》，散文五篇:《生命》《美丽的事业》《在社会主义的轨道上》《运动场边》《收获时节》，待 1978 年 9 月再版时,《生命》《美丽的事业》《运动场边》三篇被抽离，并附有“重印后记”。茅盾于繁忙的国务工作间隙以传统眉批方式对之边读边评，从而生成了该小说集的另一个版本——茅盾眉批本[①]。这个版本除收入茹志鹃《高高的白杨树》初版本中经由茅盾批阅过的所有短篇小说外，还收入杜鹏程的中篇小说《在和平的日子里》，并被列为“中国现当代文学茅盾眉批本文库”之一种予以出版[②]。

《妯娌》:“总觉得犹有斧凿的痕迹”

《妯娌》完稿于 1955 年 6 月，茅盾（以下简称:“茅”）评价道:“此篇用两代妯娌的思想上的不同，衬托新社会的新风气、新人，笔墨干净，形象生动，但不知为何，总觉得犹有斧凿的痕迹。小的一辈并没写好。赵二妈比红英和小兰子都写得好。”（第 33 页）很明显，茅对这篇小说的肯定仅限于对其创作动机以及描写效果的肯定，而对表现效果则基本持否定

① 在古代，作文需竖着写，书籍字行为竖排，纸张上方留有空白，因“空白”处位置恰似人面部眉毛所在处，故称“眉批”。或者说，眉批，即在书页正上方空白处写下的批语。这是有关“眉批”的最初定义。待到现代，作文需横着写，书籍字行多为横排，除眉批外，又盛行在纸张左侧空白处写批语。在茅盾批阅过的 40 多册文学书籍中，批语多记于上述两位置，故被笼统地称为“眉批”。后来这些经由眉批过的书籍又陆续交由出版社出版，故也就生成了另一种全新的版本——“茅盾眉批本”。据笔者视野，在“十七年”时期，以眉批方式从事阅读和文学批评活动，并自成一体，似只有茅盾一人。

② 中国现代文学馆编:《中国现当代文学茅盾眉批本文库 3: 中短篇小说卷》，北京: 中国国际广播出版社，1996 年。文内出现的页码皆引自该书，不再一一作注，特此说明。

态度。或者说，茅认为茹在“写什么”方面是紧跟时代，合乎历史发展需要的，但在“怎么写”方面是不尽人意的。其实，对“写什么”的强调——塑造社会主义新人物，书写社会主义新风貌，表达社会主义新主题——是对那一代作家的共同要求，故茅的类似点评可以用来评介“十七年”时期主流作家及其作品的共有属性，至于“笔墨干净，形象生动”则也只是笼统说辞，因而也并无实际意义。他真正想表达的是后一点，即“有斧凿的痕迹”，“小的一辈并没写好”。

茅忠实于自己的阅读体验，并将之予以精准表达，好就是好，不好就是不好，但他又不能对导致这种阅读体验之因由予以充分解释。茅说，“不知为何，总觉得犹有斧凿的痕迹”，难道果真“不知为何”吗？当然不是。他在点评《在果树园里》时说：“笔墨比上一篇尤其流利，上篇多用‘对衬句’（或‘联句’），（用红笔画了线的），觉得腻，此篇没有。”（第43页）由此可表明，正是那些“对衬句”或“联句”让他“总觉得犹有斧凿的痕迹”。茅所谓“用红笔画了线的”即指以下五句：

（1）“早在一个月前，就喜得干活不知累、吃饭也不知饱的了……”（第23页第一段第四行）

（2）“年轻人总是这样，一天新，两天好，日月过久了，也难免不吵吵闹闹的。……妯娌俩客客气气；到了头十天上……那就是你的孩子吃了两碗饭，我的孩子才吃了一碗半……你只给婆婆衲了双小鞋底，滴滴拉拉的小事情……”（第25页第四段）

（3）“赵二妈还是呆呆的坐在床沿上，还是在这么掉过来喜欢一起，倒过来忧愁一阵……”（第27页第二段第三行）

（4）“平时他们也没有十分亲热的地方，而且又是这么你盯我的错，

我盯你的错……”（第 29 页第五段第四行）

（5）“红英看了，也没高兴，也不见怪，只是淡淡地说道：……”（第 29 页倒数第三段）

以上下划线部分是茅用红笔特意标出来的地方，其特点是：它们都是一些词语、短语或小句，且都是对称句或叠词，并作为长句的某一成分而存在。但茅不满意于这种句式表达法，说“觉得腻”。我们知道：汉语长句能负载较大的信息量；句式长短搭配，如调配适当，句子便富有流动感；如用排比、对偶，则极易突出某种气势。在这个短篇中，茹在句式选择上虽多用长句，且单个句子负载的信息量较大，但由于在长句中屡屡嵌入对称句，其在句式上的刻意雕琢异常明显。而且，由于对称句的嵌入，长句内部原有节奏被突然打乱，其杂糅、突兀与滞涩会引发读者语言体验上的不适感。我想，这可能也就是让茅觉得“有斧凿的痕迹”的重要原因了。

如果说大量对称句的运用让茅“觉得腻”，“有斧凿的痕迹”，那么，他所谓“小的一辈并没写好”则更多导因于对“社会主义新人”的概念化理解与扁平化塑造。在《妯娌》中，赵二妈代表的是从旧社会走进新社会的老派人物，红英和小兰子是社会主义新青年的代表，在此，新与旧、先进与落后的对比以及优劣评判在写作之前就已经先入为主地预设好了，但由于作者对赵二妈形象、性格、思想的熟悉程度要远甚于后者，而对后者的理解又多停于概念层面上，故就出现了“小的一辈并没写好”“赵二妈比红英和小兰子都写得好”的局面。说白了，作者对红英这类典型（社会主义新人形象）尚缺乏艺术上的把握能力。其实，这不仅是茹一人的不足，也是那一代作家都要面临的问题。由于他们对工农兵形象及其生活的隔膜，又由于国家意识形态的强力规训，如此一来，他们除了依循政治意识要求并直接进行简单图解，其实，在艺术上的探索与实践的空间也相对狭窄。

《在果树园里》：“文笔较为清丽”

《在果树园里》完稿于1957年11月19日。小说以“我”为视点，讲述了高国英从童养媳逐渐成长为农业合作社技术骨干的故事，展现了社会主义制度下青年劳动者的崭新形象和精神风貌。其实，在“十七年”时期，这样的内容与主题原本司空见惯，人物形象也并不新颖，但小说的讲述视点、讲述方式、描写方法以及语言风格因带有突出的个人风格而备受关注；另外，茹的小说善以细节描写和场景再现见长，而从大处着眼，从小处落笔，并以小显大，又常显示了其在艺术构思上的不同寻常。这个短篇堪称这方面的代表作。

茅对这个短篇所做出的评点共有三处：

（1）第34页左下：写得生动。

（2）第35页右上：写得生动。

（3）第43页：此篇在结构和人物描写上都可以说无懈可击。笔墨比上一篇尤其流利，上篇多用“对衬句”（或“联句”），（用红笔画了线的），觉得腻，此篇没有。文笔较为清丽。

茅说第四、五两段“写得生动”，也即对有关山中景物、果园情景以及与高国英相遇场景描写的由衷赞赏；又由于采用移步换景法，加之流畅的文笔，故描写并不单调。至于“文笔较为清丽”，则是从风格学上做出的评定。茅充分肯定了小说在篇章构思与人物塑造上的艺术实践，认为“在结构和人物描写上都可以说无懈可击”，因而比《妯娌》写得好。应该说，茅的评价不低，但又的确不夸大其词。一方面，小说写“我”快到黎明农业社时突然迷失方向，故只好边走边打听，故事也就在这个过程中徐徐展开，继而逐渐引出小说的主人翁，其中有巧遇，有误会，有回忆，有呼应。因而，小说在结构上的确下了一番功夫；另一方面，小说在整体上按线性时间展开，但叙述节奏异常舒缓，在这个过程中，作者又不急于呈现人物的面貌，也不急于揭示故事结局，而且，人物出场介于隐显之间，人物来来去去又留有诸多余味。更重要的是，小说虽旨在反映新时代之光、伟、正，但绝不正面强攻，而将之落实于人物具体的言行和心理，并且让人察觉不出明显的宣教意味。这绝非一般手笔。单从这一点上来看，茹的短篇小说在“十七年”文学格局中堪称另辟蹊径、自成一脉。

《新当选的团支书》：“写得风趣盎然”

汉语是我们的母语。以汉语文字（符号）作为载体的现代小说语言形式及其表达效果都是极其繁丰而多元的。无论语意、语象呈现方式，还是语式、语调实践效果，往往都显示了其独有的特性。而汉语文学向来重视语言在修辞层面上的实践，无论是作为微观修辞的修辞格（比如：比喻、夸张、象征、反复、对仗），还是作为宏观修辞的一整套技法实践（比如：各类描写、各种讲述、各种结构方式），在各体文类中都可轻易找到诸多经典案例。具体到微观修辞层面，叠字、对称句、细节描写、动作描写等都是中国古典诗文和小说最常用的语言修辞。古典文学批评特别观照这个层面上的展开情况及表达效果，现代文学批评则注重整体性分析和逻辑推演，而弱化或忽略这种细枝末节上的具体实践。茅的点评尤其观照语言的微观层面。以下是茅对《新当选的团支书》所做的点评：

（1）第44页正上边：此篇比上两篇都好些。

（2）第44页左上：写叶川。

（3）第45页：右上：写得轻灵如画。

（4）第45页第四段：打了一个×，并有“写什么”字样。

（5）第46页左上：细致。

（6）第46页左下：打了一个×，并有“写小保”字。

（7）第47页右边：叠字多用，有时会加强气氛，但也有时也觉得单调。

（8）第53页上边：小保这个人物写得可爱。

（9）第53页下边：写得风趣盎然，篇末点出小何因为自己对群众的觉悟程度估计太低，自感惭愧，用字不多，但感动力强。这是从一桩小事反映大时代（工人支援农村，加强工农联盟，农村水利建设，工人觉悟程度高等等），行文新清有风趣而教育意义之重大则融化在其中。

茅的点评小到具体的词句运用，大到谋篇布局、语言风格、思想价值的考量，充分照顾到了小说思想与艺术的方方面面。除（1）为总评外，其他皆是针对某一句式、某一修辞法或表达效果所做出的随感式评判。茅的点评对单词或单句的表达效果予以重点关注。

（1）何斐仙，人都叫她小何。自当选了团支书后，好几个晚上都不安稳，翻过来觉得担子重，掉过来还是觉得担子重。不过她想的结论，倒都是积极的，决心要把工作做好。

（2）小何正打算另想办法，忽见黑板边的窗子里，呼呼的跳出两个人来。

（3）……报告是做好准备的，而且小何怕站在讲台上手没处放，还准备了一条小手帕。

（4）外面，蓝天像一汪静静的湖水，半钩残月还挂在西边，厂里那个突起的大烟囱，黑魆魆的天空划出自己的轮廓。一阵风吹来，凉飕飕的十分清爽。

茅对上述四处分别用“对称的句子”“写得轻灵如画”“细致”“叠字多用，有时会加强气氛，但也有时也觉得单调”予以点评。他特别注重用词用字、句式句法表达效果的评判。这种批评显然与古代文学批评方式有着更多的相似性。茅的点评带有极强的主观色彩，即好处说好，坏处说坏，一是一，二是二，绝不勉强。无论肯定（比如：“小宝这个人物写得可爱”“写得轻灵如画”“写得风趣盎然”“用字不多，但感动力强”），还是否定（比如：“写什么”“但也有时也觉得单调”），都可看出茅个人的阅读喜好和审美趋向。

茅的点评侧重微观层面，也着眼于整体效果。他认为《新当选的团支书》“行文新清有风趣”，且有重大教育意义，因而又好于《在果树园里》和《妯娌》。在此，茅的评价标准既关涉小说的思想价值，也充分考虑到艺术价值，如此评价是合乎文本实际的。

《高高的白杨树》：“抒情诗一样的风格”

在“十七年”时期，茹以对众多女性形象的塑造和在艺术实践上的另辟蹊径而著称。在彼时历史条件下，要塑造出一个既带有时代精神又避免陷入概念化、理念化窠臼的人物形象，其实也并不容易做到。那么，茹是如何做到的呢？我觉得至少有：写自己熟悉的生活；注重细节描写；塑造熟悉的人物，避开英雄人物，只塑造形形色色的小人物；以小写大，以情感人，即通过对小人物基本人情、优美人性，特别是其理想追求的描画反映大时代主题；构思新颖别致，不落俗套；结构上前后呼应，浑然一体；语言清新俊逸，有诗一样质地。《高》比较充分地体现了这些特征，茅评价道：

“此篇非常好，第一是设想新奇，不落俗套，‘我’要找的那个爱珍始终不出场，但是，也叫爱珍的小姑娘、小凤儿等，却都是写爱珍。现实的和理想的，结合得那么好。第二是结构完整而又流利，处处有照应。第三是抒情诗一样的风格。”（第86页）

茅的评价基本以“写法”（谋篇构思、人物塑造、文内呼应、语言风格）优劣为判定依据，是立足于个体审美和艺术感知而得出的结论。这种评判与结论不受制于政治意识形态先入为主的影响，因而是较为纯粹的文学批评。

茅对《高》的评介格外关注其细部实践：

第64页左：先写大姐。

第65页：以上写得极有感情。

第66页左上：简单几笔画出农村新气象。

第66页左下：再写大姐，生动如画，如闻其声。

第67页右上：婉转缠绵，耐咀嚼。

第67页右下：奇事突起，和上下文女歌声遥遥相应。

第68页：写得好，有声有色，是夜间初看。

第69页：急转而下，但仍然离奇莫测。

第72页左：以上写小姑娘爱珍，很好。这是白天细看。

第73页：处处照顾到“大姐”。

第 75 页：又写大姐。

的确，对人物心理世界的精雕细摹，对细节和环境描写的格外重视，对人、事、物及其关系细腻的体察力和诗意的表现力，都充分表征了其与中国文学传统割舍不断的承继关系。

茹的小说所特有的抒情诗风格更是引发茅阅读上的强烈共鸣。在评价《百合花》时，他说："我以为这是我最近读过的几十个短篇中间最使我满意，也最使我感动的一篇。它是结构谨严，没有闲笔的短篇小说，但同时它又富于抒情诗的风味。"① 而在《高高的白杨树》中，他又一次体会到了这种气质，并把这看成是小说在艺术实践上取得成功的重要标志之一。当然，这种气质不仅指向语言实践，而是语言风格、人物形象、主题立意、结构艺术等诸多要素合力生成的一种总体格调。格调就是小说的精神，而这格调与精神与中国文学的传统渊源相继。

《澄河边上》："眼光直注全局"

茅对《澄河边上》也喜爱有加："《澄河边上》写自然环境、故事发展，都紧密相扣，前呼后应；既写戎马仓皇、也写宜人风物；全篇节奏有起有伏。而这一切只用七千余字，笔墨之精炼即此可知。"② 在此，茅侧重于对小说艺术实践的评论，并不涉及小说的思想内容。而在对《澄》的眉批中，茅的点评与之稍有出入：

（1）第 87 页：只写渡河一事，然而波澜壮阔，眼光直注全局。用几

① 茅盾：《谈最近的短篇小说》，《人民文学》，1958 年第 6 期。

② 茅盾：《读书杂记》，《茅盾全集》第 27 卷，合肥：黄山书社，2014 年，第 53 页。

个小插曲写出了人民的坚决打反动派，也写出了这一小部队的革命乐观主义。

（2）第 88 页：如画。

（3）第 89 页：简洁，有声势。

（4）第 90 页左上：写河水。

（5）第 90 页左下：写水涨。

（6）第 96 页：夹写好。

在（1）中，茅赞赏其以小见大的修辞意识与实践——以不同寻常的艺术构思（“只写渡河一事”“眼光直注全局”）和宏大的时代主题（“人民的坚决打反动派”“革命乐观主义”），侧重于从主题学角度肯定《澄河边上》的思想价值。若考虑到茹当时曾因专写小人物、小事件而遭受批判，茅的此类阐释真可谓“及时雨”，如果没有茅的大力推介，茹的出道或可大受拘囿。在（2）~（6）中，茅称赞其细节处理能力，尤其赞赏茹在这篇小说中所展现出的语言描写能力（“如画”“简洁，有声势”“夹写好”）。这些点评既观照全局，又聚焦细部，其阅读时的欣悦之情跃然纸上，由此也可以清晰地显示出茅对《澄河边上》认知上的微妙发展过程。

《如愿》：“开头一句，便颇幽默”

茅对《如愿》的点评只有一处：即“开头一句，便颇幽默”（第 100 页）。他大概对小说第一句话——“昨夜，何大妈做了许多春梦，一个接一个，真是春梦婆婆，演不完的悲欢离合。”——中的“春梦婆婆”一词情有独钟。茅从中读出了“幽默”，自是感由心发，虽只针对某一细部所做出的评说，但实乃让人眼前一亮。因为，在“十七年”时期，文学中的“幽默”要素几近绝迹，不仅周作人、林语堂、梁实秋、钱锺书等新文学开创者们开创的“幽默文学”在大陆已销声匿迹，而且即便是立足于非本体的微观修辞实践也被时代主潮冲刷殆尽。茹在语言实践上偶然表现出的幽默倾向也显示了茹及其小说在“十七年”文学现场中新颖别致的一面。

从上述评点情况来看，茅的眉批或长或短，既有肯定，也有否定，完全不拘一格，自由而随意，而阅读之认真、细致足见其对茹及其小说创作的重视与欣赏。但茅的评点也有其局限性，似乎“眉批”这种传统的文学批评方式只聚焦文本的修辞层面，而不触及作家的精神内核和文本的更深层问题，从而在整体上缺乏深入、有效的阐释。当然，这不是茅一人的局限，是他所在位置与时代语境使然。其实，在“十七年”时期，作为文学批评家的茅除点评过《高高的白杨树》外，还以眉批方式点评过很多青年作家的作品，从而形成了一个极为罕见的文学批评现象。

茅自青年时期就有做眉批读书的习惯，从他眉批过的二十册《史记》中，我们大可“充分领略茅盾阅读、学习的专心、钻研、刻苦精神和某些方法”[①]。这一习惯一直伴随其终生。20世纪50年代，官居要职的茅忙于国家政务，工作之余从事文学批评，发现并扶植了茹志鹃、杜鹏程、乌兰巴干、郭小川等一大批青年作家。这种以老带小、以名家引领非名家，并取得卓著成绩的做法被奉为文学史上的一段佳话。事实上，对茅而言，国务活动何其繁杂，“评点”这种古典文学批评范式在文体上的不拘一格、实践中的自由和随意，反而成了他从事文学批评活动的最为便捷、实际、

① 万树玉：《茅盾的〈史记〉眉批》，《人民日报》，2013年12月16日第24版。

有效的手段。这批眉批本就是在这种状态下被“生产”出来的。它们最早展出于1991年3月在茅盾故居举行的“茅盾逝世十周年纪念座谈会”上，1996年7月由中国国际广播出版社以“中国现当代文学茅盾眉批本文库”为丛书名出版、发行。第一辑包括长篇小说卷：杨沫的《青春之歌》、乌兰巴干的《草原烽火》；中短篇小说卷：杜鹏程的《在和平的日子里》和茹志鹃的《高高的白杨树》；诗歌卷：阮章竞的《漳河水》与《迎春橘颂》、田间的《田间诗抄》、闻捷的《河西走廊行》、郭小川的《月下集》。其中，韶华的长篇小说《浪涛滚滚》（茅盾点评本）早在1991年就由中国青年出版社出版。从茅的眉批实践情况来看，首先，他以对小说家的创作经验和理论家的独到眼光，对《青春之歌》《在和平的日子里》《浪涛滚滚》等作品的点评自是切中肯綮。无论在《青春之歌》中对小说细节描写、结构布局、历史真实等方面的或褒或贬的评判[①]，在《浪涛滚滚》中对人物性格刻画、故事情节经营、环境风景描写等方面存在问题的指陈，在《在和平的日子里》中围绕小说人物形象和情节所做出的一系列精彩点评[②]，还是在《高高的白杨树》（小说集）中对作者在构思和风格上别具一格的艺术实践的由衷赞赏，都充分显示了茅作为小说批评家（专业读者）的非同寻常处。其次，他以扎实的古典文学素养和几十年代以来的新诗阅读经验，对《漳河水》《迎春橘颂》《田间诗抄》《河西走廊行》等诗集所做出的点评也恰到好处，特别是当论及创作得失时常多有令人深省之处。比如他对郭小川诗歌的点评——“长诗不能不换韵，而换韵服从于内容之发展”（评《代行检讨的故事》），“有意学习古典诗与民歌而未能‘化’，时露生硬之

① 详细分析参阅笔者：《〈青春之歌〉茅盾眉批本杂议》，《文艺报》，2014年6月23日。

② 详细分析参阅笔者：《〈在和平的日子里〉茅盾眉批本刍议》，《文艺报》，2017年6月23日。

迹，又追求形式上的独创而未能得心应手，时露矫揉造作之态”（评《月下》）——可谓深入诗歌肌理，或批或否，毫不掩饰。更难能可贵的是，茅盾的点评并未受到主流意识形态的直接干扰，而是始终忠实于自己的阅读体验，或肯定或否定，或批评或欣赏，皆率性而为。无论对《漳河水》悲凉遒劲诗风和多样艺术手法的肯定、对《望星空》瑰丽想象和情感表达的欣赏，还是对《迎春橘颂》《致大海》《阳关遗址》《古城晚眺》等诗歌“音韵不协”“想象贫乏”“内容贫乏”或“没有新的意境”的指责或批评，都可看出茅盾对诗歌艺术的虔诚心态和不乏真知灼见的大家风范。总之，在“十七年”时期，茅的点评展现了另一种全新的文学批评范式。

我们知道，评点是独具中国传统的文学批评方法，其表现方式多种多样，既可眉批、题头批、回批、夹批，也可旁批、文末批。这些评点形式是在古代经学、训诂学、诗话注释、选本注解等多种学术因素影响下逐渐形成的，故就其源头而言，“文学评点中的总评、评注、行批、眉批、夹批等方式，是在经学的评注格式基础上发展起来的”[①]。古代评点本中常见圈点、勾画等符号，其中，文学性质的圈点是在古代读书句读标志的基础上进一步发展起来的。其原因不难理解，因为“句读与评点当然分属语法与鉴赏两个不同的系统，但两者关系相当密切”，所以“当句读方式由语法意义扩大至鉴赏意义时，文学性质的圈点也就产生了”[②]。但真正自觉的文学评点兴于宋[③]，不仅圈点符号在官刻书和文人笔记中被普遍使用，而且以读书圈点为基本形式特征的文学批评传统也初步形成。如果说以朱

① 吴承学：《评点之兴——文学评点的形成和南宋的诗文评点》，《文学评论》，1995 年第 1 期。
② 吴承学：《评点之兴——文学评点的形成和南宋的诗文评点》，《文学评论》，1995 年第 1 期。
③ 在宋代，雕版印刷术的推广和活字印刷术的发明，为宋代由写本书向刻本书发展打下了坚实的物质基础。此时期，“圈点”符号在宋版书中被普遍使用。

熹、黄庭坚等人的标注读书法初步显示了宋代文人的批评个性，刘辰翁批阅《世说新语》标志着中国古代小说批评的正式起步，那么，在此后几百年间，金圣叹评点《水浒传》，毛宗岗评点《三国演义》，张竹坡评点《金瓶梅》，脂砚斋评点《红楼梦》，都是标志这种批评方法迈向极盛时期的经典案例。至晚清、民国，特别是伴随新文化运动的兴起，现代文学批评理论、方法的渐趋生成，这种既"评"（评论、评说）又"点"（圈点、点画）的古典文学批评方法也逐渐式微。但"式微"并不代表彻底消失。比如，韦韬（茅盾之子）曾捐赠给茅盾故居（直属于中国现代文学馆）40多种茅盾评点（采用"眉批"形式）过的文学作品，就充分表明，评点这种文学批评样式在新文学史上依然有着自身存在的空间和样态。

茅的点评是针对具体文本的自由评论，既有句下勾画和文字圈点，也有具体详细的文字评论。批注方式不拘一格，有总评，有建议，有主张。茅盾眉批本显然与古代文学评点传统是一脉相承的。"茅盾作为一个具有深厚艺术修养的文学巨匠，在诗歌的眉批中时常发挥想象，巧妙地将中国古典诗歌以画理入诗、融绘画于诗情的高妙笔法运用于自己的诗歌点评中，使他的评语充满表意的形象性，有效地唤起读者的视觉经验，加深对诗歌作品的理解。"[①] 同时，他又在传统评点基础上融入了新质素，据此，有学者认为茅是"中国最后一位文学批注大师"，"最具有传统色彩的中国当代作家"，"将文学批注提高到了一个前所未有的新高度"，"创造了文学批注的新模式"，"极大地丰富了茅盾文学生涯里中晚期的实际内容，填补了

① 蔺春华：《论文本细读在茅盾文学批评中的重要地位——重读〈中国现当代文学茅盾眉批本文库〉》，《浙江传媒学院学报》，2017 年第 1 期。

一段空白”。[①] 其实，评点作为一种有着深厚历史传统的文学批评方式，在百年新文学史上总是在边缘处以边缘身份一直存在着。其典型方式主要有：①个人对话式，即评论者以读者身份针对某一作品的主题、艺术、修辞所展开的独立自主的评判，并把自己对于文本、历史和时代的认知经验灌注于其中。这是最具中国传统特色的点评活动。其中，那些不以出版为目的的文学名家们的点评，其价值与意义更显得非同寻常。20 世纪 50 年代末 60 年代初，茅以眉批方式对杨沫、郭小川、田间、茹志鹃等青年作家最新作品所做的点评，即为典型的个人对话式点评。依托于“读”，聚焦于“悟”，停留于“思”，并且边读边画，率性而评，这既是典型的传统文人的读书方式，同时，也是带有突出“中国化”“民族化”特色的文学批评活动。②在公开的学术研究活动中，继续以一种文学批评范式而存在。比如，龚明德的《〈太阳照在桑干河上〉修改笺评》[②] 就是从作品版本与异文变迁角度展开的带有文本点评性质的学术研究活动的产物。而金宏宇的《边城》（汇校本）和张桂兴的《骆驼祥子》（汇校本）基于版本和文本演变史的梳理、汇校与集成[③]，虽然省去了“批阅”这一环节，但其实践方式也可归入该范畴之内。③在文学经典教育与普及领域以大众读本、学生读本方式存在。比如，被教育部指定为必读经典书目的《边城》《平凡的世界》《女神》《骆驼祥子》等经典作品大都有点评本。这说明，中国传统文人的评点传统，在推进文学经典化过程中也做出了重要贡献。总之，通过这一简单梳理和归纳，我们也大可看出，茅及其眉批实践在中国当代文学批评史上所具有

① 舒乙：《中国现当代文学茅盾眉批本文库・总序》，北京：中国国际广播出版社，1996 年。

② 湖南人民出版社，1984 年。

③ 《边城》（汇校本）2009 年由长江文艺出版社出版；《骆驼祥子》（汇校本）2019 年由齐鲁书社出版。

的重要地位。即他将中国古典文学批评传统带入“十七年”，并以其率性、卓越的文本实践而独树一帜。包括文学批评在内的中国当代文学史肯定会被不断重写，若以此而论，笔者认为，茅的点评是切近文学本体的审美实践（迥异于当时的“社会——政治批评”批评实践），当然也应当作为纯粹文学史的一部分而载入史册。诚如贺仲明所说：“建构以文学为中心的文学史，是文学史真正完成‘历史’使命的必备前提，也是建立起真正科学的中国现当代文学传统的重要基础，具有急迫的意义和价值。”[①] 因此，单就此而论，茅的文学史地位确有再次予以认定和阐释的必要。

茅的这些点评立足于具体文本，并从一己阅读体验出发，不仅对作者的创作得失做出客观评价，还以此为出发点，对二十世纪五六十年代文学创作弊端予以指正（比如：诗歌创作中的想象困乏、内容浮浅、手法单一、对外来艺术形式的食洋不化等问题，小说创作中人物形象概念化、情节设计经不住推敲，以及有些内容有违历史真实等问题），故与同时代那些高调歌功颂德的文学创作或评论相比，茅盾文学评点的文学史意义当显得尤为突出和重要。从动机来看，茅盾把批注当作一种重新建构自我与文学关系的对话方式，是表达自我艺术观与审美趣味的隐秘通道。因为并未打算公布于众，故他的点评才如此褒贬分明。茅在眉批活动中所展现出的艺术趣味和独立思想，至少表明“十七年”时期的文学批评并非铁板一块，特别是像茅这样的身兼国家要职和评论家于一身的文学界要人，其文学评论的思想与风格也并非完全失去个体的独立性。

---

① 贺仲明：《建构以文学为中心的文学史——对于中国现当代文学史建设的思考》，《中国当代文学研究》，2020年第2期。

邱俊平

美丽的人生乐章
——张海迪致丁宁、江波夫妇信中所见

岁寒四友
——柏杨书信档案印证『爱』的箴言

邱俊平

中国现代文学馆馆员，长期从事作家手稿、书信等档案文献的整理、保管及研究工作。曾参与《中国现代文学馆馆藏品珍品大系》《巴金书信集》《柏杨手稿卷》《现代作家研究》出版项目的资料整理、编选工作。

07 美丽的人生乐章

——张海迪致丁宁、江波夫妇信中所见

邱俊平

近期在整理丁宁夫妇的书信时，落款处“海迪”二字引起笔者的注意。是那位曾震撼亿万青年心灵的“张海迪”吗？是那位谱写了生命之歌的“张海迪”吗？展信阅读，此“海迪”的确是我们熟悉的那位“海迪”，丁宁同志是海迪威海家乡的姑姑。

丁宁同志生前向中国现代文学馆捐赠了2000余封书信，这些宝贵的书信档案极大地丰富了文学馆的馆藏。其中张海迪写给丁宁夫妇的信有9封，先后写于1992年至1998年，均用蓝墨钢笔书写在专用稿纸上，字迹清晰自如，纸张干净整洁。信的内容长短不一，少则2页，多则5页。信中满满的正能量，催人奋进，勇往直前。

图1 张海迪生活照

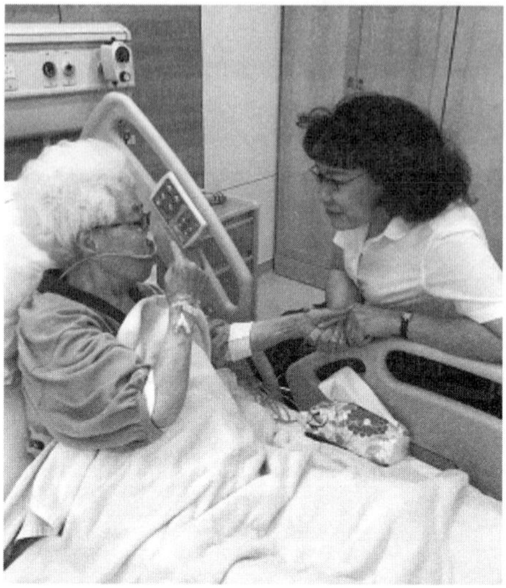

图2 2015年丁宁病重住院期间张海迪前往看望（丁宁家属提供）

百折不挠 乐观向上

亲爱的姑姑、姑夫……在这封信里还寄上我的两张照片，姑姑、姑夫看看我是不是很健康的样子？现在我鼻子上的伤疤也好多了。想想这些年的生活，我感到高兴。严重的病痛并没有压到（倒）我，与它搏斗了三十六年，我得到的是一颗坚强的心……

海迪

96.11.3

张海迪，1955年生于济南。5岁时高位截瘫，身体从胸以下失去知觉，她忍受着难以想象的痛苦，刻苦学习，努力工作。

张海迪不因身体伤残而悲观，不因巨大困难而退缩，而是以积极乐观的态度，不断开拓生活的道路。她没有进过小学，更别说中学和大学了，但她坚持自学，没有一天停下学习的脚步。1993 年，张海迪获得吉林大学哲学硕士学位。2007 至 2008 年，张海迪应邀去德国巴伐利亚州班贝格国际艺术家之家做过一年的访问学者。2013 年，英国约克大学授予她荣誉博士。2015 年，美国马萨诸塞大学（俗称麻省大学）波士顿分校授予她艺术与人文荣誉博士学位。1983 年，张海迪开始文学创作，她担任过山东省作家协会副主席和创作室主任，是一级作家，中国作家协会第五届至第九届全国委员会委员。她还担任过第九届、第十届全国政协委员，第十一届、第十二届、第十三届全国政协常委。从 2008 年起至今，担任中国残联主席，2014 年在波兰华沙当选为康复国际主席，2018 年在德国柏林再次当选。

确实如她所说，她以"一颗坚强的心"与病痛搏斗了六十多年，"严重的病痛并没有压到（倒）"她。战胜长年的病痛是一件很艰难的事情，更何况还要雄心勃勃地投入长期的文学创作中呢？张海迪在《为文学而战》一文中写道："在过去的几年中，我同时写着两本书，一本可以印刷成书，作为物体流传下去，而另一本与沉重的疾病抗争的精神长篇，只能随风而逝。"①

亲爱的姑姑、姑夫……今天给你们写信，我有点轻松，因为书写完了，而且很快就会出版……下半年我想集中精力写电影，这需要时间，需要精雕细刻，可我现在身体状况不是太好，特别

① 张海迪：《生命的追问》，北京：作家出版社，1997 年。

是右手写字很不听话，总是有点僵硬的感觉，这就是脊髓病给我的痛苦之一，我希望我的手永远不要残疾，我还有很多东西想写……我的生活总是很紧张，总觉得有很多事情需要做，我几乎没有休闲时间，我也知道这样不对，可又很固执，我想身患重病的人可能都会更加珍惜时间。

……我写到这里已是凌晨两点半了，我已习惯了半夜工作。可现在手已经不太好用，只好下次再写……

海迪

97.4.16

一本书刚写完，下一个写作计划就已制订好了。于是凌晨两点半了，张海迪还在给丁宁、江波夫妇写信，向他们汇报自己的近况。“我已习惯了半夜工作”，在静静的夜里，她一次次转着轮椅来到书桌前，拿起笔，一行行，一段段地写着……

其实她又何尝不困，不累呢？“当夜真的降临时，我却像一个下定决心的自杀者饮下毒汁一样，大口吞下一杯又一杯浓得发黑的咖啡，让它兴奋疲倦的头脑，支撑麻痹的身体。”① 张海迪的身体受脊髓病的影响，她的手“特别是右手写字很不听话，总是有点僵硬的感觉”。然而，她以常人难以想象的毅力将“书写完了，而且很快就会出版……下半年我想集中精力写电影”。信中提到的“书”是1997年5月由作家出版社出版的《生命的追问》。此书甫一出版，即受到读者好评，社会反响强烈，已经再版

① 张海迪：《生命的追问》，北京：作家出版社，1997年。

20次了。

活一天就要工作一天

“活一天就要工作一天”是张海迪的座右铭。[①] 她将日程安排得满满的，她要与时间赛跑。

亲爱的姑姑、姑夫……几次去北京都是上午乘飞机去，半夜乘火车回来。也没有跟你们联系，家里要做的事太多了……这一年除去社会活动，我一直在写长篇。写得很慢，但我要求自己要写得更好，不过我的确觉得自己身体不行了，常常心有余而力不足，毕竟病了34年了，可是奋斗都不是轻松的，我要努力到最后的时刻……

海迪

93.12.20

她的时间安排很紧，几乎挤占了所有的休闲时间。因为病痛，她要把一天当成两天用。

亲爱的姑姑，姑夫……想想这些年心里总有些遗憾。去北京不知多少次了，却总没有时间游览北京，到现在还不知道故宫的

① 共青团中央宣传部编：《闪光的生活道路——张海迪事迹》，北京：中国青年出版社，1989年。

门朝哪开呢。我曾对朋友说，现在我们发奋工作，等我们老了，一定相约到北京，到那时候我们会看到最美丽的北京！

海迪

96.10.21

她不断地给自己加压，刻苦地学习，勤奋地写作。她说："虽然残疾限制了我行走的自由，但文学想象力却给了我无限的空间。"[①] 她徜徉在文学的原野，笔尖在稿纸上沙沙划过，一行行字迹留下，一页页稿纸翻过，一部部作品印制成书，她出版的作品，包括长篇小说、散文集、翻译作品已经200万字了！

亲爱的姑姑、姑夫……这几年你们给我寄来那么多书，寄来《中流》杂志，还为我介绍那么好的杂志总编。我一定会努力写出好作品，不辜负你们的期望。第六期《大家》杂志将发表我的小说《长发飘飘》，明年第一期发表我的散文《四季的回响》。现在我正在写一个中篇小说，写了很长时间，我相信你们会喜欢的……

海迪

96.11.3

多年来，丁宁夫妇对张海迪的工作给予了很多的支持和帮助，帮她寄

① 张海迪：《绝顶》，北京：中国青年出版社，2015年。

送书籍或把她的作品推介给杂志社。张海迪将丁宁夫妇的支持帮助作为努力写出好作品的又一动力，以不辜负他们的期望。她说这样的"生活很充实、很愉快，生活中充满了欢乐和喜悦。紧张的工作和学习对我来说就是最大的乐趣"[①]。

只争朝夕 超越自我

亲爱的姑姑、姑夫 ……多么想念你们，一肚子的话要说……不过这几天写不了长信了，事情太多，最重要的是在日夜修改长篇小说，心中如同有一条奔涌的大河，想拦住它很难。我的人物也总是在我想放下笔时，紧紧牵着我的手……因此，我必须写，哪怕以生命为代价……

海迪

98.12.12 匆匆

写作的激情早已冲垮病痛的堤坝，张海迪是以生命为代价而写作的。活着就要做一个对社会有益的人，她怀着这样的理想信念，心中如大河奔涌，任何力量都无法阻止它滚滚向前。她热爱自己的事业，把为社会、为人民做事，当成最大的幸福和快乐。

亲爱的姑姑、姑夫 ……开会太紧张，我光去大会堂就有

① 共青团中央宣传部编：《闪光的生活道路——张海迪事迹》，北京：中国青年出版社，1989年。

十一次！我在会上完全有理由请假，但我从未那样做，因为我知道，我不是代表我个人参加这个大会的。九届全国政协第一次有了残疾人委员，这是残疾人平等参与社会生活的标志。……结果回到家里就病了，打了好多天吊针。但回想起来仍觉值得，毕竟人们看到了一个坚强的我，而在我的身后还有成千上万的坚强的我……也许你们会怪我这么长时间没有写信，但是你们读一读我寄去的文章《我爱莫多克》，就不会生气了。姑姑，姑夫，我好像春节时告诉过你们，我正和佐良共同翻译一本书。我从北京回来，病还未好就开始了工作。4 月 26 日终于将这本书译完了。日前作家出版社已寄来清样，我又改了一遍，佐良也希望再改一遍，我希望认真再认真，争取出好这本译著……真的为了这本书，我有时整夜不睡觉，毕竟有好几年没有进行过翻译训练了。这回我和佐良辞典恐怕就翻了不下几千遍……我的朋友骂我典型的“A型血”的家伙，永远没有轻松的日子过。我想真正热爱事业的人或许没有轻松的日子，但我宁愿用沉重换取精神的愉悦，当我们为读者捧出一本好书，想像他们被我们的书所吸引，当他们感到快乐时，我们也就获得了一种创造的幸福……现在是 28 日的凌晨 3：20 分，我困的（得）都不会写字了……

海迪

98.5.28

1998 年 3 月，张海迪担任第九届全国政协社会福利界委员，她希望为残疾人事业发展，为残疾人平等、参与、共享的权利而呼吁，帮助他们更好地融入社会。她不顾自己的身体状况，为残疾人鼓与呼，有理由请假也不请，哪怕开完会就累病了。不仅如此，病还没好，她就和先生王佐良开始翻译《莫多克——一头大象的真实故事》。此书1998年7月由作家出版社出版，受到读者好评，并获得第四届全国优秀外国文学图书奖。

亲爱的姑姑、姑夫 ……我总是那么忙，每天都忙到深夜，却还有那么多事做不完。这一年我觉得身体远不如以前了……

海迪

92.10.30

张海迪不断挑战自我，超越自我，像真正的登山者那样，一次次攀上高峰。她认为病倒了不可怕，只要精神不倒，就能够战胜一切困难，去创造美好的生活。

圆了上学梦

亲爱的姑姑、姑夫……首先我感谢姑姑、姑夫对我考取硕士学位的祝贺，这在我的生命里的确是一件非常重要的事。正如同我在吉林大学学位授予仪式上说的:“这是我用整个生命换来的。我第一次有了母校，我第一次有了同学……”

海迪

93.4.21

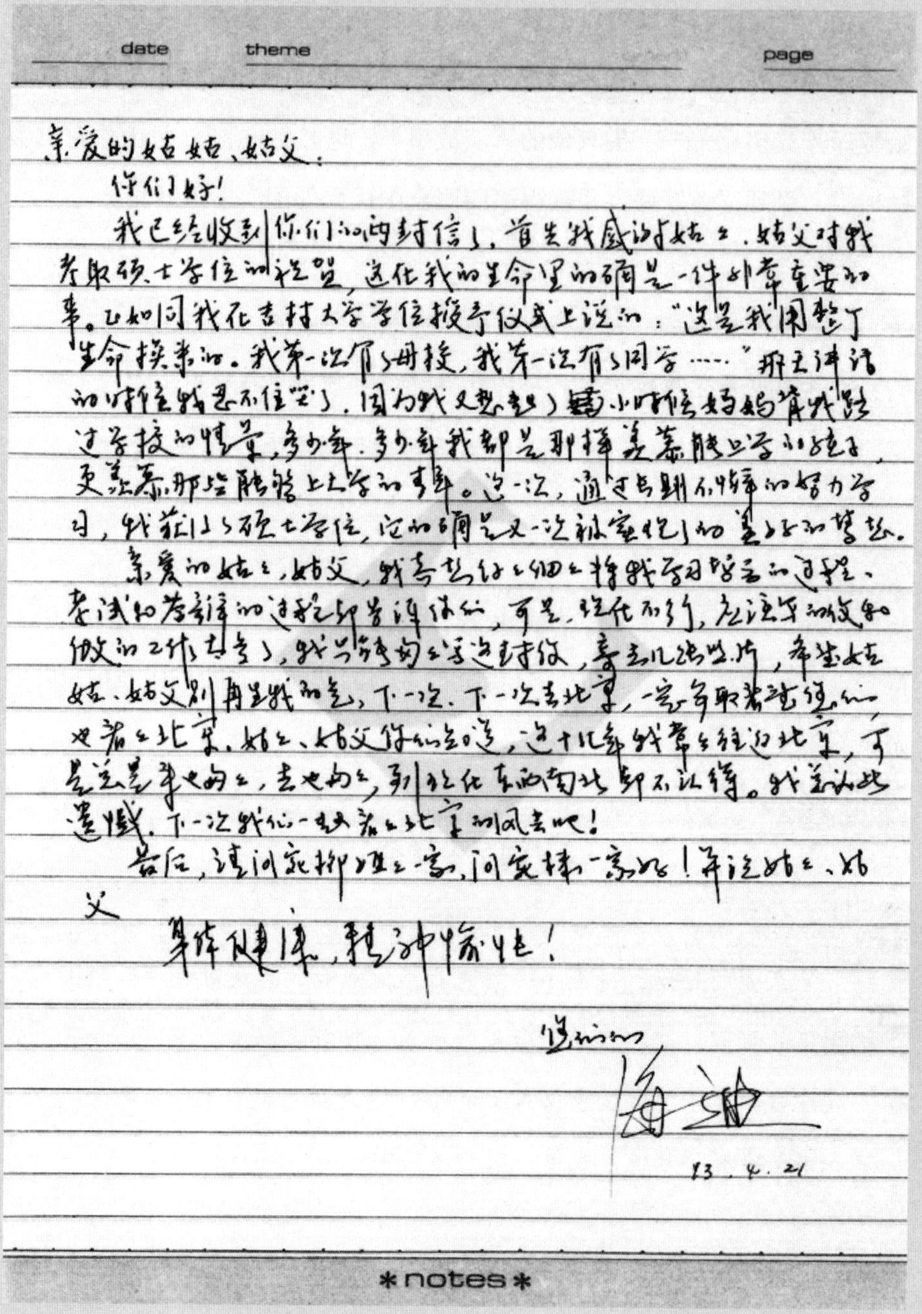
亲爱的姑姑、姑父：

你们好！

我已经收到你们的两封信了。首先我感谢姑姑、姑父对我考取硕士学位的祝贺，这在我的生命里的确是一件非常重要的事。正如同我在吉林大学学位授予仪式上说的："这是我用整个生命换来的。我第一次有了母校，我第一次有了同学……"那天许多的情绪我是不住哭了，因为我又想起了小时候妈妈背我路过学校的情景，多少年，多少年我都是那样羡慕能上学的孩子，更羡慕那些能够上大学的青年。这一次，通过长期不懈的努力学习，我获得了硕士学位，这的确是又一次社会给了我的美好的馈赠。

亲爱的姑姑、姑父，我本想好好细细地将我学习答辩的过程、考试和答辩的过程都告诉你们，可是，现在不行，应该写的文章和做的工作太多了，我只能匆匆写这封信，寄去几张照片，希望姑姑、姑父别再生我的气，下一次，下一次去北京，一定争取看望你们，也看看北京。姑姑、姑父你们知道，这十几年我常常经过北京，可是总是来也匆匆，去也匆匆，到现在东西南北都不认得。我觉得好遗憾。下一次我们一起看看北京的风景吧！

最后，请问候柳娃一家，问候妹妹一家好！并祝姑姑、姑父

身体健康，精神愉快！

你们的

海迪

93.4.21

张海迪致丁宁、江波（中国现代文学馆藏）

对于一个无法上学的人来说，坐在宽敞明亮的教室里听老师讲课，听校园里回荡着的琅琅读书声，是多么令人神往！童年起，张海迪就无数次梦想着去上学，她羡慕上学的孩子。长大后，她羡慕上大学的青年。1993 年，她终于实现了自己的梦想，她来到吉林大学研究生院，于是她“第一次有了母校，第一次有了同学”，这是她“用整个生命换来的”。

在三年的学校学习中，张海迪再一次认识到了自己生存的意义，拓宽了精神的天空，在有限的生命之旅，她让我们看到了一个人的创造力和坚韧的品格。

展读一封封书信，从张海迪表面沉稳平静的笔触中，我们可以感受到她对生活永不衰竭的渴望和热情，炽热如火。人生道路，有坦途，也有坎坷；有鲜花，也有荆棘。不同年龄、不同经历、不同职业的人们都能从张海迪那里汲取强大的精神力量。正如她在《生命的追问》一书中所说：“如果我们心中有一颗星星，不仅要让它给自己带来光明，还要将它举出窗外，照亮黑夜，照亮他人。”[①] 事实证明，这颗星已经成为我们的一颗精神恒星。

榜样的力量是无穷的！ 20 世纪八九十年代，张海迪的先进事迹感动了所有的中华儿女，海迪精神激励了一代又一代年轻人成长进步。二三十年后的今天，她那乐观豁达的生活态度，顽强拼搏的崇高精神，关爱他人、奉献社会的强烈责任感，依旧是我们心目中的榜样、学习的楷模。

---

① 张海迪：《生命的追问》，北京：作家出版社，1997 年。

08 岁寒四友

——柏杨书信档案印证“爱”的箴言

邱俊平

2006 年底，柏杨、张香华夫妇将凝结着柏杨先生数十年创作心血的 11745 件珍贵文物文献资料捐赠给中国现代文学馆。中国现代文馆创立了柏杨文库，文库中所藏手稿类档案资料中包括数千封书信，均是柏杨先生与家人、亲朋、读者、文友的互通信件。其中柏杨与三位读者的通信引起了笔者的注意，读来让人感动。

以文会友

“写杂文的十年所以成为美好的十年，另一个原因是，这十年中，我结下了很多十年中最难得的友谊。”[①]柏杨在《回忆录》中如是说。

柏杨，本名郭衣洞，1920年生于河南开封，1949年由大陆去台湾，是台湾家喻户晓的作家。1950年开始写小说，1960年开始以柏杨为笔名写杂文。他的杂文内容深刻，文笔犀利，涉猎广博，妙语连珠，是台湾第一个因杂文而出名的作家。他还是第一位在海外受到千百万读者拥戴的台湾作家。

1965年10月16日，柏杨接到寄自美国匹兹堡大学的一封信，是孙观汉寄来的。孙观汉是一位充满正义感的科学家，曾出任台湾清华大学原子科学研究所所长，建立台湾第一座教学用的原子反应炉。此信是柏杨和孙观汉生死之交的开端。此后，柏杨与孙先生书信来往长达十二年。柏杨出狱后的第二年，他俩才得以相见。

柏杨先生：

这两年来想要提笔写信给你的动机，可能在二三十次以上……我有一个“正常”的家庭，正常的前途，我的职业是科学研究……你的观察、见解和阅世之深刻，你的世界知识（古今中外）之丰富……真令人佩服……

一九六五年十月十六日于壁斯堡

孙观汉先生给柏杨写信“是谢谢他的思想——对一个受中国传统教育

① 柏杨口述、周碧瑟执笔：《柏杨回忆录》，北京：中国友谊出版公司，1997年7月第1版，第17页。

的人，有脱胎换骨的影响”①。他被柏杨生动的文笔、灵活的描述、深刻的见解和透彻的分析吸引，并很快收集了六集《西窗随笔》，六集《倚梦闲话》，作为生活的“调剂和消遣”。“多次阅读你的大作，常不禁拍床拍厕拍沙发（有时拍案）而笑，笑而后思，思而后深叹，深叹后有时还眼湿！”②

柏杨与孙观汉通信时，柏杨在台北，孙观汉在美国。虽远隔万里，“但我们的心已比邻……柏杨和我有三年动心的信件往还，十二年多的不断怀念，却很可能有如男女间的‘恋爱’……”③朋友易得，知音难求。柏杨遇到了人生中的一位知己。

陈丽真、梁上元是柏杨的读者，与柏杨成为至交，也是因为柏杨的作品把他们联系在一起的。她们是柏杨最忠实、最可靠的朋友。他们之间的感情堪比父女、兄妹、同窗，纯洁、高尚、执着、不可动摇。

“初读柏杨的作品，马上就被它幽默磅礴的笔调和天马行空般的气势吸引……像这样活泼生动、灵性充沛的文字，是我前所未见的。于是柏杨的杂文成为我最喜爱的课外读物。”④读到柏杨杂文时，梁上元只有16岁，她忍不住提笔向柏杨致敬，忍不住向柏杨倾诉。语言老道精练，契合柏杨内心，柏杨因此以为她是“一位假冒高中女学生写信给我的读者先生”⑤。柏杨遇到了人生中的一位莫逆之交。

1967年11月26日，柏杨致梁上元信上有这样一段话：

> 孙先生什么都好，似乎只有一个毛病，他能把人感动得愿意

① 梁上元：《柏杨和我》，台北：星光出版社，1979年3月初版，1979年6月再版，第3页。
② 梁上元：《柏杨和我》，台北：星光出版社，1979年3月初版，1979年6月再版，第220页。
③ 梁上元：《柏杨和我》，台北：星光出版社，1979年3月初版，1979年6月再版，第3页。
④ 梁上元：《柏杨和我》，台北：星光出版社，1979年3月初版，1979年6月再版，第15页。
⑤ 梁上元：《柏杨和我》，台北：星光出版社，1979年3月初版，1979年6月再版，第20页。

为他死，我跟他结识是异数，我跟你结识也是异数，你跟孙先生结识，更是异数。这异数可遇而不可求，等你再长大一些，再遇到一些可怕的困难，就更会知道这异数的可贵，有友如此，不虚此生，我们应该快乐终身。

女读者、女弟子陈丽真也是柏杨的莫逆之交。柏杨谈到他与陈丽真的交往时写道："又一天，我接到一封笔端秀丽的信，结下第二桩永不磨灭的友情。那就是当时的陈丽真，台湾彰化人，高中毕业就考上铁路局列车小姐……她和当时的男朋友商量后，决定给我写信，并来家中拜访，从此成为通家之好。"[1]

十年冤狱

金庸兄：

……我一生坎坷，历尽艰难，但赤子之心仍躍於胸。不像是六十岁老人，亦不像是大难逃生，全仗一点赤忱可告天日，亦仗肝胆朋友，支持鼓励。十年冤狱，换取多少知己，不虚此生……

柏杨

1979.12.20

"十年冤狱，换取多少知己，不虚此生"，这是柏杨的肺腑之言。危难

① 古继堂：《柏杨传》，北京：作家出版社，1998 年 4 月第 1 版，第 127 页。

是“友谊”的试金石，虚心假意的朋友在你危难时会落井下石；普通朋友在你危难时会纷纷逃离；真正的朋友才会在你危难时奋不顾身，鼎力相助。十年冤狱，让柏杨真正体会到了何为生死之交。

柏杨的杂文以尖锐的笔触讽刺社会百态。他那些针砭时弊的文章，早已触怒了当时的台湾政要。1968年翻译漫画“大力水手”时，柏杨将“Fellows”译为“全国军民同胞们”。这直接惹怒了他们，柏杨以挑拨人民与政府间感情的罪名被捕入狱九年零二十六天。

20世纪50至70年代的台湾，一个人要是被戴上了红帽子——“共产党”“匪谍”的罪名，他所面临的后果将是家破人亡，妻离子散，朋友、熟人更是避之如蛇蝎。柏杨被捕后，常常有朋友来访、聚集的柏杨家，如今门可罗雀。许多他自以为很要好的朋友，都与他划清了界限，更有甚者有些朋友大骂柏杨害了他们。而就在柏杨呼天不应，求告无门，沉浸在含冤莫赎，天理难昭的悲愤中时，柏杨的三位读者，谱写了一曲荡气回肠的友谊赞歌。

岁寒四友

自然界有“岁寒三友”：松、竹、梅，它们经冬不衰，挺霜而立，傲骨迎风，不怕冰刀雪箭。台湾社会有堪与“岁寒三友”媲美的“岁寒四友”：柏杨、孙观汉、陈丽真、梁上元。他们四位经受住了十年风雨的考验，始终如一，从不疏远，从未淡忘。

柏杨被捕后的第20天，远在美国的孙先生挥笔给台湾政要写信，为柏杨求情说理。孙先生做出了巨大努力，用尽了他所能找到的一切方法。他给美国总统上书，给美国国会上书，他还一次次给蒋经国和台湾的要人们写信，为柏杨呼吁，为柏杨求情。遭到威胁和冷遇，他也不灰心不退缩。他这样做不仅仅是出于个人友谊和私情，更是为了伸张正义，为了保护人权。他像大海中的一叶孤舟，为营救一个从未见过面的朋友，付出他的眼泪，他的尊严，他的时间、金钱和健康，十年如一日。这需要何等的爱心与勇气啊！

1977 年 4 月 1 日柏杨获释出狱。孙观汉接到喜讯后，当即给柏杨打了一个多小时的越洋电话。放下听筒后，又写了七句外国名言隽语请柏杨翻译，希望柏杨能够宽恕别人，发扬爱心，放下仇恨。柏杨给孙观汉的“一番苦心”写了回信：

观汉先生：

你在四月一日的信上，写了七句外国的名言隽语要我翻译，我可以想到你写这信时的情形：我刚刚返抵台北，上元刚刚打过越洋电话向你“报喜”，你再打越洋电话回来，长谈了足以使你破产的一个多小时，勉强放下听筒，就立即坐下来为我打下了七句英文，再用中文写下一段话。

这是你一番苦心，藉着考我英文为名，要我宽恕，要我发扬爱心，此信是你在我出狱当天，给我的第一信，意义至为严肃。……在你的谆谆嘱咐中，强调爱，强调宽恕，怕“恨”把我引到邪恶的路上，这立场是严肃的……

柏老

一九七七、六、二

这封信现收藏在中国现代文学馆作家书信库。圆珠笔竖行书写在“孔雀牌”红格信笺上，6 页，字迹小巧而工整，每页信的左上角都标注了页码。中国现代文学馆所藏柏杨致孙观汉的信有 4 封，均是柏杨出狱后写的（入狱期间，通信被限制）。

柏杨致梁上元的信札共 14 封，是 1968 年至 1978 年间的通信，信长短不一，少则寥寥数笔，多则洋洋洒洒有 7 页之多。圆珠笔繁体竖行书写，字体较小。柏杨这样解释说：“因不惯俯在地板上写，所以字迹很难看。”

1968 年 9 月 22 日，柏杨在狱中给梁上元的信上有这样的内容：

> 看见你们三剑客的名字，不由热泪盈眶，因为很多我自以为很要好很知己的朋友……都掉头而去，而且还骂我这个“匪谍”害了他……昔日袁子才先生名满天下时，某人刻图章曰：“喜作子才门下士”，后袁身死，毁谤频来，他就又刻图章曰：“悔作子才门下士”……你送来的《荒漠甘泉》，画线的地方，我一一拜读。好像是专门为我写的。你抄的经节，更看出你的爱心……
>
> 衣洞
>
> （民国）五七、九、廿二[①]

柏杨入狱不久，梁上元和她的两位同学（信中所提的“三剑客”）鼓足勇气，前去探监。她们为柏杨送去了食物和用品，梁上元还送给他一本《荒漠甘泉》，并画出重点，评注出许多安慰鼓励的话。去之前，她们在流

---

① 书信作者使用的是台湾地区的纪年方式。以下同。

言的影响下，也有过疑惧，但她们坚信柏杨是清白的，相信自己良心的判断。在柏杨囚禁期间，梁上元一如既往为柏杨奔走，和他通信给他力量，坚信柏杨冤狱终会昭雪，直到柏杨出狱。

> 上元……八年半了，我对你的字迹仍是那么熟习，它也写的美丽。当我们初结识时，你还是一个黄毛丫头，而今你却当了大学生的老师，使人又惊又喜……孙先生是爱和义的化身……我自入狱后，巨墙以外的人世，完全隔绝。但我片断的知道，我的性命因孙先生得以保留……诚如你所说的，得友如此，死而无憾。而得友如上元，同样也死而无憾。……世界上受我这样痛苦的人很多，但拥有我所得到的这样可歌可泣友情的人却不多。……
>
> 衣洞
>
> （民国）65.10.8

柏杨入狱时，梁上元还是个 18 岁的纯情少女，出狱时，梁上元却成了一名大学教授。柏杨入狱后，大部分朋友取回避态度，而 18 岁的梁上元，在看到军事法庭对柏杨的起诉书后，却毫不顾虑这“匪谍”案件可能会牵连自己，愤然写了一首长诗，寄给孙观汉先生，孙先生给这首长诗取名为“20 世纪长恨歌”：“……万求当庭包青天，秉持良心下论断，勿把人权如草菅……”[①] 她为柏杨申冤，希望柏杨得到公正对待。

“岁寒四友”中的另一位是陈丽真。中国现代文学馆藏有柏杨致陈丽

① 古继堂：《柏杨传》，北京：作家出版社，1998 年 4 月第 1 版，第 126 页。

真的书信50余封，均为柏杨狱中所写。圆珠笔竖行写于绿格稿纸或红格信笺之上。柏杨入狱不久，通信字数被限制在200字以内，笔者猜想为了方便记数，柏杨改用稿纸写信。现摘录信札的部分内容以窥人间这段美好而真挚的友谊。

陈丽真像女儿一样，经常去探监，给柏杨送饭。孤寂的柏杨在监狱中仍享受到人生的温暖和友情的慰藉，这是柏杨活下去的最大支持。

> 丽真……你数次来看我，又送食物，又送钱，隔着窗子，你蓦然发现我瘦了。勉强做出的笑容上，泪珠滚下来。使我感动我们已成了好友……师生间的际遇，我们也算很不平凡的了……
>
> 衣洞上
>
> （民国）五七、九、九

柏杨入狱后，家庭破碎，妻离子散，在白色恐怖下，人人明哲保身，此时，陈丽真挺身而出，以一个弱女子的身躯——台湾当局允许柏杨的唯一通信者，在狱外为柏杨奔走作保，给柏杨买书寄生活用品。

> 丽真……孙伯伯的药及食品早收到……有一信寄你请代致谢。孙伯伯对我已尽到了最大情份，我无法表达我的感激……此地拒收任何食品，所以不要寄，大陆杂志订对了，请再破钞代购《续资治通鉴》一部，140元，其它东西我都有，两百字已满，停止。
>
> 衣洞
>
> （民国）62.2.17

陈丽真把柏杨看作老师、朋友，也把他看作父亲、恩人，她对柏杨的关怀无微不至，对柏杨的崇敬无以复加。为了帮助自己精神上的老师，陈丽真遭受了许多打击恐吓，几至精神失常，但她每次都在泪水中挺立过来，继续在狱外帮柏杨东奔西走。在柏杨的书信中有一封陈丽真的回信：

老师禀前……今寄上脱水凤梨五包。脱水香蕉二包。五香笋豆一包，花生一包，癣药二盒，高单位维他命一瓶（是劳伯伯寄来的，刚刚好跟收到您信的同一天收到）。请老师查收。佳佳的毕业礼物“真”会代您办好，请放心。“真”的产期就在这几天……请保重，保重。有什么您想吃的请一定来信告诉我。

再祝　健康

学生丽真敬上

（民国）61. 5. 26

陈丽真产期在即，却不忘给老师寄食品寄药物，给柏杨女儿佳佳买毕业礼物，与朋友联络，事无巨细，都靠她来打理。正如柏杨信中所说“师生间的际遇，我们也算很不平凡的了”。

一封封信札档案，真实地再现了柏杨人生中感人至深的友谊，不离不弃的人间情谊。特别是孙观汉先生，半生为其战斗，为营救柏杨离开牢狱尽心尽力……凡此种种，大概也是从侧面印证着柏杨“爱”的箴言。

王雪

对钱锺书的『简洁的注释』

许钦文回忆鲁迅的两篇手稿档案

王
雪

毕业于北京师范大学，文学博士，副研究馆员。2008年起任职于中国现代文学馆。研究方向为现当代文学史料、民间文学。著有《先生风度——老照片背后的旧年华》，在《中国现代文学研究丛刊》《档案学研究》等刊物发表论文十数篇。

09 对钱锺书的“简洁的注释”

王 雪

2019年4月的北京春暖花开、阳光灿烂。曾任中国现代文学馆副馆长的吴福辉先生选择在这个月正式将他京城潘家园小石斋内的绝大部分藏书与部分珍贵书信捐赠给中国现代文学馆，其中就有六通钱锺书先生写给他的亲笔信。吴福辉指着其中一封于20世纪80年代初寄到“辽宁省鞍山市第一中学”的信件说：“那时候的人还朴实。要放在今天，看到是钱锺书寄来的，说不定就到不了我手里了。”足见他对这些书信的珍视。六封书信中，有四封写于1982年，以遒美的行书书于竖排的八列红格信笺之上，涉及的是钱锺书短篇小说集《人·兽·鬼》[①]中最后一篇《纪念》的重评与修订。

① 《人·兽·鬼》是钱锺书先生的一部短篇讽刺小说集，收录了《上帝的梦》《猫》《灵感》《纪念》四篇小说。作于1944年，1946年6月开明书店初版。是他唯一的一部短篇小说集。

1981年,《十月》杂志第5期刊发了吴福辉评论钱锺书《人·兽·鬼》中单篇《猫》的文章:《现代病态知识社会的机智讽刺——〈猫〉和钱钟书小说艺术的独特性》，1982年3月这篇评论文章获得了“十月文学奖”。受到鼓舞的吴福辉想再评论一篇钱的讽刺小说，他选准了《纪念》。因为《人·兽·鬼》出版于新中国成立前，很多读者已经不熟悉里面的文章了，吴福辉想在评论文章后面附上原文，于是给钱锺书寄去了他找到的1959年9月由香港建文书局出版的《人·兽·鬼》中《纪念》的复制本，钱锺书在上面做了大量词句的修改。

1982年9月，吴福辉完成了他的评论文章《黯淡生活中滴进的苦闷颜色——读〈纪念〉》，与钱锺书的修改本一起发表于1983年《广州文艺》第1期。跟《猫》一样,也是评论文章在前,原作附后。吴福辉在文中写道:“国内的广大读者几乎对它一无所知，这不能算是正常的吧。这次，应我们的要求，承钱先生抽暇审阅旧作，改定了个别字句，使得《纪念》新的修订稿第一次在国内得以发表。”[①]

在给孔另境所编的《当代文人尺牍钞》写序时，鲁迅曾说：“从作家的日记或尺牍上，往往能得到比看他的作品更其明晰的意见，也就是他自己的简洁的注释。”[②]与作品文本不同，书信是一种文献文本，在体现作者意图方面更为直接。钱写给吴的这四封书信以及对复制件的修改正是如此，于细节中流露出钱锺书的一些性格特点。

---

① 吴福辉:《黯淡生活中滴进的苦闷颜色——读〈纪念〉》,《广州文艺》,1983年第1期,第52页。

② 鲁迅:《孔另境编〈当代文人尺牍钞〉序》,《鲁迅全集》第六卷，北京：人民文学出版社，2005年，第429页。

做事严谨

1959年9月，香港建文书局版本的《纪念》复印稿中倒数第二页左上角和下角可能因原书水浸等原因模糊一片，钱锺书用纸剪好一张上部和书页平齐、下部和模糊无字部分面积形状一致的白纸粘在页面上，还用与校对用笔不同颜色的油笔仿照印刷体补全了上面的文字，并在其上做出修改，连补进去的页码的格式都与原版式保持一致。其做事严谨到严丝合缝甚至有些许“强迫”完美的劲头一览无余。

重视西方学者观点

钱锺书毕生在学术领域致力于援西释中、会通中西，非常重视西方学者的观点，这在信中也有所体现。比如在1982年5月31日和6月28日的信中，钱写道：

福辉同志：

得信极感愧。去岁《十月》编辑部寄刊物并送稿费（受之有愧！），我回信曾特笔请他们向你道谢。看来是，泥牛入海了。

我对一切评论拙作的文章，不论肯定或否定，都不表示意见。你若觉得《纪念》值得大笔品题，我只感到荣幸。这篇的译文收在去年美国哥伦比亚大学出版的现代中国短篇小说选里，当时他们寄备一部原文来，寄来复制本，问我有无改动，我做了些字句的修改寄还。没有存本，不能送呈请教，想来美国也还未出版那

个原文本。百忙中草草，并此致谢，即颂

文祺。

钱锺书 五月三十一日

福辉同志：

得信极感，复制事大费您，破东西害人，更觉惶恐不安。

大作脱稿后，不必给我看，我不会发表意见。一九八一年哥伦比亚大学出版的《一九一九至一九四九中国短篇小说选》四三五至四五三页译载此篇，四一七页导言关于此篇的主要评论是：**“在这一篇述及生命的讽刺的杰作里，每一个角色都是在受损失或失败者**（In this masterly treatment of life's ironies，everyone loses）。”我能提供你所要求的资料，只有这点。反正你自有卓见，不必集思广益。匆此复谢，即祝俪祉。（珩青同志前特致意）

钱锺书上 杨绛同问好 二十八日

他坚称对吴福辉的评论绝对不发表意见，却反复提到“美国哥伦比亚大学出版的现代中国短篇小说选”，并详细提供了此书收录的英文评论的出处和观点、原文及翻译，给人的感觉是非如此不快乐。介绍完还要加一句“反正你自有卓见，不必集思广益”。约等于给这段英文引用加上着重符。对于英文原文“In this masterly treatment of life's ironies, everyone loses”，钱给出的翻译为“在这一篇述及生命的讽刺的杰作里，每一个角色都是在受损失或失败者”。译文精辟妙远，在精确传达原意方面无可挑剔，也没有因语言习惯的差异而露出生硬牵强的痕迹。

冷眼热肠

1982年6月11日的信中，钱写道：

福〇（祥字以圈划掉，笔者注）辉（道歉请罪，忱中笔误）同志：

得信感愧。我下午要出门，读信知你将去劳动，故草草复几句，讲来信所提主要问题。（一）复制本可寄给我，我尽量回忆改动后补订；（二）不要送稿酬；（三）题字豁免。天暑，望你劳动时保重。我将两个月尽可能闭门赶此任务，下周文联主席团开会请假不去。隆溪要我参加比较文学座谈会，也敬拒了，大驾经上海回来时，希望我可松一口气，当约晤。

杨绛也感谢你的鼓励。匆匆即颂日安。

钱锺书 十一日午

在前文所引的信中，既有“我对一切评论拙作的文章，不论肯定或否定，都不表示意见”，“大作脱稿后，不必给我看，我不会发表意见”这样看起来稍显尖刻的话，在此信中又有“天暑，望你劳动时保重”这样温暖郑重的言语。冷眼之冷，十足的“科头箕踞长松下，白眼看他世上人”的派头；对晚辈在大夏天还要去劳动的叮嘱又颇具“穷年忧黎元，叹息肠内热”的深切同情。纵才使气、耿介不狷的为人风格、烛照人生的洞察力令钱锺书卓然于人情世态之外，20世纪知识分子的挫折悲凉遭遇更彰显了他幽默之外的愤郁，这些大概就是冷之原因吧！而善良的本性、审美的眼光与心态、对智识的爱欲又令他对有才华的人和年轻人有种客套之外的真心喜爱、真情关怀。一面对浮世众生评头品足，极尽冷嘲热讽之能事，炫智炫博（李健吾曾将这一特点表达为“以博学和智慧闻名，他目光深远，犀利地观察并且解剖人生”[①]），一面关心世道人心，忧世伤生，细察背后悲凉直透肺腑。

自傲与自嘲

夏志清曾回忆他年轻时向钱锺书借阅《丁尼生》一书，发现钱锺书的读书方法与众不同：“凡有不同意的地方，必写英文回驳，把作者讽刺一番。”[②]切中要害的讽刺背后总能看出某种得意。新时期以来，一些人也觉得钱、杨夫妇孤傲高冷，不好接近，在《我们仨》里，杨绛说他们俩平生的快乐是在一起“探险”（指在散步中发现奇异之处）；或同屋安静读书、写作，与外界接触越少越好。这种狂傲高冷在钱锺书晚年的书信中转化为某种刻意的甚至有些虚伪的“谦虚”，比如“极感惭愧”“受之有愧”“破东西害人，更觉惶恐不安”等谦辞俯拾即是。杨绛说：“能和锺书对等玩的人不多。不相投的就会嫌锺书刻薄了。我们和不相投的人保持距离，又好像是骄傲了。”[③]他们对自己骄傲和刻薄的名声早已自知，晚年虽穿上谦虚的外衣遮蔽自己，但过度的谦虚显示的是“依然故我”。

小说内钱锺书的讽刺之语毫不容情，小说外对自己的讽刺也不含糊。在1982年11月16日的信中，钱锺书这样写：

① 李健吾：《书讯》，《文艺复兴》，1946年8月1日。

② 夏志清：《追念钱锺书先生》，载夏志清：《岁除的哀伤》，南京：江苏文艺出版社，2006年，第220页。

③ 杨绛：《我们仨》，北京：生活·读书·新知三联书店，2003年，第75页。

福辉同志：

前信久未复，歉甚。顷又得信，极感惭愧。我对这篇旧作，实在不热心，只觉得亏负了你的文章。所以我的东西发表与否，并不重要，倒是你的新文得赶早和读者见面。七月底，我为朋友们（指陈梦熊、柯灵。笔者按）软缠不过，已将《人兽鬼》细改一遍付印，（看本期《读书》上重印序便知），和今春给你的本子很不相同了（手里没有留底，全交给上海去料理）。将来又替版本家添个题目！最近看见三联新出版的彦火所著《现代中国作家风貌》，里面有访问我的一篇谈话，一年多前我说不愿重印的旧作，现在都陆续付重印了（包括《谈艺录》）！真是“不随个人意志为转移”，人终是要变的——尽管他不情愿变，只落得“出尔反尔”。大约也算是“风派”的表现吧！

草草并谢，即致敬礼！

钱锺书上 杨绛同候

十六日夜

信尾那句：“人终是要变的——尽管他不情愿变，只落得‘出尔反尔’。大约也算是‘风派’的表现吧！”颇耐玩味，明明最痛恨和厌恶市侩、风派、软骨头，只愿为中流砥柱，从无做风派之志、之行，却依然会被人评价为出尔反尔，无奈之下用“风派”自嘲。大家不过都是陷于“绝境”的普通人，徒劳于寻求解脱的永恒戏剧。

（原载《传记文学》）

10 许钦文回忆鲁迅的两篇手稿档案

王　雪

中国现代文学馆保存了两份中国现代著名乡土作家许钦文回忆、纪念鲁迅的手稿:《鲁迅先生与故乡》和《鲁迅在“五四”时期》，分别写于1956年和1979年。手稿由两篇文章的发表单位《文艺报》社、《人民文学》杂志社捐赠，幸赖他们的用心保存和捐赠义举，才让我们可以见到这两篇满镌时代印痕、深蕴真挚情感的珍贵手稿。

一、两篇手稿档案情况

两篇文章分别写于许钦文69岁和82岁时，字迹工整、隽秀，前后几乎没有变化；均写在带有“杭州”字样的稿纸上，提示着这里正是作者生活和热爱的地方。

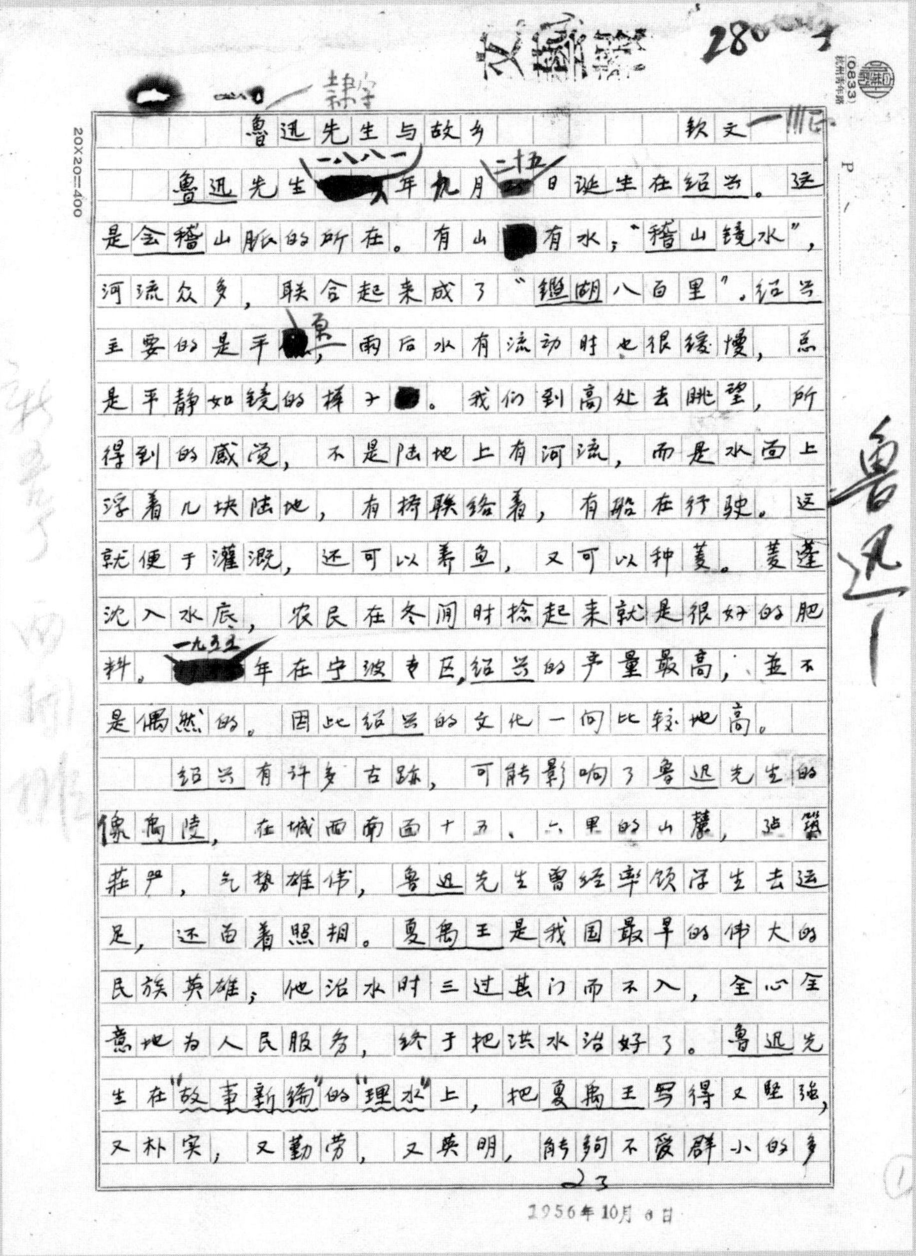

鲁迅先生与故乡　　钦文

鲁迅先生[redacted]一八八一年九月[redacted]二十五日诞生在绍兴。这是会稽山脉的所在。有山[redacted]有水；"稽山镜水"，河流众多，联合起来成了"鉴湖八百里"。绍兴主要的是平[redacted]原，雨后水有流动时也很缓慢，总是平静如镜的样子[redacted]。我们到高处去眺望，所得到的感觉，不是陆地上有河流，而是水面上浮着几块陆地，有桥联络着，有船在行驶。这就便于灌溉，还可以养鱼，又可以种菱。菱蓬沉入水底，农民在冬闲时捞起来就是很好的肥料。[redacted]一九五五年在宁波专区绍兴的产量最高，并不是偶然的。因此绍兴的文化一向比较地高。

绍兴有许多古迹，可能影响了鲁迅先生的像禹陵，在城西南面十五、六里的山麓，非常庄严，气势雄伟，鲁迅先生曾经率领学生去远足，还留着照相。夏禹王是我国最早的伟大的民族英雄；他治水时三过其门而不入，全心全意地为人民服务，终于把洪水治好了。鲁迅先生在"故事新编"的"理水"上，把夏禹王写得又坚强，又朴实，又勤劳，又英明，能够不畏群小的多

23

1956年10月8日

许钦文《鲁迅先生与故乡》第1页

方反对，终于改"湮"的办法为"导"的办法而成功。又如越王台，是越王勾践为着报仇雪耻，卧薪尝胆过的地方。

　　绍兴有着许多先贤，像南宋的爱国大诗人陆游，就是陆放翁，他在《剑南诗钞》中曾这样[redacted]说："明知死去万事空，但悲不见九洲同；王师北定中原[redacted]日，家祭无忘告乃翁。"他写祖国河山的伟大可爱，南宋统治阶级的腐化无耻。[redacted]

　　这位爱国大诗人年青时有过"钗头凤"的故事，那沈园就在鲁迅先生家的附近。陆放翁读书过的快阁在偏门外，相距不过四、五里。陆放翁的故居鲁墟相距也只二十来里。鲁迅先生有两位祖母，一位是快阁的隣居，还有一位是鲁墟人。

　　明朝末年的大学问家，一般叫做念台先生的刘宗周，因为不愿在外族的统治下做顺民，明亡以后绝食而死。临死坐在桌旁，肚饥难熬，不自主地用指甲在那桌面上挖，桌面上留下深刻的条痕。这故事我在绍兴读书时老师还常常提起，

许钦文《鲁迅先生与故乡》第2页

我们听得很感动。

鲁迅先生是这样尊重故乡的先贤的，许寿裳先生在《入京和北上》上说，"鲁迅看见先兄的书桌上，放置着《越中先贤祠目序例》多册，便索取了一册去，这是到京后第一天的印象。……对于乡邦文献，也是很留意的。鲁迅搜集先贤的逸文，足供后人瞻仰景行，所刊的《会稽郡故书杂集》，便是一个例子。"又在《和我的交谊》上说，"他知道我爱读乡先生李慈铭的文章，即以厂肆所搜得的曾之撰刻《越缦堂骈体文集》四册给我"。（《亡友鲁迅印象记》）

蔡元培先生在《鲁迅全集》序上说，"综观鲁迅先生全集，虽亦有几种工作，与越缦先生相类似的，但方面较多，蹊径独辟，为后学开示无数法门，所以鄙人敢以新文学开山目之。"[redacted]固然他所吸收和他的成功都是多方面的。可是他的确也是注意越缦而受了他的影响的。

绍兴也是革命者徐锡麟烈士、秋瑾烈士和

许钦文《鲁迅先生与故乡》第 3 页

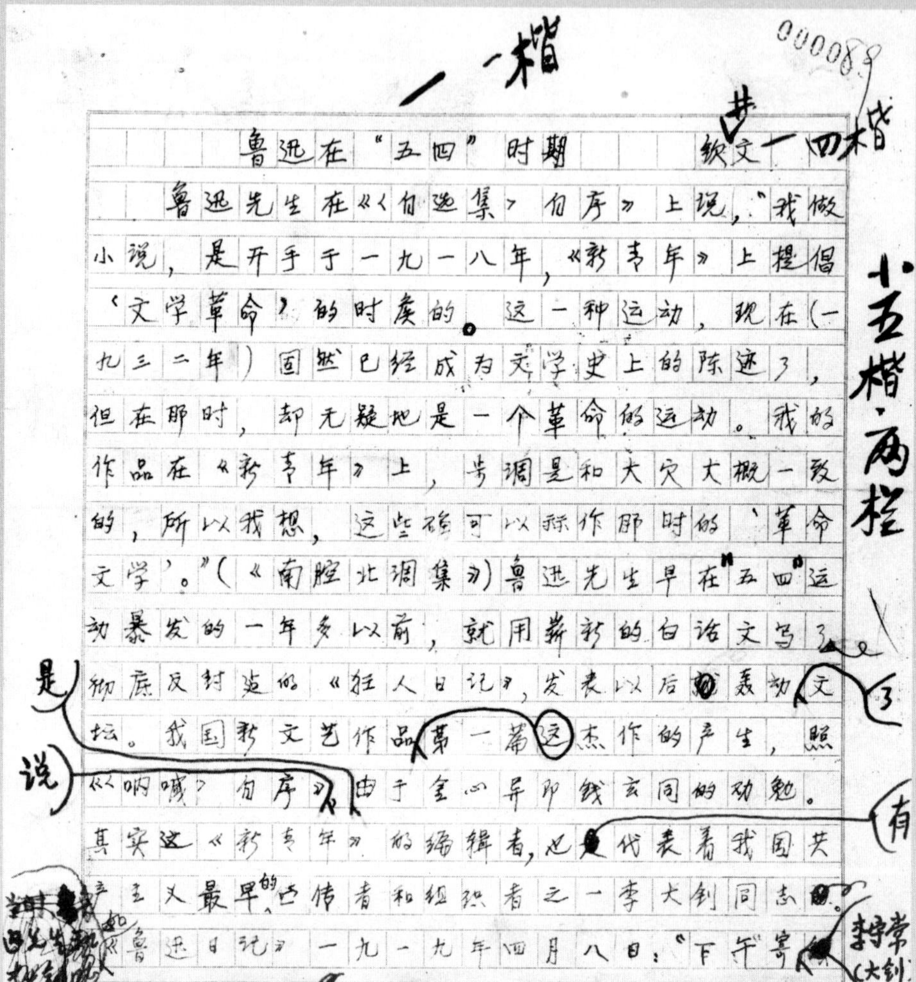

鲁迅在"五四"时期　钦文

鲁迅先生在《〈自选集〉自序》上说，"我做小说，是开手于一九一八年，《新青年》上提倡'文学革命'的时候的。这一种运动，现在（一九三二年）固然已经成为文学史上的陈迹了，但在那时，却无疑地是一个革命的运动。我的作品在《新青年》上，步调是和大家大概一致的，所以我想，这些确可以称作那时的'革命文学'。"（《南腔北调集》）鲁迅先生早在"五四"运动暴发的一年多以前，就用崭新的白话文写了彻底反封建的《狂人日记》，发表以后轰动文坛。我国新文艺作品第一篇这杰作的产生，照《〈呐喊〉自序》，由于金心异即钱玄同的劝勉。其实这《新青年》的编辑者，也代表着我国共产主义最早的宣传者和组织者之一李大钊同志。《鲁迅日记》一九一九年四月八日："下午寄[redacted]信[redacted]。"同月十六日："上午得钱玄同信，附李守常[redacted]信。"鲁迅先生在《〈守常全集〉题记》上说，"我最初看见守常先生的时候，是在""商量怎样进行《新青年》的集会

杭州东风印刷厂印制　78.9.　20×20＝400　第 1 页

许钦文《鲁迅在"五四"时期》第 1 页

000090

上，”“给我的印象是很好的：诚实，谦和，不多说话，”“他终于被张作霖们害死了，”“知道了这消息之后，椭圆的脸，细细的眼睛和胡子，蓝布袍，黑马褂，就时时出现在我的眼前，其间还隐约看见绞首台。”绞首台鲁迅先生没有具体的印象，“隐约看见”，无非由于悲愤哀悼而产生的幻觉。鲁迅先生常说他和李大钊同志是站在同一战线上的伙伴，对于李大钊同志的被害当然是非常沉痛的。我在北大校庆的纪念会上听过李大钊同志的讲话，蓝布袍、黑马褂服装的朴实，和“苏联就是苏俄，也可以叫做新俄”亲切的语词，都给我留下了深刻的印象。'

鲁迅先生在日本留学时，于一九〇六年弃医从事文艺运动，为着改变国民精神，“我以我血荐轩辕，”表现了高度的爱国主义精神[redacted]，第二年就写下了四篇篇幅相当大的文章：《人之历史》、《科学史教篇》、《文化偏至论》和《摩罗诗力说》。（《坟》）其内容，主要是介绍外国的科学知识，爱国诗人，特别是能够献身民族解放事业的英雄人物的。可是以后就无形地中断，一直到

杭州东风印刷厂印制　78.9.　20×20＝400　　第 2 页

许钦文《鲁迅在“五四”时期》第 2 页

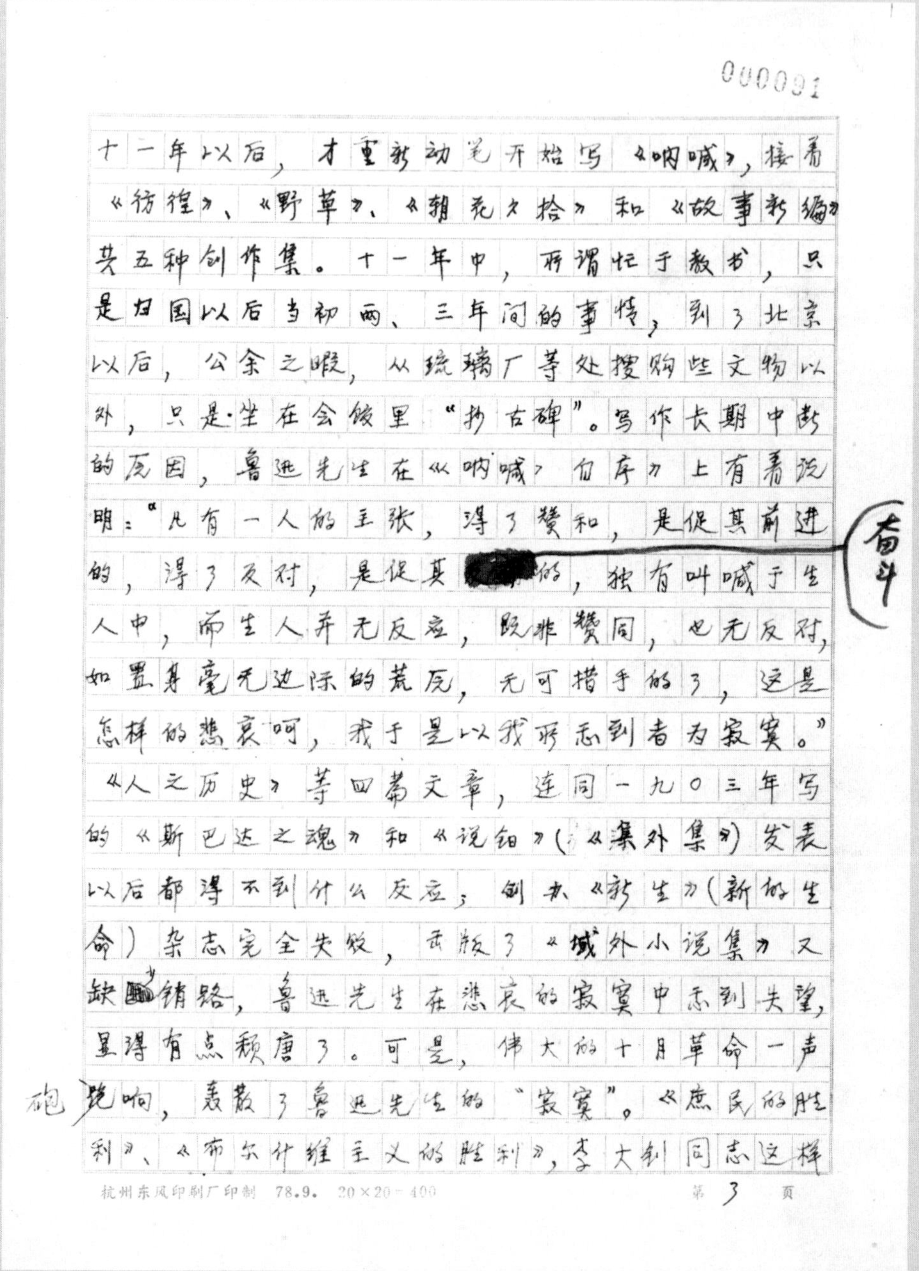

000091

十一年以后，才重新动笔开始写《呐喊》，接着《彷徨》、《野草》、《朝花夕拾》和《故事新编》共五种创作集。十一年中，所谓忙于教书，只是归国以后当初两、三年间的事情，到了北京以后，公余之暇，从琉璃厂等处搜购些文物以外，只是坐在会馆里"抄古碑"。写作长期中断的原因，鲁迅先生在《呐喊》自序》上有着说明："凡有一人的主张，得了赞和，是促其前进的，得了反对，是促其[redacted]的，独有叫喊于生人中，而生人并无反应，既非赞同，也无反对，如置身毫无边际的荒原，无可措手的了，这是怎样的悲哀呵，我于是以我所感到者为寂寞。"

奋斗

《人之历史》等四篇文章，连同一九○三年写的《斯巴达之魂》和《说鈤》（《集外集》）发表以后都得不到什么反应；创办《新生》（新的生命）杂志完全失败，出版了《域外小说集》又缺少销路，鲁迅先生在悲哀的寂寞中感到失望，显得有点颓唐了。可是，伟大的十月革命一声炮响，轰散了鲁迅先生的"寂寞"。《庶民的胜利》、《布尔什维主义的胜利》，李大钊同志这样

杭州东风印刷厂印制　78.9.　20×20=400　　第 3 页

许钦文《鲁迅在"五四"时期》第3页

《鲁迅先生与故乡》主要介绍了绍兴的古迹、先贤、风景以及“多茅坑、多坟墓、多牌坊”的“恶风陋俗”，平实温和并简要记述了绍兴这块生养鲁迅的土地的风貌。手稿用钢笔写就，作者几无修改，只是墨迹深浅有所变化。编辑做的修改较多，除了标点符号的增改和修正各别错字，主要将许原文引用的陆游一首诗的名字由《示儿》改成了《剑南诗钞》。《剑南诗钞》是陆游的一本诗词集，许钦文引用的这首诗题为《示儿》，似并无改动必要，或有其他原因。编辑还删去了许钦文引用的另一首陆游诗歌《秋夜将晓出篱门迎凉有感二首·其二》，全诗为：“三万里河东入海，五千仞岳上摩天。遗民泪尽胡尘里，南望王师又一年。”许钦文想表达绍兴先贤陆游的爱国情操，但较《示儿》一诗，此诗中的民族矛盾更为明显，引发歧义的可能性较大，这也许就是编辑将其删去的原因吧。

此外，编辑还删去了许钦文引用的毛泽东在《新民主主义论》中评价鲁迅的话，鲁迅“不但是伟大的文学家，而且是伟大的思想家和伟大的革命家”。这条引用插在谈论鲁迅受李慈铭（晚年自署“越缦老人”）影响的段落中，稍显突兀。

该手稿全文刊登于1956年《文艺报》的《鲁迅先生逝世二十周年纪念特刊》上，同期还载有宫本显治、唐弢、王瑶、陈则光和阿英等的纪念文字，正文配发了李可染与夏子颐的插画作品《鲁迅的故乡——绍兴城》和《鲁迅故乡——皇甫庄风景》。跟《鲁迅在“五四”时期》不同，许钦文的这篇回忆文字在之后的选本中很少出现，笔者揣测大概因为它既未提供作者和鲁迅交往的一手资料，也没有对鲁迅作品进行独到解读的内容。

另一篇手稿《鲁迅在“五四”时期》是为纪念五四运动六十周年而作，用钢笔写在印有“杭州东风印刷厂印制”的绿格稿纸上，许钦文自己略做删改，有的用细细的线反复画去初写的字，有的还用刀片小心刮去原来的字迹，令页面看起来十分整洁清爽。《人民文学》编辑的改动仅限于核对引文。在这篇文章中，许钦文回忆了自己在北大旁听鲁迅讲授《中国小说史》的情景，指出鲁迅的寂寞是被“十月革命的炮声震散”的，提出鲁迅在五四运动中主要以写作和授课为途径从事提倡白话文和反帝反封建这两项事业，由此得出鲁迅“在轰轰烈烈的五四运动中，是强有力的领导人之一”的结论。

两份手稿，一写鲁迅出生之地，一写鲁迅在五四运动中的行动，均为纪念重要历史事件节点而作，淡淡的文笔绝口不提一个“忆”字，但字里行间却满溢浓浓的缅怀和敬仰之情。许钦文为能何成为重量级报刊纪念文章青睐的约稿作者呢？这当然离不开他和鲁迅的关系。

二、鲁迅与许钦文的交往

许钦文是鲁迅先生的老乡，也是“鲁迅的学生和知友”[①]。他们亲近到什么程度呢？1928年7月，鲁迅携许广平去杭州“度蜜月”，许钦文全程陪同并和他们夫妇二人住在西湖边清泰第二旅馆的同一房间共五晚，其深厚和亲切的感情可见一斑。

鲁、许相差16岁，1920年、1921年左右，许钦文为赚钱在同乡孙伏园的关照下开始在北京《晨报》副刊发表小说时，鲁迅正在教育部工作，并在北京大学、北京高等师范学校开设《中国小说史》课程。许的作品引

① 许钦文著，倪墨炎、陈九英编选：《在老虎尾巴的鲁迅先生——许钦文忆鲁迅全编》，上海：上海文化出版社，2007年，第1页。

起了鲁迅的注意，再加上许的妹妹许羡苏此时正经常出入鲁迅北京八道湾的家中陪鲁迅的母亲谈天，这更增添了鲁迅对许钦文的亲近感。

鲁迅开始关心许钦文的创作，指导他的选材，指出他作品的瑕疵。1924 年，鲁迅创作了短篇小说《幸福的家庭》，刊于上海《妇女杂志》，在标题下鲁迅特意标了一句“拟许钦文”。《呐喊》的作者、盛名之下的鲁迅竟然公开声称自己的小说是在模仿许钦文的“轻松的讽刺笔调”，这使得许在文坛上的名望和地位大为提升。许钦文在散文《砖塔胡同》中曾具体回忆起这篇“拟许钦文”发表后，他在北大课堂上亲耳听到教室里其他同学议论他的情形：

> 我溜进教室，刚在靠西面的一边坐下，突然听到：“许钦文大概已经长了胡子。”接着是：“许钦文的年纪总是不小的了。”原来鲁迅先生的《幸福的家庭》已在《妇女杂志》上发表，从上海运到北京，在东安市场等处出售，许多一道听讲的人都已看过。我在这满教室的人中只有少数几个熟悉，坐在附近的都不相识，一时不知道怎样才好。我窘得很，俯着头不敢作声。①

这次事件令许钦文得到了极大的激励和鼓舞。然而这还不够，就在《幸福的家庭》写作的同时，鲁迅还在帮许钦文编选、校对一本小说集，并用自己《呐喊》的版税资助其出版，是为《故乡》。鲁迅请高长虹为全书撰写了“小引”，助力销售。高长虹在“小引”末尾写道：“现在形成的这个

---

① 许钦文：《砖塔胡同》，《新文学史料》，1978 年第 1 期。

选本，则大半是鲁迅先生的工作。”[①] 许钦文遂以此书跻身20世纪中国文学“乡土文学”代表作家之列。苏雪林在《王鲁彦与许钦文》一文中评价道：“当他的第一集小说集《故乡》发表时，鲁迅便说：‘描写乡村生活上作者不及我，在青年心理上我写不过作者’，并在《彷徨》集中《幸福的家庭》那一篇写明‘拟许钦文’字样。鲁迅以文坛老宿的资格，不惜如此嘉奖一个后进作家，读者对许氏自然会另眼相看，而许氏也从此文名卓著了。”[②]1935年鲁迅在编《中国新文学大系·小说二集》时，又选入了许钦文的三篇作品，并在序言中亲自评论了许的创作。

1932年初，许钦文受牵连入狱。鲁迅得知后立即请蔡元培出面，总算使许钦文脱离了牢狱之灾。在《卖文六十年志感》中，许钦文动情地写道：“生我者父母，教我者鲁迅先生也，从牢监里营救我出虎口者亦鲁迅先生也。鲁迅先生给我的恩情永远说不尽。”[③] 新中国成立后，上海文艺出版社于1959年印行了许钦文的散文集《学习鲁迅先生》，一版一印达23000册。

三、鲁迅如何培育青年

多方关心，随时教育，督促提携，救人于水火，鲁迅给了许钦文巨大的温暖和鼓励，他的教育深入许的骨髓，伴随他一生。鲁迅扶植许钦文仅仅是老乡之间的互相帮助吗？显然不是（想想鲁迅对“某籍某系”提法的厌恶吧）。青年、友谊、故乡，这些都是能够为生命创造意义的文化主题，

① 高长虹：《故乡·小引》，钦文：《故乡》，北平：北新书局，1926年，第2页。
② 苏雪林：《王鲁彦与许钦文》，《现代》，1934年第5期。
③ 许钦文：《卖文六十年志感》，《东海》，1982年第4期。

恰巧结合在了许钦文身上。许是鲁迅帮助过的无数青年人中的一个例。作为一个能够自我支配的强者，鲁迅有自己的独特眼光和明确趣味，他正视人性的弱点和人生的痛苦，不但在物质与精神两个方面帮助青年，还赋予了这种帮助一种独特的风格。

鲁迅由衷喜爱青年的纯真和粗暴，他感念于青年"不肯涂脂抹粉"的绰约和纯真，更振奋于他们在黑暗势力压迫下的反抗——他们的苦恼、呻吟、愤怒和粗暴。从文稿中浮现出的青年不屈的灵魂，不但能从中找到共同关注的话题甚至写作上的互动，还能使鲁迅仿佛又找回了"身外的青春"，这怎能不让鲁迅感到振奋！鲁迅在此是把灵魂的"粗暴"作为真正的人的标志的，所以鲁迅才在《一觉》中说："魂灵被风沙打击得粗暴，因为这是人的魂灵，我爱这样的魂灵；我愿意在无形无色的鲜血淋漓的粗暴上接吻……是的，青年的魂灵屹立在我眼前，他们已经粗暴了，或者将要粗暴了，然而我爱这些流血和隐痛的魂灵，因为他使我觉得是在人间，是在人间活着。"①

除了同情青年们的艰难处境，能在青年的纯真和粗暴中找回一种"身外的青春"，鲁迅爱护青年还有他更深的思考。首先他信仰进化论，信仰青出于蓝，"我一向是相信进化论的，总以为将来必胜于过去，青年必胜于老人，对于青年，我敬重之不暇，往往给我十刀，我只还他一箭"②。按照这个"常理"，他信任青年。攻击旧社会需要后备军，无疑这个"军队"得由青年组成。许钦文回忆，鲁迅亲口对他说：

① 鲁迅：《一觉：野草之二十三》，《语丝》，1926年第75期。

② 鲁迅：《三闲集》，上海：鲁迅全集出版社，1941年，第10页。

“如果只为小说史而讲小说史，即使弄得烂熟，也没有多大意义；不如多培植些青年作家，一道来攻击旧社会。”后来他在《对于左翼作家联盟的意见》上说，“在我倒是一向就注意新的青年战士底养成的，曾经弄过好几个文学团体”。[①]

这种信任和帮助并不是盲目的，而是有一个发展的过程，如从“随便”把钱用在一般青年上改为用在一些进步团体上。在1922年发表的《端午节》中，鲁迅感到有些老辈威压青年，青年有了儿孙后也开始摆架子；学生骂官僚，许多官僚原都是学生出身的。[②]在1926年的《孤独者》中，鲁迅活画了一些常自命为“不幸的青年”“螃蟹一般懒散而骄傲地堆在大椅子上，一面唉声叹气，一面皱着眉头吸烟”[③]的样子；在广东，他亲眼“目睹了同是青年，而分成两大阵营，或则投书告密，或则助官捕人的事实！”[④]

在青年身上得到了支持，也在青年身上感到了某种绝望，鲁迅还要支持他们吗？答案是肯定的，一方面他在实际行动中将注意力放在进步团体上，另一方面从内在精神上他将培育青年与“中国现代高等教育事业融为一体”[⑤]，而高等教育事业则是同整个中华民族的现代命运和前途、中华民族精神的再造相联系的。正如他在《文化偏至论》一文中所说：若要“生存两间，角逐列国……其首在立人，人立而后凡事举；若其道术，乃必尊

① 许钦文：《鲁迅先生和青年》，《鲁迅回忆录（二集）》，上海：上海文艺出版社，1979年。
② 鲁迅：《端午节》，《小说月报》，1922年第13卷第9号。
③ 鲁迅：《孤独者》，《彷徨》，上海：鲁迅全集出版社，1947年，第120页。
④ 鲁迅：《三闲集》，上海：鲁迅全集出版社，1941年，第10页。
⑤ 王富仁：《鲁迅与顾颉刚》，北京：商务印书馆，2018年，第210页。

个性而张精神”[①]，中国现代文化重建的核心在应作为文化主体的中国“人”身上。对鲁迅而言，这就是他的“事实本身”。

鲁迅没有在大学里专职任教授，他培养青年和学生要用自己的方式。立人自然要从那些可立的少年和青年做起，鲁迅曾这样和许钦文讲述“拟许钦文”事件：“自然，采用老作家的稿子比较稳当，编辑的人责任轻，不大冒险。但老是使用老作家的稿子，新作家怎么起得来……不让新作家起来，这怎么行！我培养了些人，也就白费心思了！”[②]应该“立”什么样的“人”？鲁迅在“五四”时期曾一再提到“真的人”“完全的人”，即个性真正得到解放的人。

立人的目的是让中国人能够“幸福的度日，合理的做人”[③]。为了实现这个理想，他愿自己“肩住黑暗的闸门”，放年轻人到“宽阔光明的地方去”[④]。许钦文可以说就是鲁迅立人思想与实践的一个成果。在故乡，许是一个柴米无着、借贷无门的失业青年，漂流到北京后到处碰钉子，看到许多苦脸，精神上饱受创伤。他之所以能摆脱创伤，勇猛地坚持创作，“主要由于鲁迅先生给了我温暖”。[⑤]新中国成立后，许钦文担任浙江省人民政府文化局副局长，一直坚持写作，有一分热，发一分光，在他的生命里，鲁迅先生就是那道指引航向的光。

（原载《点滴》）

---

① 鲁迅（迅行）：《文化偏至论》，《河南》，1908年第7期。
② 许钦文：《来今雨轩》，《新文学史料》，1979年第3期。
③ 鲁迅（唐俟）：《我们现在怎样做父亲》，《新青年》，1919年第6卷6号。
④ 鲁迅（唐俟）：《我们现在怎样做父亲》，《新青年》，1919年第6卷6号。
⑤ 许钦文：《砖塔胡同》，《新文学史料》，1978年第1期。

北塔

为中国—波兰之间的文学交流殚精竭虑、身体力行

——文学馆馆藏茅盾 1960 年 10 月 12 日致巴金函解读

北塔

祖籍浙江，生于江苏，居于北京。中国现代文学馆研究员、中国诗歌春晚组委会顾问。已出版诗集《滚石有苔》《巨蟒紧抱街衢》，学术专著《照亮自身的深渊——北塔诗学文选》和译著《八堂课》等约30种，有作品曾被译成十多种外文。

11 为中国—波兰之间的文学交流殚精竭虑、身体力行

——文学馆馆藏茅盾1960年10月12日致巴金函解读

北 塔

巴金同志：

此次国庆期间，作协接待之外宾，以波兰作协副主席、党组第一书记普忒拉曼特，最为重要。普又是波党候补中委，在波兰为对我最友好者之一。九月间我访问波兰时，王大使谆嘱应重视普（他和夫人同来）此次访华，热烈接待。普夫妇定于本月廿六日，（由广州）到杭州，留二天半，则廿九日可到上海。在上海的日期请预先和文化局商量，务必保证重点，保证深透，使他们回去有充分材料可以写书。（普于一九五一年访问过一次，回去写了一本书；这次他商定再写一本，屡次对我谈到，并希望我们为他安排日程时以能回去写书为目标——即参观项目不多而每一项目内容丰富，看得深，看得透。）

我和普夫妇同机自华沙而莫斯科而北京，路上曾相约：如果他们参观

广州之后在杭州休息浏览几天，我将奉陪。现在他们决定要到杭州，因而我也要到杭州一趟。我回国后精神一直不好（仍为失眠、不能用脑等等老病），也打算休养一下；我定于本月十九日乘班机飞沪，当天（如果可能）转车赴杭，待廿六日普夫妇到杭后再和他们同到上海。请为代订上海到杭州的火车票壹张（十九日的）。但如果当天转车赴杭不可能，则只好在上海过一夜了，那就要请代订旅馆。如果十九日因气候关系不能起飞，那当然要顺延一天。日来北京天天晴，不知上海如何？穿什么衣服？夹衣乎棉衣？乞便中见示。匆匆顺颂

健康

雁冰 十月十二日上午八时

解读：

一、王大使是谁？茅盾为何如此看重他的“谆嘱”？

茅盾在信中说：“王大使谆嘱应重视普（他和夫人同来）此次访华，热烈接待。”“谆嘱”是比“叮嘱”分量更重的词，茅盾用这个词，不仅显示了他一贯的谦逊，而且充分表示他对这位“王大使”的意见的倚重。

那么，此处“王大使”指的是谁呢？究竟什么来头？

他就是新中国外交元老之一王炳南。

当年茅盾为何如此重视这位驻波兰大使的意见？或者说，当时中央为何要派王炳南这样重量级的人物去担任驻波兰大使？

这还得从当年中国的外交格局中去寻找答案。20世纪50年代，资本

主义和社会主义两大阵营对立，波兰是社会主义阵营中的重要国家，也是新中国与欧美展开正式与非正式外交的桥头堡。因此，从新中国外交角度来说，波兰不是一个小国。中央高度认可波兰在国际外交格局中的重要角色。

1955 年，王炳南被任命为驻波兰大使。早在一年前，即 1954 年，他就被晋升为外交部部长助理兼办公厅主任，成为总理在外交工作上的得力干将。他出任驻波兰大使，是中国驻波兰大使馆领导职务的高配。其间还有一个非常现实的具体原因。

1954 年，由苏联倡议推动，在日内瓦举行 5 大国外长会议，讨论和平解决朝鲜问题和恢复印度支那和平问题。所谓 5 大国就是联合国安理会 5 个常任理事国，苏联做了西方国家的工作之后，新中国第一次委派政府代表团出席东西方合作的国际会议。中央十分重视，任命周恩来为首席代表，张闻天、王稼祥、李克农为代表，担任代表团秘书长的就是王炳南。

会议期间，美国通过与中国有外交关系的英国向中方表示，希望解决美国在华被拘留人员问题。当时中国也有一批有成就的科学家和留学生被扣在美国。周恩来认为应利用时机，开辟同美国直接接触的渠道，争取早日让那些爱国知识分子回国。经请示中央，王炳南被委派为中国政府代表，与美国代表就两国侨民回国问题进行会谈。

美方代表是此次外长会议美国代表团的成员约翰逊——美国驻捷克斯洛伐克大使。主要是为了王炳南与约翰逊方便往来谈判，中央经过综合考量，派他到波兰出任大使。波兰和捷克斯洛伐克都是东欧国家，由中美驻这两国的大使分别担任谈判代表，也是外交上严格的对等原则的需要。

后来，1955 年 4 月，万隆会议之后，美国响应中国的谈判呼声，又通过英国向中国建议互派大使级代表在日内瓦举行会谈。主谈者还是王炳南与约翰逊这两位老对手。这一谈就是9年，所以王炳南一直留任驻波兰大使——这一看似不那么重要但实际上举足轻重的外交职位；直到1964年4月，他奉调回国，出任外交部副部长。

因此，1960年，茅盾访问波兰时，王炳南还是驻波兰大使。他应该深知，在新中国的外交布局中，波兰不仅仅是一个东欧国家，王炳南也不仅仅是驻波兰大使，而是两大阵营外交整体格局中都起着关键作用的人物。因此，他当然倍加重视王炳南的意见，尊称之为“谆嘱”。

二、在王炳南和茅盾心目中如此重要的普忒拉曼特到底是何许人？他与中国的关系又如何？

普忒拉曼特（现在通译为“普特拉门特”）1910年生于明斯克。他曾参加左翼青年运动，并因此而被波兰社会党政府审讯。第二次世界大战期间他在苏联参加波兰第一军团，为祖国的独立而战斗，战后曾任波兰议会议员、驻瑞士和法国大使、波兰作协总书记（即茅盾在信中所说的“党组第一书记”）。

茅盾在此信中没有提到普忒拉曼特的著作。《茅盾全集》关于他的注释中，列举了他的几部代表作，《战争和春天》《前夫之子》和《不忠实的人们》等。但没有说这些著作的文体和出版年份。

在文学上，普忒拉曼特是个多面手，诗歌、小说、回忆录、报告文学、小品和政论等都有专著。他早年主要写诗，出版的诗集有《昨日返回》（1935）、《森林之路》（1937），表现了诗人对现实的不满和反抗。《战争和春天》是他的诗歌代表作，出版于1944年。这也是他的诗歌生涯的总结之作，从此他转而主要从事小说创作，而且以长篇小说为主。《前夫之子》和《不忠实的人们》都是长篇小说，分别出版于1963年和1967年。另有长篇小说《现实》（1947）、《九月》（1952）和《十字路口》（1954），分别反映的是1939年德国法西斯侵占波兰之前、之中和之后的社会状况。他还出版过两部短篇小说集《神圣的枪弹》（1946）和《空眼睛》（1967），前者反映的是波兰人民反法西斯斗争的情况，后者反映的是20世纪50年代波兰国内的政治生活情况。

可以看出，普忒拉曼特后期的文学创作与早期的诗歌创作判若两人，早期的主要是个人话语，后期的主要是社会代言。后期更加注重意识形态的色彩和伦理，力争使自己的写作与政治斗争同步。这与茅盾的文学观相当一致，而且，两人都是国家作协的主要领导，职位意识也非常相近。无怪乎两人一见就成了莫逆之交。

作为波兰作协的一把手，而且还是波兰唯一执政党统一工人党的候补中央委员，普忒拉曼特能在文学创作上如此勤奋，而且取得如此丰硕的成果，的确非等闲之辈。

作为波兰人中对中国最友好者之一，普忒拉曼特曾两度访华，而且时间都相当长，对中国的方方面面都“看得深，看得透”，因此回去都写了有关的专书。

普忒拉曼特1951年访问中国后，次年便出版了报告文学集《中国纪事》。

这次1960年到访中国后，于次年出版了《中文》一书。他对中国这么友好，兴趣这么大，宣传也那么起劲，跟茅盾这样的文化界上层又这么熟悉。可惜，这两本书都尚未被翻译成中文。以笔者所见，他众多的著作被翻译成中文的，也只有不太那么重要的长篇小说《年青的一代》而已。

更且，在中国学术界，关于他不算久远的卒年也未搞清，还有不同的说法。

事实上，普忒拉曼特早在20世纪80年代就去世了。

《年青的一代》（1990年由重庆出版社推出）的译者、波兰文学专家张振辉先生在《普特拉门特和他的〈年青的一代〉》[①]一文中，介绍了此人此书，说普忒拉曼特逝于1983年。

钟桂松把他的生卒年标为“（1910—1986）”。

孰是孰非呢?

笔者查阅大英百科全书，发现了普忒拉曼特（Jerzy Putrament）的词条，说他生于1910年11月14日，卒于1986年6月23日 。因此，作为波兰文学外行的钟桂松的说法反而是对的。

三、茅盾因何于何时访问波兰?

中华人民共和国驻波兰共和国大使馆的官网上，贴着《中华人民共和国与波兰共和国文化交流与合作简况》，文中说:“1960年‘布加勒斯特会议’以后，中国同波兰的文化关系逐步恶化。自1960年至1966年，双方均未派政府文化代表团互访。”

这个说法是有问题的。至少，1960年双方均“有”派政府文化代表团互访，茅盾所率的中国文化代表团便是其中之一。

1960年6月24日至26日，在罗马尼亚首都布加勒斯特举行了社会主

---

① 载《国际论坛》，1991年第4期。

义国家共产党和工人党代表会议，彭真率中共代表团参加。在这个会议上，赫鲁晓夫发动了对中共的突然袭击，“动员了几十个国家的共产党、工人党的代表围攻彭真同志率领的中共代表团，对中共的内外政策，对毛泽东同志进行了激烈的攻击”[①]。

布加勒斯特会议使得中苏矛盾公开化，在某种程度上影响到了中波关系；但至少在 1960 年，还不能说中波关系恶化，或者说尚未恶化到“双方均未派政府文化代表团互访”的程度。

当时，中、波两国之间的合作（包括互访）计划都是提前以协议的方式固定下来的。比如，1960—1961 年的文化合作协议执行计划，是 1960 年 2 月 11 日在北京签署的，代表中方签字的是中国对外文化联络委员会副主任张致祥，代表波方签字的是波兰人民共和国驻中国大使馆临时代办博拉托。茅盾所率的文化代表团此次访问波兰，就是在执行这份协议中的计划。如果哪方取消这次访问，就是对协议的违背，要背上背叛道义甚至法意（契约精神）的重责。中波关系受到了中苏关系恶化的波及，但不至于出现哪方撕毁这个协议的局面。

茅盾说，普忒拉曼特是对中国最友好的波兰人士之一。而他自己呢，应该算是对波兰最友好的中国人士之一。此次访问波兰的一年多前，即 1959 年 7 月 22 日，他在《人民日报》发表政论——《中波友谊，万古长青——庆祝波兰人民共和国国庆十五周年》。在此访半年前，即 1960 年 2 月 22 日，他曾主持中国文联等主办的肖邦诞辰 150 周年纪念会。

茅盾此次出访波兰正是中波友谊交流史上的一段佳话；但是，关于此

① 阎明复：《彭真在布加勒斯特会议上》，载《缅怀彭真》，北京：中央文献出版社，1998 年。

访，万树玉编的《茅盾年谱》只字未提。

那么，他此次访问的缘由到底是什么？具体时间又怎样呢？

茅盾在此信中说，他“九月间”访问了波兰。事实上，他此次出访开始于8月份。那么，分别始、终于哪天呢？

钟桂松先生在《茅盾传》中说：“1960年8月25日，茅盾应波兰政府的邀请，率领中国文化代表团去波兰访问，在波兰访问期间，茅盾受到波兰人民的热烈欢迎。”①

但是，在《茅盾传》出版9年之后，钟桂松在《茅盾与杭州》一文中说：“8月24日，茅盾根据中波文化合作协定1960—1961年执行计划，应波兰政府邀请，率中国文化代表团四人出访波兰，其中成员有华君武等。在波兰，受到波兰文化界的高度重视和欢迎，茅盾有幸在普忒拉曼特等友人的热情接待和陪同下，用三周时间走遍波兰华沙、波滋南、格但斯克、克拉科夫等七个城市，参观了工艺工厂，美术中学以及肖邦故居等，让茅盾深受感动。”②

那么，茅盾一行出发的日子到底是24日还是25日？

据唐金海和刘长鼎《茅盾年谱》载，1960年8月24日“早晨，到首都机场……率领中国文化代表团一行四人（美术家协会秘书长华君武等）乘机前往波兰进行访问”③。因此，我们可以确定茅盾他们出发的日子是24日。

另外，钟先生在两处文字中都没有说茅盾他们回国的日子。

华君武晚年在一篇题为《拍照出丑记》中回忆，他参加的那个访问波

① 东方出版社，1996年，第313页。

② 见杭州市政协文史资料委员会编，宋传水主编：《耆英影事——现代文化名人与杭州》，杭州：杭州出版社，2005年。

③ 山西高校联合出版社，1996年，第1093页。

兰的中国文化代表团一共4人，茅盾任团长，王匡任秘书长，华应申和华君武为团员[①]。当时，王匡本身的职务是中共中央中南局宣传部部长，华应申是文化部办公厅主任。这两位基本上是文化官员。华君武时任中国美协秘书长，可作为中国美术界的代表。正是他拍摄并保留了茅盾此次访问波兰的相片，也写下了代表团4个成员的姓名。不过，他在那篇回忆文章中，连此次出访的年份都搞错了（说成是1961年），没有提及月份，更遑论确切日子了。

茅盾1960年10月13日曾给俄罗斯托尔斯泰庄园博物馆馆长R.费朗克先生写信，说："……后来又作为政府代表团访问了波兰，仅仅在十四天前回到北京。"

从10月13日往前推14天，是9月30日，这就是他们回国的日子。也就是说，茅盾此次出访的时间是从1960年8月24日到9月30日，长达一个多月，而且贯穿整个9月；因此他说此访发生在"九月间"，也无可厚非。当时，由于交通通信的不便，茅盾每次出访时间都拖得很长，少则一二十天，多则个把月。对于公务繁忙而年过花甲的茅盾来说，实在不胜其"劳"。他后来写信向周恩来总理辞去文化部部长职务，这也是一个重要的理由。

四、茅盾以老病之躯亲自从北京远赴江南陪同访问！

与茅盾整个9月份都在波兰访问类似的是：普忒拉曼特及其夫人一

① 载华君武：《漫画记事》，北京：人民文学出版社，2008年。

行此次访问中国的时间几乎贯穿整个10月份。根据中国作协党组的安排，由诗人、中国作协下属诗刊杂志社的副主编阮章竞全程陪同，他们访问了北京、沈阳、西安、成都、重庆、武汉、郑州、广州、杭州和上海，几乎走遍了当时中国的所有大城市。访问者和被访者都表现得像“拼命三郎”。

茅盾当时已经实足64岁高龄，身体精神都不太好；正如他信中所说，他患有“失眠、不能用脑等等老病”，但他不仅亲自关心安排普忒拉曼特在中国各地的具体行程，而且还曾亲自陪同。

首先，茅盾之所以要拖到9月底才回国，可能就是为了跟普忒拉曼特夫妇同机自华沙而莫斯科而北京。普氏夫妇赶在这个日子来，是为了参加中国的国庆活动。在此期间，中国社会各方面的气氛、面貌比平常祥和、可爱，各种活动也比较丰富有趣，有助于给他们提供正面的观感和素材。

其次，茅盾以中国作协主席和文化部部长的身份，提前给普忒拉曼特夫妇准备到访的省市有关方面负责人写信，交代任务，再三嘱咐。他给巴金写这封信就是为了这件事儿。普忒拉曼特夫妇这次来访，是以中国作协的名义邀请的。巴金当时是中国作协副主席兼上海作协主席。茅盾让他由作协牵头，预先和上海市文化局商量，做好普忒拉曼特夫妇在上海期间的接待工作。并嘱咐道：“请务必保证重点，保证深透，使他们回去有充分材料可以写书。”

再次，最难能可贵的是，茅盾以老病之躯亲自远赴沪杭陪同普忒拉曼特夫妇访问各处。

原来，在与普忒拉曼特夫妇同机回国的路上，茅盾就曾跟他们相约“如果他们参观广州之后在杭州休息浏览几天”，他将奉陪。他言出必行，既然对方决定去杭州，他不顾老迈，也要前去。而这是茅盾在新中国成立后唯一一次杭州之行。要知道，他是浙江人，杭州可以说是他的故乡啊。

10月12日，他就给巴金写此信，开始筹划下旬下江南的事宜。

15日，茅盾还没有收到巴金的回信，就又追写了一封信，说："现因十九日班机系下午起飞，到沪时已为傍晚（下午六点或七点），不便当天转车赴杭，我决定在沪停留一宿，二十日赴杭。"

当时，茅盾之所以要先飞到上海，还要过一夜，才乘火车去杭州，可能是因为北京到杭州还没有直达航班，而且到上海的航班也比较少，很难衔接到上海飞往杭州的航班——早在1957年1月1日，民航上海管理处开辟的上海经杭州、南昌至广州正式开航。

在当时航空资源特别有限的条件下，乘坐飞机可能比火车更折腾。另外，乘坐火车还可以一路上慢慢饱览中国沿途各地的山川。可能也是因此，普忒拉曼特及其夫人一行最终选择乘坐火车从广州到杭州。

茅盾20日就到了杭州。待到26日上午，茅盾与浙江省和杭州市的文化系统有关人员到杭州火车站迎接普忒拉曼特及其夫人一行。

随后27、28日，茅盾陪同普氏在杭州参观访问。其间，浙江省委宣传部部长金韬，省文化局副局长王顾明、许钦文，浙江美院党委书记陈陇等一起宴请招待茅盾和普氏一行。①

29日，茅盾又陪同普氏一行坐火车到上海，在上海一起访问两天，然后才回北京。

茅盾如此舍命陪君子，绝对罕见！

---

① 参看钟桂松：《茅盾与杭州》。

慕津锋

曹聚仁、罗孚与知堂回想录

释读夏衍致靳以的一封信

慕津锋

中国现代文学馆征集编目部主任，副研究馆员。长期从事中国现当代作家手稿、书信、字画等文物文献资料的征集工作。已出版馆藏资料研究著作《大师的脚注》，在省部级刊物上发表《难忘罗孚先生》《郭沫若致徐迟的一封信》《金庸年谱简编》《师陀致巴金的一封信》《从一部手稿谈“史铁生与足球”》《巴金先生保存的一页手稿》《金庸的友情世界》《故乡的记忆》等文章近80篇。

12 曹聚仁、罗孚与《知堂回想录》

慕津锋

中国现代文学馆手稿库收藏有一部1962年11月30日，周作人在北京苦雨斋创作完成的回忆录：《知堂回想录》（又名《周作人回忆录》）。该稿原名为《药堂谈往》，署名“岂明”。（药堂、岂明、知堂都是周作人的笔名。）该稿总计38万字，共562页。其中，“药堂谈往目次”8页，正文为4卷207篇，554页。其中，第一卷150页，第二卷90页，第三卷120页，第四卷194页。全文用毛笔书写。稿纸共五种：“荣宝斋”24×30=720红格稿纸、“东京奥古纳”竖排稿纸、“晏一卢集稿·张氏藏本”24行纸、“知堂自用”24×25=600的蓝扁格稿纸、无名红色26×32竖排格稿纸。

8页“药堂谈往目次”和“一八六 我的工作四～二〇六 后记”（手稿第481～554页）使用的“荣宝斋”24×30=720红格稿纸。

“一、缘起～五七、京汉道上（第二页）”（手稿第1～132页），使

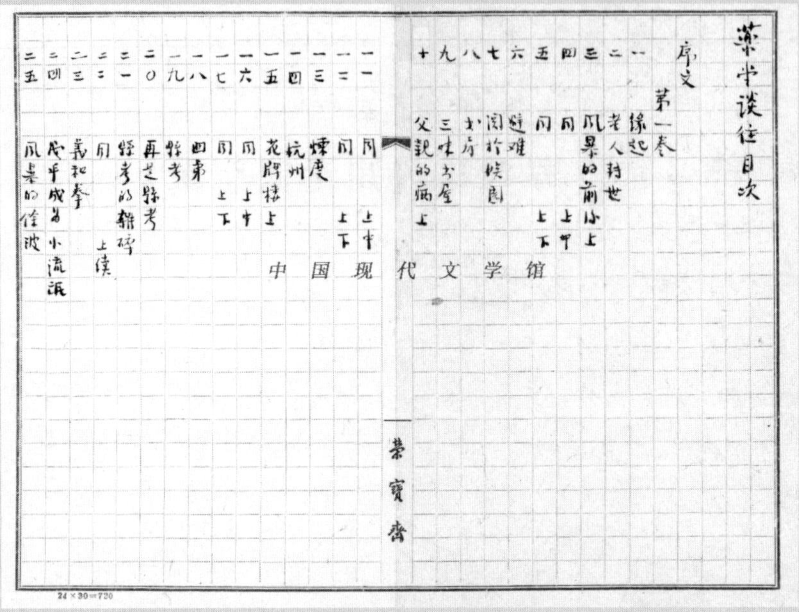

藥堂谈往目次

序文

第一卷

一 缘起
二 老人转世
三 风暴的前后 上
四 同 上中
五 同 上下
六 避难
七 关于娱园
八 书房
九 三味书屋
十 父親的病 上
一一 同 上中
一二 同 上下
一三 煉度
一四 杭州
一五 花牌楼 上
一六 同 上中
一七 同 上下
一八 四弟
一九 县考
二〇 再是县考
二一 县考的杂碎
二二 同 上续
二三 義和拳
二四 几乎成为小流氓
二五 风暴的余波

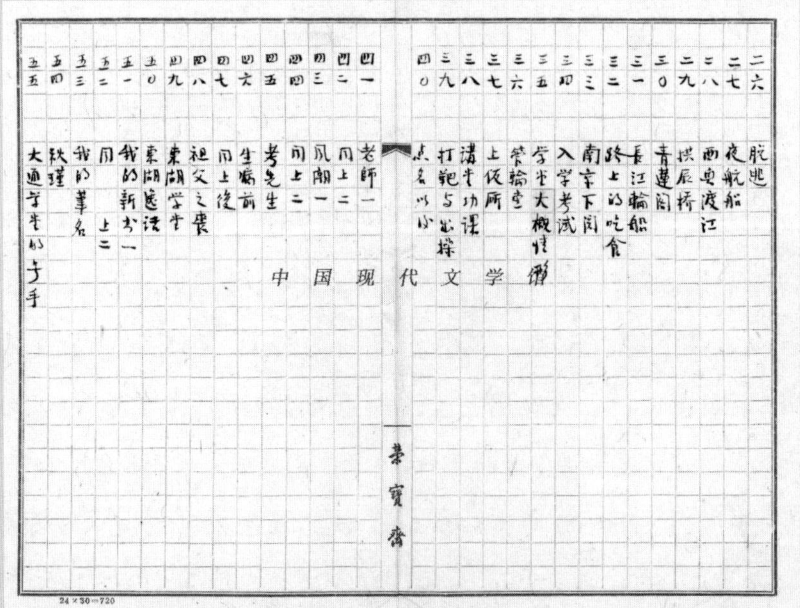

二六 脱逃
二七 夜航船
二八 西兴渡江
二九 拱辰桥
三〇 青蓮阁
三一 長江輪船
三二 路上的吃食
三三 南京下関
三四 入学考试
三五 学生大概情形
三六 管輪堂
三七 上饭所
三八 讲堂功课
三九 打靶与出操
四〇 点名以后
四一 老師一
四二 同上二
四三 风潮一
四四 同上二
四五 考先生
四六 生病前
四七 同上後
四八 祖父之丧
四九 東湖学堂
五〇 東湖逸话
五一 我的新书一
五二 同 上二
五三 我的筆名
五四 秋瑾
五五 大通学堂的号手

《药堂谈往》目次第1—2页

用的是“知堂自用”24×25=600的蓝扁格稿纸。

“五七、京汉道上（第三页）～八六、学日本语（第一页）”（手稿第133～200页），使用的是“东京奥古纳”竖排稿纸。

“八六、学日本语（第二页）～一六二、北大感旧录（第三页）”（手稿201～380页），使用的是无名红色竖排26×32格稿纸。

“一六二、北大感旧录（第四页）～一八六、我的工作 四（第一页）”（手稿第381～480页），使用的是“晏一卢集稿·张氏藏本”24行竖排稿纸。

通阅《知堂回想录》全稿，笔者发现周作人在多达85页的手稿右上角写有“药堂谈往”，在手稿第411页、416页、424页右上角写有“谈往”。笔者推测这应是周作人每次从北京寄给香港曹聚仁《知堂回想录》手稿时留下的标记。此外，周作人还在4页手稿（第廿六页、第一〇九页、第一七二页、第二〇一页）的空白处写有语句。

1. 在第廿六页手稿左下侧，写有“未完，接第廿七页”。

2. 在第一〇九页最右侧，写有“编辑人请注意：一百〇八第四八节题目，请代为改正‘祖父之丧’四字”。

3. 在第一七二页最右侧，写有“J0 shakurin 原书作 J0 shikirin 系是错误的，今为改正”。

4. 在第二〇一页最右侧，写有“二〇一以后稿纸，每张计八三二字”。

这部《知堂回想录》手稿整体创作流畅，修改痕迹较少。除极个别涂抹、添加外，周作人对手稿只做了很少的改动。周作人的修改很有特点，他大部分不是在原稿上直接涂改，而是先用刀片将错字挖下，再用刀片切下同等字数的新稿纸，新稿纸四边略大于原缺，而后他将糨糊涂在新稿纸周边，将之贴在原处，然后再写上要改的字，一般字数是相等的。

在厚达554页的手稿中，周作人只是在第49页、第230页做了两处较为明显的删除。

1. 在第49页，周作人将最后一句“现今写《十二金钱镖》的天津宫白羽先生，在他还是姓宫竹心的时候，我们也曾经见过，回忆起来已是四十年前的事了。”全部毛笔画去。

2. 在第229页，周作人将曾经写过的“周作人先生以所译小说炭画一书”先用毛笔画去，后将其移至上一句“立合同上海文明书局”末尾，并稍加修改，变为“今承周作人先生以所译小说炭画一书”。

正因周作人先生尽自己最大可能保证了《知堂回想录》手稿的完整与洁净，从而使得该稿不仅是一部极为难得的名家手稿，更是一部足以传世的书法珍品。

二

《知堂回想录》是周作人先生创作的最后一部作品，也是他一生篇幅最大的著作。谈及这次创作的由来，周作人在《知堂回想录·缘起》一文开篇便有讲述：

> 我的朋友曹聚仁先生，前几时写信给我，劝我写自叙传，我听了十分惶恐，连回信都没有写，幸而他下次来信，也并不追及，……话虽如此，毕竟我的朋友的意思是很可感谢的。我虽然没有接受他原来的好意，却也不想完全辜负了他，结果是经过了几天考虑之后，我就决意来写若干节的《药堂谈往》，也就是一

种感旧录；……①

曹聚仁之所以会写信劝周作人创作《知堂回想录》，则是源于他对周作人的一次拜访。1956年9月7日，香港报人、作家曹聚仁趁来京参加鲁迅逝世20周年纪念活动之际，前往八道湾苦雨斋访问许久未见的老友周作人。对于曹聚仁的这次到访，周作人在日记中有过记述："自香港抵京的曹聚仁来访，并赠书4册。"②

9月6日，为告知曹聚仁如何来到家中，周作人还曾亲自致信：

> 聚仁先生：接读手书，至为忻幸。如蒙枉顾，请于星期日上午以外，随时均可。由前门坐西直门电车，至新街口下车，问八道湾即可找到。③

谈及曹、周二人的交往，最早可追溯到1925年。1925年11月2日，周作人在日记里记载："得曹聚仁君函。"④ 其后，他们常有书信往来。1933年春，李大钊遗孀请周作人协助出版《守常文集》，周作人即给上海的曹聚仁写信，请他与上海群众图书公司联系。曹聚仁回信表示同意。周作人后又提出"请旧友题跋"，并表示"弟拟写一小序"，并约定由曹聚仁约鲁迅、蔡元培、陈独秀、章士钊，由周作人约胡适之、钱玄同、马幼

---

① 周作人：《知堂回想录》，香港：三育图书文具公司，1980年，第1—2页。

② 张菊香、张铁荣编著：《周作人年谱（1885—1967）》，天津：天津人民出版社，2000年，第847页。

③ 周作人、曹聚仁：《周曹通信集》，香港：南天书业公司，1973年，第286页。

④ 钱理群：《曹聚仁与周作人》，《曹聚仁研究》试刊第四期，1999年4月14日。

渔、刘半农等写序或题字。鲁迅应曹聚仁之请写了《〈守常文集〉题记》，周作人的小序却因《守常文集》出版搁浅而未写成。那次是曹聚仁与周作人的一次重要合作。只是可惜，因《守常文集》出版受阻，曹聚仁失去了一次与周氏兄弟合作的大好机会。

对于1956年的那次见面，曹聚仁曾有撰文详细记述：

> 那时，老人年已72，年老体弱，医生吩咐，见客只能谈三五分钟，他却特别高兴，留我谈了一点多钟。……我们那天又谈到了鲁迅的作品，鲁迅自己推荐了《孔乙己》，因为那一篇小说写得从容不迫，……我那天说到了自己的爱好，我是最喜欢《在酒楼上》的，……你（周作人）也同意我的说法，你（周作人）说，这是最富鲁迅气氛的小说。[①]

在那次会谈中，曹聚仁还与周作人“谈到文学家不世袭的话，也说到A.托尔斯泰、赫胥黎和小仲马，儿子的路，总不一定和父一辈相同的”[②]。正是在那次拜访中，曹聚仁表示他可将周作人的文章拿到香港发表。周作人说他要考虑一下。

回港后，曹聚仁与好友罗孚商谈可否在罗孚主编的《新晚报》副刊连载周作人的文章。罗孚认为这是一个不错的建议。

---

① 钱理群：《曹聚仁与周作人》，《曹聚仁研究》试刊第四期，1999年4月14日。

② 曹聚仁：《鲁迅逝世二十年纪念——与周启明先生书》，《鲁迅研究资料》（10），天津：天津人民出版社，1982年，第56页。

书是曹聚仁建议他写的。当时我们都在香港工作，有一次曹聚仁谈起他这个想法，我说这是个好主意，可以在香港《新晚报》的副刊上连载。[①]

当年12月初，曹聚仁连续写信，代罗孚与《新晚报》向周作人催稿。

罗兄，他是主持报刊工作有决定作用的人员之一，他很爱好先生的散文，所以，当今我一建议请先生写回忆录，由《新晚报》先付稿费，他就同意了。也只有他才有权来决定的。[②]

对于是否写这部回忆录，周作人还是考虑了一段时间。

当初他说我可以给报纸写点稿，每月大约十篇，共总一万字，这个我很愿意，但是题目难找，材料也不易得，觉得有点为难，后来想到写自己的事，那材料是不会缺乏的，那就比较的容易的多了。我把这个意思告知了他，回信很是赞成，于是我开始写……[③]

1960年12月9日，曹聚仁致信周作人。在信中，曹聚仁谈到周为香港《新晚报》写稿之事，他说："这以前，我曾写了一信说到替先生和《新晚报》

① 罗孚：《关于〈知堂回想录〉》，《文苑缤纷》，北京：中央编译出版社，2011年，第73页。

② 曹聚仁：《曹聚仁致周作人》，北京鲁迅博物馆鲁迅研究室编：《鲁迅研究资料》（10），天津：天津人民出版社，1982年，第59—60页。

③ 周作人：《知堂回想录·后序》，《知堂回想录》，香港：三育图书文具公司，1980年，第721—722页。

方面谈妥写稿的事？（还附了《新晚报》副刊及《环海》一份。）”[①]对于文章的写作，曹聚仁要求周作人“每月一万字，最好是八九百字一篇。写作愈通俗越好，因为我们是无法适合读者要求，写得很下流的。不必掉文，尽可能趣味化。”[②]对此，曹聚仁这样解释道：“我的意思，一切只能迁就现实，每天写点短稿，……积少倒可以成多的。不要希望藏之名山，而且炒冷饭也不要紧吗，只要不太熟了。”[③]

1960 年 12 月 10 日，周作人开始提笔创作自己的这部回忆录。最初，周作人本拟写至“五四”为止。（1960 年 12 月 9 日周作人日记：“拟写《药堂谈往》寄与聚仁，应《新晚报》之招，粗有纲目，拟写至五四为止。”）末了，他却将其一生经历都写了出来。这其中多有过去未介绍者，叙述往事间或移用此前有关作品，或又抄引自己多篇文章。

> 文中多有跑野马处，或者还跑的不很够，亦未可知。但野马也许在圈子里跑，才有意思，这却极不容易耳。[④]

从 1960 年 12 月 10 日到 1962 年 11 月 30 日，《知堂回想录》历时近两年创作完成。在创作中，周作人对于文章内容有自己的设想：“凡我的

---

① 曹聚仁：《曹聚仁致周作人》，北京鲁迅博物馆鲁迅研究室编：《鲁迅研究资料》（10），天津：天津人民出版社，1982 年，第 62 页。

② 曹聚仁：《曹聚仁致周作人》，北京鲁迅博物馆鲁迅研究室编：《鲁迅研究资料》（10），天津：天津人民出版社，1982 年，第 62 页。

③ 曹聚仁：《曹聚仁致周作人》，北京鲁迅博物馆鲁迅研究室编：《鲁迅研究资料》（10），天津：天津人民出版社，1982 年，第 63 页。

④ 止庵：《关于〈知堂回想录〉》，周作人著，止庵校订：《知堂回想录》，石家庄：河北教育出版社，2002 年，第 2 页。

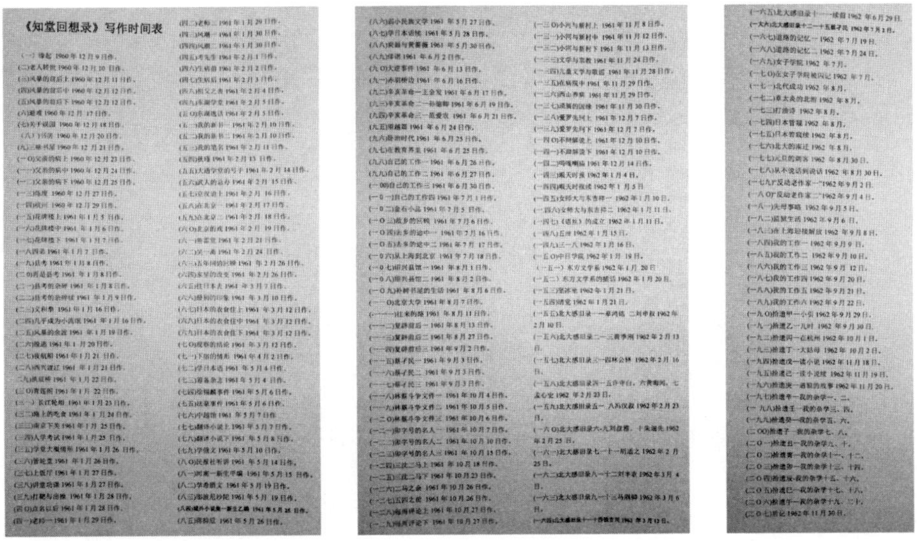
《知堂回想录》写作时间表

《知堂回想录》写作时间表

私人关系的事情都没有记。”[①]“关于家庭眷属的，也悉不录。”[②]对于七七事变后的自己，周作人也是几乎没有提及。周作人按约定边创作边寄稿，“前后寄稿凡有九十次”。

在创作期间，周作人偶与曹聚仁谈及自己的写作进程。

> 挺岫兄：兹寄上稿一份，系第14次，计共有九十纸，×计有四万五千字矣，如三日登载一千字，已足供五个月之用，若隔日一次亦可敷三个月矣。以后拟慢慢地写，仍当陆续寄奉。[③]

---

① 周作人：《知堂回想录·后记》，《知堂回想录》，香港：三育图书文具公司，1980年，第718页。

② 周作人：《知堂回想录·后记》，《知堂回想录》，香港：三育图书文具公司，1980年，第725页。

③ 周作人、曹聚仁：《周曹通信集》，香港：南天书业公司，1973年，第125—126页。

"谈往"已写有六万余字，兄如略一翻阅，乞赐批评，深恐写又蔓又支，或过于"深奥"，均望指示是荷。大约写下去，到"五四"左右，至少可有十万字，希望能成一本小书。至于能出版与否，将来再看，此时预计觉得为时太早也。[①]

聚仁兄：……谈往写至132页，总计有八万字了，稿纸已完，改用别［纸］续写，能有几多［长］目下尚未能定，（"五四"是一段落，或延长至北伐，）——或者一直写到解放时亦未可知，"敌伪"时期虽较难写，但亦可试为之，如能说老实话而不说类似辩解的话，则庶几其可然而难矣，将来再说吧。[②]

对于这部长篇回忆录在港的刊载，周作人十分关注。他多次致信询问曹聚仁。

谈往已寄至一六〇纸，未知报上拟何日开始揭载乎？[③]

聚仁兄：……"谈往"不知有何消息，何以尚未付刊，弟因此无甚兴趣续作，现正在停顿中也。想来付刊不至中变乎？……[④]

近日不得来信，想见多忙。新晚报文章未见登出，颇为疑虑，未知何故，希以真情见告，近因此亦无心续写也。[⑤]

① 周作人、曹聚仁：《周曹通信集》，香港：南天书业公司，1973年，第123页。
② 周作人、曹聚仁：《周曹通信集》，香港：南天书业公司，1973年，第36页。
③ 周作人、曹聚仁：《周曹通信集》，香港：南天书业公司，1973年，第47页。
④ 周作人、曹聚仁：《周曹通信集》，香港：南天书业公司，1973年，第131页。
⑤ 周作人、曹聚仁：《周曹通信集》，香港：南天书业公司，1973年，第182页。

在1962年1月10日致鲍耀明的信中，周作人也谈到了《知堂回想录》的刊载问题：

耀明先生：二日手书敬悉。“谈往”原稿出版问题，现尚渺茫，因曹君迄未明白答复我的提问，所以第一要看中国何时何处（就是在什么报上）出版，……此稿现已写了二十三四万字，写了成功怕不到三十万字，说不定还要出头，如此冗长而乏趣味，殊不知有什么可取？近几章先生曾看到过么，自己觉得写的没有意思，但现在所谓势成骑虎，大有难以下来的样子。[1]

起初，周作人以为香港《新晚报》会及时刊载他的作品。但直至1964年8月1日，《知堂回想录》创作完成后的一年零八个月，该文才在《新晚报·人物志》副刊上刊载。《新晚报》7月31日刊出预告：

明日将连载《知堂回想录》。

对于《新晚报》的刊载拖延，周作人早在1961年9月23日致曹聚仁信中，便委婉地表达了不满：

聚仁兄：得八日手书，诵悉一一。……回忆录尚未登出，也已听之，罗君近已久无回信，虽然以前杂文稿费还是寄来，但向未［谈］及回忆录事，我也不问，反正似乎报馆或有难言之隐吧？杂文登否更不成问题，只要稿费照付，也就得了，一笑。……草

① 周作人、曹聚仁：《周曹通信集》，香港：南天书业公司，1973年，第62页。

草即请　近安　九月廿三日　弟作人顿首[①]

当得知回忆录被刊登，在1964年8月5日致鲍耀明的信中，周作人也谈了自己的一些感受：

耀明兄：……知新晚报通告将从八月起登载谈往，在宣统废帝之后，又得与大元帅同时揭载，何幸如之！唯事隔数年，连我写的人也忘记说些什么了，其无价值可知。……[②]

对于《新晚报》拖延刊载《知堂回想录》的原因，罗孚在1987年10月撰写的《关于〈知堂回想录〉》中，给予了解释：

一个原因是我还有顾虑，怕他这些尽管是回忆录的文章依然属于阳春白雪，不为晚报的一般读者所接受；另一个原因是要看看他对“敌伪”时期的一段历史是如何交代的。后来见他基本上是留下了一段空白，这才放了心。[③]

从1964年8月1日到9月8日，《知堂回想录》在香港《新晚报》共刊载三十九节，其后便遭遇突然“腰斩”。原因是北京此时给罗孚发来命令：

---

① 周作人、曹聚仁：《周曹通信集》，香港：南天书业公司，1973年，第30—31页。

② 张菊香、张铁荣编著：《周作人年谱（1885—1967）》，天津：天津人民出版社，2000年，第913页。

③ 罗孚：《关于〈知堂回想录〉》，《文苑缤纷》，北京：中央编译出版社，2011年，第74页。

“这个时候还去大登周作人的作品，这是为什么？”[①]罗孚后来更明言：“那是中宣部通知香港的领导，不能继续这样刊登周作人的文章。”[②]迫于压力，罗孚负责的左派报纸《新晚报》不得不中止《知堂回想录》的连载。

其实对于此事，周作人早在《新晚报》停载前便已有预感。“《回想录》想再继续连载，但或者因事关琐闻，中途会被废弃，亦未可知。”[③]《知堂回想录》停载后，周作人在致鲍耀明的信中谈道：“关于《回想录》的预言乃不幸而言中了，至于为什么则外人不得而知了。”[④]

《新晚报》停载后，周作人也曾致信曹聚仁，请其代为进言。但曹聚仁的回信对于回想录停刊的原因并未予以说明，只是说将来可有办法。

作为约稿人的曹聚仁，后来写信安慰周作人，并同时为好友罗孚做了解释。

此时的曹聚仁其实也在积极地为《知堂回想录》的发表与出版另谋出路。

1965年，曹聚仁开始筹划《知堂回想录》在香港、日本的出版。对于曹聚仁的努力，周作人也是非常感动。在当年7月2日致曹聚仁的信中，周作人曾明确表达自己的谢意：回想录承为设法出版，至为感荷。[⑤]当月6日，在致鲍耀明的信中，周作人也谈到了《知堂回想录》的出版事宜：“关

---

① 罗孚：《关于〈知堂回想录〉》，《文苑缤纷》，北京：中央编译出版社，2011年，第75页。

② 罗孚：《苦雨斋访周作人》，《北京十年》，北京：中央编译出版社，2011年，第385页。

③ 张菊香、张铁荣编著：《周作人年谱（1885—1967）》，天津：天津人民出版社，2000年，第914页。

④ 张菊香、张铁荣编著：《周作人年谱（1885—1967）》，天津：天津人民出版社，2000年，第914页。

⑤ 张菊香、张铁荣编著：《周作人年谱（1885—1967）》，天津：天津人民出版社，2000年，第920页。

于《知堂回想录》事已得解决办法，其原稿已经取得，现拟交书店单行出版，大约月内即可决定。”①

时隔三个月，周作人又一次向鲍耀明谈了自己对于曹聚仁为《知堂回想录》另谋出路的想法：

> 谈到观和田来信一切均已明白，曹君似不免有所误解，云拟在朝日社上发表，一面交港地书局出版单行。窃意朝日或未必欢迎登载这样东西，冗长而且无聊，其实报上登载不十分适宜，不但香港为然。我的意思只希望有什么地方出版，免得白写此三十余万字而已，而且希望出版能够快些，如今看来今年似未必有出书希望也。②

当时，曹聚仁已通过香港三育图书文具公司的朋友车载青准备在港出版此书的单行本，同时他还通过在日本的朋友陈约翰，联系了日本朝日社拟出版日文版《知堂回想录》。9月15日，周作人收到曹聚仁来信。在信中，曹聚仁谈及自己准备在日本朝日社出版《知堂回想录》日译本，不知周作人是否同意。

为了能够早日出版自己辛苦创作的《知堂回想录》，当年9月23日，周作人写下了请曹聚仁代为处理《知堂回想录》出版的委托书③：

---

① 张菊香、张铁荣编著：《周作人年谱（1885—1967）》，天津：天津人民出版社，2000年，第920页。

② 周作人、曹聚仁：《周曹通信集》，香港：南天书业公司，1973年，第142页。

③ 张菊香、张铁荣编著：《周作人年谱（1885—1967）》，天津：天津人民出版社，2000年，第922页。

关于知堂回想录在海外发行事情，兹委托曹聚仁先生为全权代表。或中文本先出或日译本先出，均由曹先生决定办理。此致

曹聚仁先生鉴

北京周作人

一九六五年九月二十三日

9 月 22 日，曹聚仁再次致信周作人，希望周能将《知堂回想录》译成日文。但周作人在 9 月 28 日的回信中，谈道："顷得廿二日手书敬悉。回想录承蒙费心，感谢之至。所云《知堂回想录》自译一节殊难担任，因弟现在为人民文学出版社翻译《平家物语》一总有五十万字，每月约译三万字，绝无余力再干别事了。"①

同年 11 月，香港三育公司发布了《知堂回想录》出版广告，但曹聚仁"又怕日本方面先出，所以等着排。其次，非有人抄副本不行，罗兄要保留原稿的……"②，这也导致了《知堂回想录》迟迟未能在香港出版。对于这次在香港、日本出版《知堂回想录》，周作人有着自己的想法：

回想录"朝日"刊行节本一事，当初我不很相信，因为日本近来很热心于译印"红书"，未必要不时髦的著作也。现在"三育"已见广告，似不无原因，但我所期望者原在汉文本之刊行

① 张菊香、张铁荣编著：《周作人年谱（1885—1967）》，天津：天津人民出版社，2000 年，第 923 页。

② 张菊香、张铁荣编著：《周作人年谱（1885—1967）》，天津：天津人民出版社，2000 年，第 933 页。

而已，……[1]

曹聚仁在为《知堂回想录》准备图书出版的同时，也在积极寻找刊物登载的机会。1966 年 1 月，罗孚协助黄蒙田在香港创办了文学月刊《海光文艺》。经与罗孚协商，曹聚仁打算在《海光文艺》（月刊）继续连载《知堂回想录》。

上星期六下午，此间已决定刊行《海光文艺》（月刊）每月一日刊行。尊嘱当连续刊出，乞勿念。……这一月刊，便是京中办的，罗兄也是主编之一。[2]

但由于《海光文艺》每期能给的篇幅有限，38 万字的作品需要很长时间才能刊发完毕。因此，曹聚仁决定选出一部分进行节载，同时他还打算“从回忆录节取一些有趣的文字作为知堂随笔刊出”。但《海光文艺》仅仅创刊半年，内地便爆发了“文化大革命”。《海光文艺》也不敢再登周作人的文章，节载最终未能成行。

1966 年 2 月，曹聚仁为能在日本朝日社出版《知堂回想录》，开始全文抄录该书手稿。对此，周作人非常感谢：

聚仁兄：顷得廿一日手书，不说什么客气话，实在感谢之至。

① 周作人、曹聚仁：《周曹通信集》，香港：南天书业公司，1973 年，第 112 页。

② 周作人、曹聚仁：《周曹通信集》，香港：南天书业公司，1973 年，第 924 页。

校阅抄稿，还有印稿校样，都得偏劳老兄，这叫我怎样的道谢呢？[1]

曹聚仁在随后也向周作人汇报了自己的抄录进程。

副本已抄了六百多页，还有百五十页上下。上面部分，都已寄了交了，[2]

回忆录，已抄了七百多页，还有一部分在赶抄中。[3]

同时，曹聚仁为该书能在香港出版也付出了巨大努力。

书版早于1966年春节付排，校样苦于邮递不便，只好由我一力担任下来；那知我年老衰残，精神不济，伏案校对，腹痛如割。到了1967年夏间，我进广华医院动手术；卧床两月，百事俱废。出院后，身体逐渐复原。[4]

1967年5月6日，周作人在北京去世。生前，他只看到《知堂回想录》在《新晚报》连载了一个月零七天。

周作人去世后，曹聚仁为完成对故友的承诺，努力寻找新的刊物发表

---

① 周作人、曹聚仁：《周曹通信集》，香港：南天书业公司，1973年，第38—39页。

② 北京鲁迅博物馆鲁迅研究室编：《鲁迅研究资料》（10），天津：天津人民出版社，1982年，第61页。

③ 北京鲁迅博物馆鲁迅研究室编：《鲁迅研究资料》（10），天津：天津人民出版社，1982年，第61页。

④ 曹聚仁：《校读小记》，周作人：《知堂回想录》，香港：三育图书文具公司，1980年，第726页。

这部命运多舛的《知堂回想录》。终于在1967年秋天，曹聚仁经与好友李引桐（新加坡的泰国华裔富商）、连士升（新加坡《南洋商报》主笔）商议，准备将《知堂回想录》全文刊登在《南洋商报》副刊“商余”。

1968年9月21日，《南洋商报》第十一版先行发表了编者的一则《小启》：**“《知堂回想录》，由本月廿三日起，在本版刊出，希读者留意。”**

此预告被置于署名“邹人”的《评介〈知堂回想录〉》文末尾，该文前后配有“知堂老人六十三岁时摄”的照片及一张“知堂老人笔迹”。“邹人”实为曹聚仁的化名。此文开篇即为按题作文：“在这儿，我来推介一部以与晚清启蒙运动以来中国社会文化动态为纲的自叙传，《知堂回想录》。”并称“这是老人晚年精力所寄，传世之作也”。作者首肯了周作人借用歌德“诗与真实”的自传命题所做的自许：“这部回想录，正如老人自己所说的‘真实’这一面，比‘诗’的那一面更多些。”

1968年9月23日，《知堂回想录》第一节《缘起》开始在《南洋商报》刊登。开篇第一句周作人原本写的是“我的朋友曹聚仁先生，前几时写信给我，劝我写自叙传”，但在《南洋商报》刊载时，曹聚仁的姓名却换成了他的笔名“陈思”。1969年6月25日，最后一篇《后序》在《南洋商报》刊登完毕。《南洋商报》共用九个月零三天将《知堂回想录》全部连载完毕。在这次连载时，《南洋商报》在每节文字的最后，都标明了“版权所有　禁止转载”。

1970年5月，经曹聚仁近5年的努力，历经坎坷的《知堂回想录》（上、下）终于出版发行。在这版《知堂回想录》中，曹聚仁在书前选用了周作人二十八岁在日本东京、1945年在北京、七十八岁在北京的三张照片，及北京八道湾十一号周宅图片，以及周作人写给曹聚仁出版《知堂回想录》

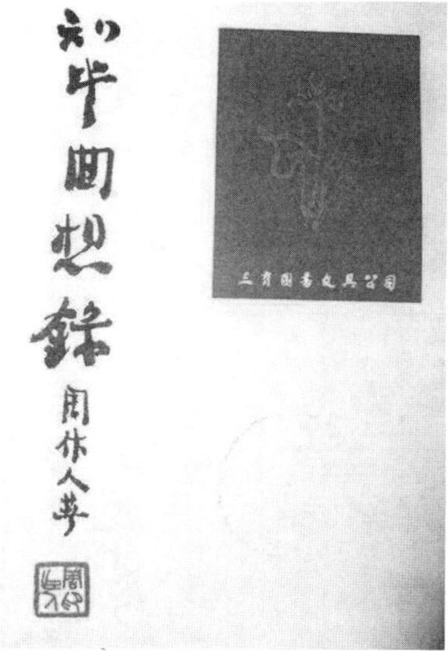

《知堂回想录》（三育图书文具公司出版）

的授权书，还有周作人致曹聚仁的信札手迹，其中5月20日的信两页，10月13日的信一页。在四卷正文最后，曹聚仁还写有一篇《校读小记》，在《校读小记》中，曹聚仁讲到自己“手边存有知堂老人的来信三百多封，原想刊在卷末”；但考虑到“此书篇幅已经太多了，只能期之他日”。确实这本《知堂回想录》厚达725页，如果再附上300多封信，将会达到近千页。在文中，曹聚仁说当年周作人“总希望我来做一篇跋尾文字，我已经在子瑜兄的《周作人年谱》后写了《知堂老人的晚年》，这儿也就不再写后记了”[①]。

① 曹聚仁:《校读小记》，周作人:《知堂回想录》，香港：三育图书文具公司，1980年，第726页。

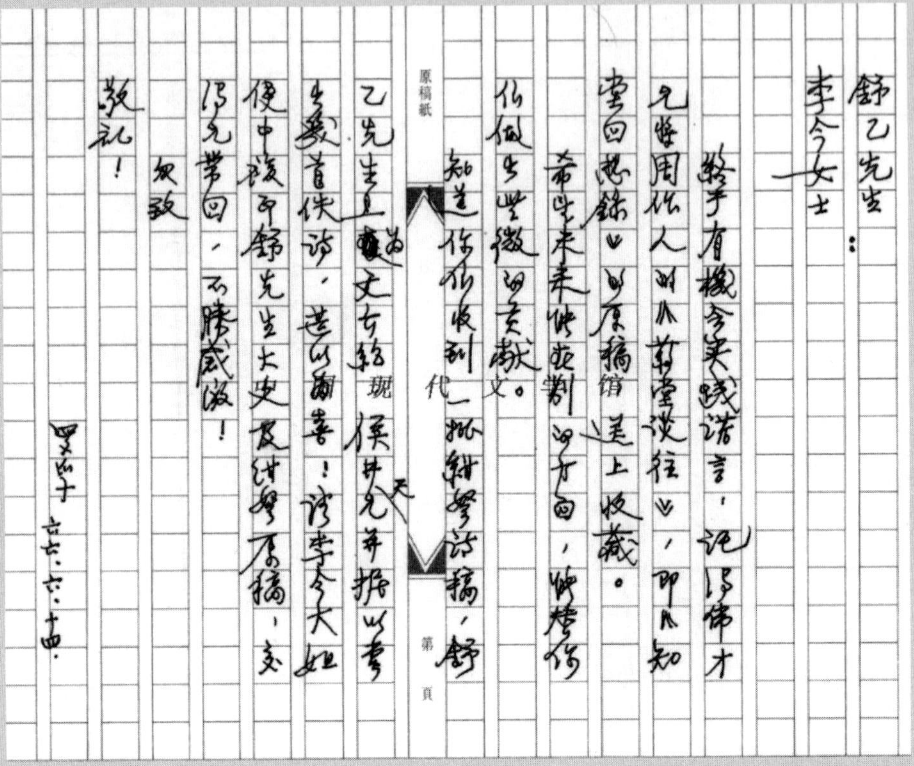
舒乙先生
李今女士：
终于有机会实践诺言，把得佛才先生周作人的《药堂谈往》，即《知堂回想录》的原稿，送上收藏。希望未来能在别的方面，能替你们做出些微的贡献。
知道你们收到一批绀弩诗稿，舒乙先生正为文字结识侯井天先生，搜以出数首佚诗，甚以为喜！请李今大姐便中设法向舒先生大史及绀弩原稿，交得先带回，不胜感激！
即致
敬礼！
罗孚
六六.六.十四.

罗孚致舒乙、李今书信正文

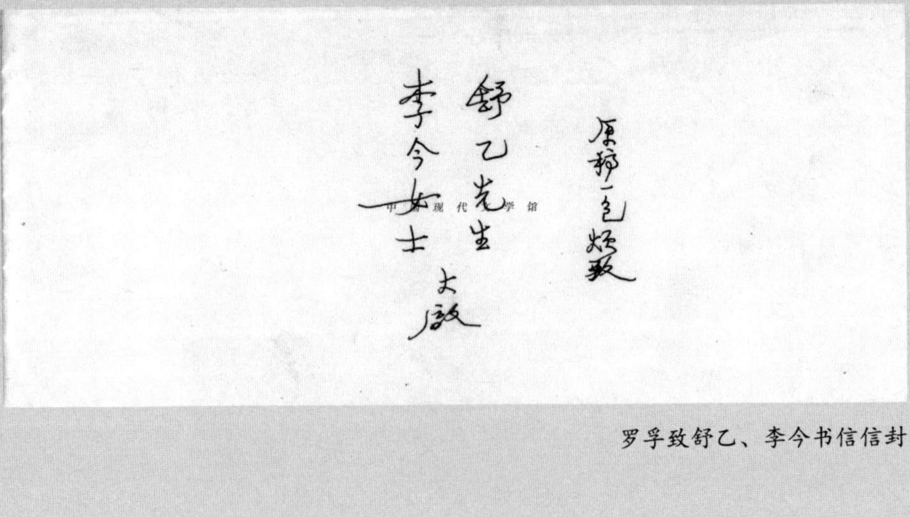
舒乙先生
李今女士
大启
原稿一包
罗孚致

罗孚致舒乙、李今书信信封

二

中国现代文学馆珍藏的这部《知堂回想录》手稿，是罗孚先生1993年从北京返港后，托好友冯伟才从香港带至北京捐赠给中国现代文学馆。罗孚先生随稿还附上书信一封。

在信封上，罗孚写道“原稿一包烦交　舒乙先生　李今女士　大启”，信的全文如下：

舒乙先生：

李今女士：

终于有机会实践诺言，托冯伟才兄将周作人的《药堂谈往》，即《知堂回想录》的原稿送上收藏。

希望未来能在别的方面，能替你们做出些微的贡献。

知道你们收到一批绀弩诗稿，舒乙先生且为文介绍，侯井天兄并据此整出几首佚诗，甚以为喜！请李今大姐便中复印舒先生大文及绀弩原稿，交冯兄带回，不胜感激！

此致

敬礼！

罗孚

六六．六．十四

笔者对信中所说“终于有机会实践诺言”产生了极大兴趣，是什么“诺言”让罗孚先生愿意把这么珍贵的手稿捐出？还有信的落款时间为何是“六六．六．十四”？“六六”指的是什么？是1966年？还是罗孚先生的年龄？如果是前者，为什么1993年的书信要写成1966年？如果是后者，罗孚先生出生于1921年，1993年时，他已经72岁。落款时间是笔误？还是另有所指？为了寻求答案，笔者开始遍查各种相关资料。

首先，笔者查询了中国现代文学馆保存的1993年“征集文物、文献资料存根”，编号0001637的存根清晰地显示“《知堂回想录》 周作人著 1部 原稿 1993年8月9日”。

之后，笔者在舒乙先生（时任中国现代文学馆副馆长）1998年7月出版的《现代文坛瑰宝》一书中，看到“冯伟才先生受罗孚先生之托，将周作人先生的《知堂回想录》（又名《周作人回忆录》）手稿由香港带到了北京，捐给文学馆”①。

2011年1月，在中央编译出版社出版的《文苑缤纷》一书中，罗孚先生也曾亲自谈及这部手稿的捐赠情况：

> 最近托朋友把周作人晚年最后也是最重要的一部作品的原稿，送回北京，交给中国现代文学馆保藏，也算了了一桩心愿。……在北京，我和中国现代文学馆的几位交上了朋友，考虑到私藏易散失，不如由公家保藏来得稳妥，现代文学馆就正是一个恰当的地方，于是就决定把它送进万寿寺去。那里是现代文学馆目前借用之地。②

---

① 舒乙：《周作人漂亮的手稿》，《现代文坛瑰宝》，北京：当代中国出版社，1998年，第85页。

② 罗孚：《关于〈知堂回想录〉》，《文苑缤纷》，北京：中央编译出版社，2011年，第79—80页。

但这些资料并没谈清信中问题，后经同事介绍，笔者联系到早已调至中国人民大学任教的李今教授（1993年时任文学馆征集室负责人），向她咨询此事。李今教授在短信中回复：

我是通过艾晓明认识罗孚先生的，那时我负责文学馆的征集工作，想的就是到处找线索，为文学馆征集手稿资料。有一次，艾晓明和我说起罗孚先生手里有周作人《知堂回想录》的手稿，这让我如获至宝，请艾晓明帮我引见。记不清是哪年了，正好是罗孚先生生日，我以文学馆的名义买了蛋糕，和艾晓明一起去为他祝寿。在聊天中，罗孚先生不仅爽快地答应，如果能够回香港，他一定把他在家中所藏的《知堂回想录》手稿捐赠给文学馆，而且向我与艾晓明说再邀请我们去香港访问。当时去香港还很不容易，感觉是天方夜谭一样，我根本没有放在心上，很多年后，万万没想到罗孚先生回到香港，不仅请冯伟才先生将周作人这部重要手稿带来，捐赠文学馆，我还莫名其妙受到香港中文大学的邀请，去做了20多天的访问学者，到香港听小思老师说才知道，是罗孚先生托她办理的，罗孚先生身上中国传统文人重然诺的品格由此可见一斑。自从那次去香港见到罗孚先生以后，我就再未和他老人家联系，直到2011年再次去香港，我去拜访罗孚先生时，他已经完全记不起我来了，可以想见对我这个偶然交往的人尚且能如此践约，对其他有关系的人事将会多么的诚心诚信诚意。你说起这事我非常的怀念他，真有中国传统知识分子的风度。至于时间为什么是66年，我不清楚，也许是他收藏这部手稿的时间？

李今教授的讲述，让笔者知道了罗孚先生的“诺言”是什么。但对于落款时间为何是“六六”，李今教授也并不是很清楚，她推测：也许是他收藏这部手稿的时间。为了弄清罗孚先生收藏《知堂回想录》手稿的时间，笔者查阅了大量资料。

在1973年8月香港南天书业公司出版的《周曹通信集》中，笔者看到周作人在1961年12月5日致曹聚仁、1965年7月6日致鲍耀明的书信中都提及该手稿。

> 聚仁兄：上月承费神垫付汇款，至为感荷。……文化部欲得弟日记，已予一部分，允回想录写完后再给予其他，将来希望能刊行“谈往”，因此报馆用过后原稿望代保存是荷。[1]
>
> 耀明兄：日前得曹君来信，云关于知堂回想录事已得解决办法，其原稿已经取得，现拟交书店单行出版，大约月内即可决定。我本无敝帚自珍之意，唯辛辛苦苦花了两年多时间写了出来，如能出版总比送进字纸篓去好。不过世事难预料，要等它印了出来才算实在，这半年且等了看，不过总算有了希望，这是要感谢曹君的好意的。[2]

手稿捐赠者罗孚先生则在《〈知堂回想录〉的回归》一文中，曾写道：“聚仁知道我喜欢周作人的书法，就慷慨地把全部原稿送了给我。我的喜悦由

① 周作人、曹聚仁：《周曹通信集》，香港：南天书业公司，1973年，第184页。

② 周作人、曹聚仁：《周曹通信集》，香港：南天书业公司，1973年，第293页。

此更深。”[①]

笔者随后又在《周作人年谱（1885—1967）》中查到：

1966年2月27日，周作人在致曹聚仁信中对曹聚仁为之校阅《知堂回想录》抄稿表示感谢，并云：“这回全稿抄了，寄给朝日，总算完了一件事。”[②]

同年11月25日，曹聚仁在致周作人信中表示“非有人抄副本不行，罗兄要保留原稿的……”[③]

对于将周作人《知堂回想录》手稿相赠罗孚一事，笔者在2017年8月出版的《罗孚友朋书札辑》中看到曹聚仁在一封落款时间为7月16日的信中曾对罗孚有所谈及：

> 知堂回想录中，弟所看的部分检奉，乞指正。……原稿等清样来了，即奉上，也是一种纪念。[④]

一个多月后，8月26日，曹聚仁在致罗孚的信中再次提及“相赠”一事：

> 昨天，总算把知堂回想录全部校完了，在我总算对得起地下的故人，也对得起三育书店的车载青兄了。……知堂全稿（一部

① 罗孚：《关于〈知堂回想录〉》，《文苑缤纷》，北京：中央编译出版社，2011年，第80页。

② 张菊香、张铁荣编著：《周作人年谱（1885—1967）》，天津：天津人民出版社，2000年，第928—929页。

③ 张菊香、张铁荣编著：《周作人年谱（1885—1967）》，天津：天津人民出版社，2000年，第933页。

④ 高林编：《罗孚友朋书札辑》，北京：海豚出版社，2017年，第27页。

分在兄处）奉上，兄可留作纪念。三五十年后，也许是一份有价值的文物呢。①

笔者推测：罗孚很有可能是在1966年收到曹聚仁赠送的《知堂回想录》原稿。如果真是这样，可见这部1966年好友曹聚仁相赠的手稿，在罗孚先生心中有着怎样的分量！

时隔27年，当罗孚先生决定将此稿捐赠文学馆时，他依旧无法忘怀老友当年的情谊，故在信的结尾处，写上当年相赠的时间，以作纪念。

三

其实对于《知堂回想录》的创作与发表，罗孚确曾起到重要作用。正如曹聚仁在《校读小记》中所说："此稿正如老人再三说的，乃是我所建议。却是罗兄所大力成全的，我不敢贸然居功。"②

虽然《知堂回想录》在罗孚主编的《新晚报》《海光文艺》发表均未成功，但罗孚对于此稿是尽了自己的努力的。在最初约稿时，曹聚仁就在信中向周作人谈道："《新晚报》经济情况较好，稿费一定有把握。罗兄答应十元一千字，这是香港最高的。"③后来曹聚仁准备在《海光文艺》节载《知堂回想录》，也是获得了罗孚的同意。

---

① 高林编：《罗孚友朋书札辑》，北京：海豚出版社，2017年，第29页。

② 曹聚仁：《校读小记》，周作人：《知堂回想录》，香港：三育图书文具公司，1980年，第726页。

③ 张菊香、张铁荣编著：《周作人年谱（1885—1967）》，天津：天津人民出版社，2000年，第882页。

此间已决定刊行《海光文艺》（月刊）每月一日刊行。尊嘱当连续刊出，乞勿念。……这一月刊，便是京中办的，罗兄也是主编之一。这一月刊的稿费较大，一待刊出，即当汇奉。……[①] 罗孚不仅在文章的发表上给予周作人大力帮助，还在生活上尽力照顾远在北京的周作人。当时北京的物资比较匮乏，罗孚有一段时间从香港给周作人寄送了很多生活用品，周作人在日记中多有记载。

> 得罗承勋十五日信，由公司托运油糖等物华侨社通知。[②]
>
> 从华侨服务社取来罗君所寄油六公斤，糖九公斤，奶粉四罐、炼乳二罐。[③]
>
> 得邮电局汇百元通知，盖是罗承勋来者，钱数所入相同，而不能得侨汇供应，未免可惜耳。[④]

罗孚原名罗承勋，作为香港著名的作家与报人，他很早就爱读周作人的散文。上中学时，罗孚就对周氏兄弟非常崇拜，他既爱读鲁迅的文章，也爱读知堂的文章。不仅爱读，他还试着模仿写作。抗战全面爆发后，因为周作人“落水”，罗孚便只一心一意地学鲁迅、写杂文。抗战胜利后，罗孚长期在香港工作生活，他曾是香港文学界、新闻界著名的左派文化战将，并先后担任香港《大公报》副总编辑、《新晚报》（属大公报系）总

① 张菊香、张铁荣编著：《周作人年谱（1885—1967）》，天津：天津人民出版社，2000 年，第 924 页。

② 罗孚：《苦雨斋访周作人》，《北京十年》，北京：中央编译出版社，2011 年，第 382 页。

③ 罗孚：《苦雨斋访周作人》，《北京十年》，北京：中央编译出版社，2011 年，第 382 页。

④ 罗孚：《苦雨斋访周作人》，《北京十年》，北京：中央编译出版社，2011 年，第 382 页。

编辑，创办了《新晚报》《海光文艺》等进步刊物。他为香港的新闻史、文学史及左派政治运动史做出了重要贡献。

新中国成立后，香港因远离内地政治运动，这时的罗孚较有一些闲情逸致去接触各种各样的文学作品。于是，他又渐渐恢复了对周作人散文的爱好。后来，当罗孚知道内地报纸刊登了不少周作人的散文，而且周作人写的关于鲁迅的文章也在内地公开出版，中央上层还同意人民文学出版社每月预支周作人400元高额稿费。这些情况使得罗孚觉得周作人在政治上应属"被赦免"的作家，这让他在心中也少了不少政治顾忌。所以，当曹聚仁与他商谈在《新晚报》刊载《知堂回想录》时，罗孚很是大力支持。

当时香港报纸习惯作者边写边登，一般不会等全篇写完才登。但罗孚主持的《新晚报》却迟迟没有刊载《知堂回想录》，主要原因是罗孚有着自己的考虑。一是他怕回忆录的文章阳春白雪，不为晚报的一般读者所接受；另一个是他也想看看周作人对自己的那段敏感历史是如何交代的。当罗孚亲眼看到周作人对于自己"落水"这一段基本是留下了一段空白，他才放下心。

终于在"曹聚仁的不断催促下"，在拖延了一年零八个月后，1964年8月1日，罗孚负责的《新晚报》在副刊《人物志》开始连载《知堂回想录》。当时《人物志》因正连载张高峰的中篇《绿林元帅外传》，所以只能将《知堂回想录》与《绿林元帅外传》安排在同一版面刊登。当《知堂回想录》刊载了20节后，罗孚特将有关报纸邮寄给北京的周作人。1964年9月27日，周作人在致罗孚信中曾提及此事。

> 回想录现在所有，仍只是前回寄来的二十节，希将其后的源

源寄来。或者以二十天作一段落寄来亦可。此事繁琐甚为费心，唯因向来不留底稿，不得请费神代当剪报耳。[1]

此时的周作人并不知道其实早在9月上旬，罗孚便收到北京停止刊载《知堂回想录》的通知。迫于压力，罗孚只能奉命行事，指示《新晚报》中止《知堂回想录》的连载。

但在当年10月5日、10月28日，罗孚还是安排了《新晚报》先后刊发署名启明（周作人）的文章《愉快的工作》和《现今的龙》。

1965年初，罗孚受朋友委托协助黄蒙田创办争取台湾来稿并能行销台湾的中间面貌的月刊杂志《海光文艺》。为帮助曹聚仁解决《知堂回想录》的刊登问题，罗孚建议曹聚仁可选出一部分《知堂回想录》进行节载。可半年后“文革”爆发，罗孚不敢再登这部敏感的周作人回忆录。

虽然罗孚年轻时就知道周作人，并在《新晚报》刊发过不少周作人的文章，但他们却直到1963年才有了唯一一次的“面晤”。1963年11月17日，罗孚趁到北京出差之际，与潘际炯一起同往北京新街口八道湾十一号苦雨斋拜访周作人先生。当时的场景，多年后，罗孚回忆起来依旧历历在目。

八道湾周家进门有一个院子，院子中有一两株高大的老树。那天是阴天，院子显得阴暗，进了屋，屋子里更阴暗。老人穿的是短衣，不是长衫，不是“不将袍子换袈裟”的袍子。宾主都客客气气。……老人又是问一句答一句，没有滔滔不绝。这样也就

[1] 高林编：《罗孚友朋书札辑》，北京：海豚出版社，2017年，第361页。

不可能坐得太久，半个钟头左右就告辞出来了。去的时候是空手的，事后才觉得不妥，……我恐怕是一个不大懂事的后生小子。[①]

正是这个自认为不大懂事的后生小子，因深喜周作人的书法，一直珍藏着当年曹聚仁相赠的这部珍贵的《知堂回想录》手稿。

尽管罗孚认为周作人所创作的《知堂回想录》材料丰富，但文章的光彩却大不如前。他在感叹周作人“这支笔到底是老了”的同时，也还是“认为有它的可读性”。

1970年5月，当曹聚仁历经艰辛在香港三育图书文具公司出版了《知堂回想录》后，他第一时间将此书送与罗孚。可罗孚看后，很是“戒慎恐惧”。

我一看，就连忙找他，希望他能删去这一句，尽管只是一句（指曹《校读小记》中感谢罗孚“此稿，正如老人所再三说的，乃是我所建议，却是罗兄所大力成全的”）。同时，书前印出的周作人的几封信中，有一封谈到他认为上海鲁迅墓前的鲁迅像，有高高在上、脱离群众的味道，此外还说了几句对许广平不敬的话，我也劝曹聚仁最好删去。[②]

后来，曹聚仁再版《知堂回想录》时，听从了罗孚关于信的建议，将两封书信全部删除，换成了周作人7月12日、7月19日、10月25日、12月23日分别致自己的书信。只是《校读小记》中的那句感谢罗孚的话

① 罗孚：《苦雨斋访周作人》，《北京十年》，北京：中央编译出版社，2011年，第383—384页。

② 罗孚：《关于〈知堂回想录〉》，《文苑缤纷》，北京：中央编译出版社，2011年，第77页。

可能因改动不易或是不愿更改，一直保存至今。

1982年5月到1993年1月，罗孚先生在北京生活了十年。这期间，他一直将《知堂回想录》放在香港保存。在京期间，罗孚与中国现代文学馆的舒乙、周明、李今等人渐渐成为朋友，在了解了文学馆的情况后，罗孚爽快地答应将自己珍藏多年的该稿送交文学馆保管。出于对文学馆的信任，以及对这部手稿未来的负责，罗孚先生1993年回港后，便托朋友冯伟才把《知堂回想录》手稿带回北京，捐赠给中国现代文学馆。罗孚先生在《〈知堂回想录〉的回归》一文的最后，曾这样评价自己的这次捐赠："这才对得住我熟悉的曹公，我只见过一面的知堂老人。"[①]

罗孚先生的此次捐赠不仅实践了自己的诺言，更为这部手稿永久地找到了归宿，同时也为中国现当代文学史留下了一份珍贵的文学遗产。正如罗孚在《关于〈知堂回想录〉》所说：

> 不以人废言，周作人在散文上所立的言，所达到的高度，所具有的光彩，数十年以下，依然动人。不以人废史，"五四"新文化运动中周作人作为一员主将的历史，也是不可能被抹去，而需要保存下来的吧。[②]

① 罗孚：《关于〈知堂回想录〉》，《文苑缤纷》，北京：中央编译出版社，2011年，第80页。

② 罗孚：《关于〈知堂回想录〉》，《文苑缤纷》，北京：中央编译出版社，2011年，第78页。

13 释读夏衍致靳以的一封信

慕津锋

靳以同志：

示悉。《再生记》后，S. J. 始终没有检讨，所以我考虑群众一定有很多意见，出版了怕会很被动，是否稍搁一时等他自己检讨了之后再印？请考虑。

敬礼！

弟　衍

三月七日

这是一封保存在中国现代文学馆书信库中的珍贵信札。写信人夏衍用钢笔从右往左竖排书写在“上海市军管会文化教育管理委员会”信笺上。

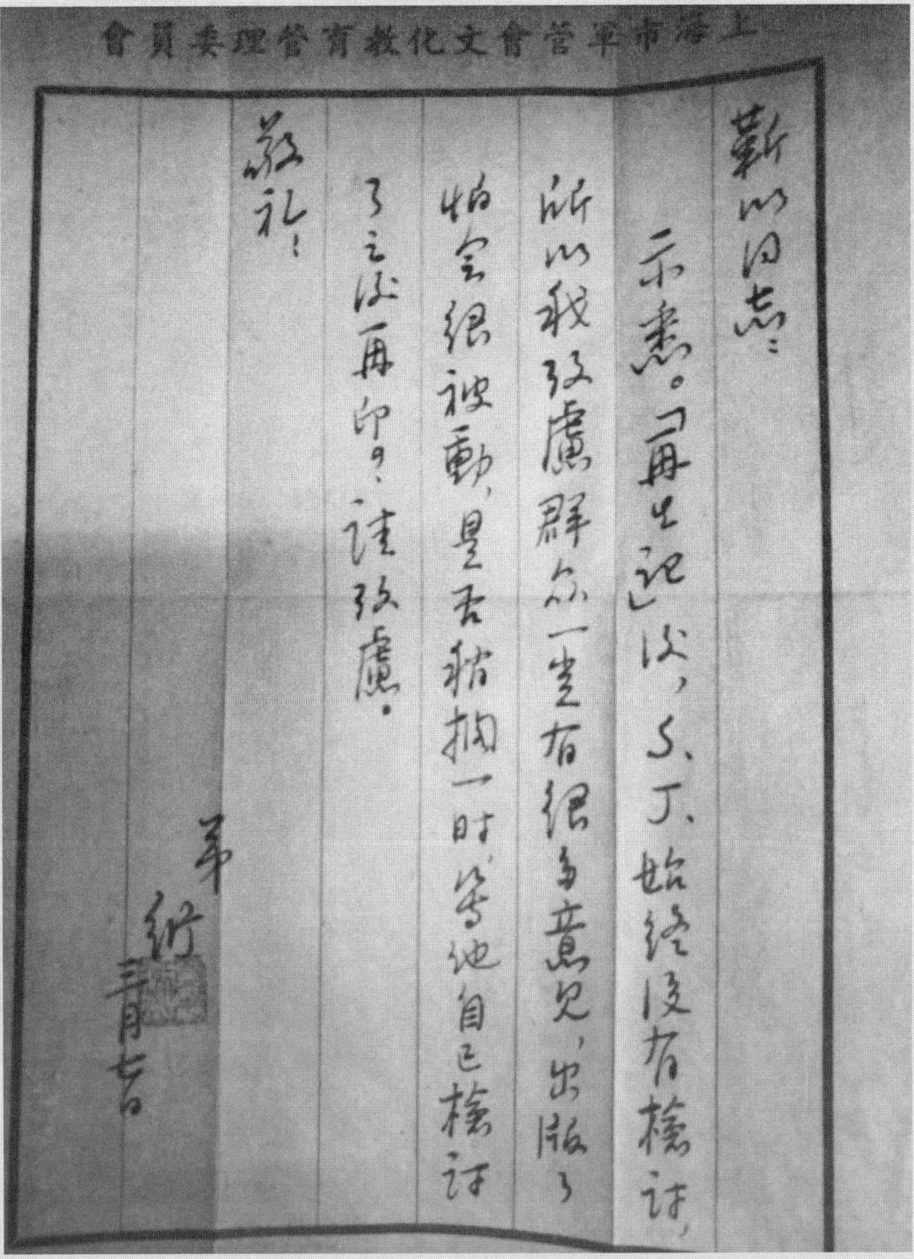

上海市軍管會文化教育管理委員會

靳以同志：

示悉。「再生記」以，S、丁、始終沒有檢討，
所以我考慮群众一定有很多意見，出版了
怕会很被動，是否稍搁一时，等他自己檢討
了之後再印？請考慮。

敬禮！

弟 衍
三月七日

夏衍致靳以书信正文

根据入档信息显示，该信写于1952年。

在信中，时任“上海市军管会文化教育管理委员会”副主任兼上海市委宣传部部长、上海市文化局局长的夏衍致信好友靳以，希望其能暂缓出版S.J.著作，等S.J.对于《再生记》做出检讨后再考虑出版事宜。[①]

信中所提《再生记》，是1951年1月17日至3月6日，重庆《新民报》晚刊连载的一部重庆作家刘盛亚在新中国成立前创作完成的中篇小说。该小说讲述了：1944年因日寇和汤恩伯部队的蹂躏，一对曾经家境较为殷实的朱氏姐妹（朱兰、朱蕙）在家破人亡后，本想到伏牛山参加游击队。但逃难到黄河风陵渡口时，因年轻貌美，被国民党部队拘留并奸污，又被迫参加了特务培训班。后来，姐姐依旧坚持自己最初的理想去了延安，成为一个革命者；妹妹则到了成都，成了国民党的职业特工。姐姐后奉延安组织之命，前往成都开展地下工作时不幸被捕。妹妹被逼迫去辨认，最后姐姐遇害。妹妹在姐姐牺牲后，开始醒悟，并在解放战争中，走入革命阵营，后来还参加了医院的护理工作，获得了新生。

《再生记》在重庆《新民报》连载到3月初时，中共中央西南局宣传部注意到该小说，认为该小说存有严重政治问题，责令《新民报》停止刊载并进行检讨。此时，《再生记》还差五分之一就刊载完毕。

此后不久，对《再生记》的批判逐渐升温。

5月8日，西南局宣传部在重庆市文学艺术工作者代表大会上，直接提出对《再生记》的大讨论。

6月17日，重庆市文联举行“《再生记》讨论会”。艾芜、曾克、殷白、

① 靳以当时担任巴金创办的平明出版社特约编辑（1951—1952），正编辑“新中国文艺丛书”。

巴牧、张友松、李康生、伍陵、胡征等文联领导25人参会，其中13人发言，会议最后形成《〈再生记〉讨论会纪要》。

此后，重庆《新华日报》《新华文艺》《西南文艺》连续刊发评论文章。《新华日报》为此专门开辟“读者来信”专栏，登载读者对《再生记》的批评文章。

7月12日，《新华日报》第五版公开发表张友松《对刘盛亚的创作〈再生记〉的初步批评》和曾克、柯岗的《一篇有毒素的作品——评刘盛亚的〈再生记〉》。

7月15日，《〈再生记〉讨论会纪要》在《新华日报》公开发表。

8月19日，《新华日报》副刊《新华文艺》登载重庆市文联所作《我们的检讨》。

8月30日，重庆市文联将《〈再生记〉讨论会纪要》、批评文章和读者来信（大部分未发表）汇编成册，取名《反对〈再生记〉》，内部印发。

9月17日，西南局宣传部向中宣部报送《关于领导进行〈再生记〉批判工作的情况报告》。

10月7日，中宣部《宣传通讯》全文转发《关于领导进行〈再生记〉批判工作的情况报告》，并加按语。

在这次批判中，随着规模升级，重庆市文联领导、西南局宣传部、中宣部相继公开表态。

> 《再生记》这篇作品的立场是反人民的。它歌颂了反革命分子的“丰功伟绩”，而歪曲地描写了革命者的无能。文学艺术应该是表现典型环境中的典型事件和人物，就典型环境而论，作者对于一九四四年整个中国的政治环境和风陵渡的具体环境的认识

是歪曲了的。①

这可以看出作者平素缺少革命理论的学习，政治水平没有提高，致使在作品的表现上，完全做了特务的俘虏。因此我们可以肯定地说，《再生记》是反人民的，有害的。②

《再生记》的错误，不能看作一般的错误。它不是进步的文学，也不是落后的（所谓的黄色）文学，而是由于作者政治上的暧昧的立场，所产生出来的反革命的文学，或者说是被反革命俘虏的文学。③

作者的立场是大有问题的。他在《再生记》的开始称汤恩伯的军队为“我们的军队”，而在末尾叙述解放前夕的情况时，则称解放军为“匪军”。④

竟有刘盛亚发表了为特务做代言人的《再生记》，其中表现出特务威风凛凛，凶恶万能，而革命者却软弱可欺，不行得很。且使一个屠杀人民的刽子手，披起色情的外衣，迷惑读者，还要她在解放的新中国内再生，这是非常有毒的作品，完全违反人民利益的。⑤

---

① 曾克：发言，《〈再生记〉讨论会纪要》，《反对〈再生记〉》，重庆市文学艺术联合会编印，1951 年 8 月 30 日，第 7 页。

② 艾芜：发言，《〈再生记〉讨论会纪要》，《反对〈再生记〉》，重庆市文学艺术联合会编印，1951 年 8 月 30 日，第 8 页。

③ 殷白：发言，《〈再生记〉讨论会纪要》，《反对〈再生记〉》，重庆市文学艺术联合会编印，1951 年 8 月 30 日，第 9 页。

④ 张友松：《对刘盛亚的创作〈再生记〉的初步批评》，《反对〈再生记〉》，重庆市文学艺术联合会编印，1951 年 8 月 30 日，第 13 页。

⑤ 重庆市文联：《我们的检讨》，《反对〈再生记〉》，重庆市文学艺术联合会编印，1951 年 8 月 30 日，第 34 页。

刘盛亚写的反动小说《再生记》，是今年一月十七日至三月六日连载于重庆《新民报》晚刊的。……我们连看了几天之后，发现问题很严重，主要是替蒋介石匪帮特务开脱罪恶，诬蔑共产党员和人民的革命斗争。我们认为在大张旗鼓镇压反革命的时期，发表这样反动的作品，是不能容忍的严重错误。……《再生记》的问题提出后，文艺界和新闻界一般是重视的。……一般读者，对《再生记》的批评也很注意。在《新民报》晚刊突然停止《再生记》的连载后，又没有公开进行批评和说明原因，曾有读者来信询问。在批评展开之后，很多读者来信热烈赞同，并对写作和发表这篇反动小说表示极大的气愤。……对《再生记》的批评开展之后，因刘参加赴朝慰问团被抗美援朝总会留在大连写作，没有回重庆来，也没有给文联来信，还不了解他本人有何表示。对《再生记》的批评，现在大体已告一段落。大多数文艺工作者对这次批评的论点是同意的……[①]

中央宣传部按：西南局宣传部的这个报告值得注意。在文艺界出现公开露骨的宣传反动思想的作品，而没有及时的受到批判；在某些党的文艺干部中表现着自由主义作风与无组织无纪律现象，严重到如此程度；这些都应当引起警惕并坚决的加以纠正。西南局宣传部认真领导了对《再生记》的批评，是完全必要的。作者刘盛亚现在尚无表示，望抗美援朝总会迅速调查处置。[②]

① 西南局宣传部向中央汇报对刘盛亚和《再生记》的批判报告，中共中央宣传部秘书处：《宣传通讯》第21期，1951年10月7日，第15—19页。

② 中央宣传部对西南局宣传部报告做出的按语，中共中央宣传部秘书处：《宣传通讯》第21期，1951年10月7日，第15页。

刘盛亚（1915—1960），我国现当代作家，笔名轼俞、成敏亚、寺将、S.Y.等。1935年，赴德国法兰克福大学留学。1938年回国，受聘为四川大学、武汉大学、四川省立戏剧学校老师。后担任重庆《新民报》副刊主编，并被郭沫若聘为群益出版社总编辑。其后历任中华全国文艺界抗敌协会理事、群众出版社总编辑、《大公报》文艺主编，重庆戏协执委兼创作部长。新中国成立后，刘盛亚担任重庆文联执委、中国作家协会重庆分会理事、主席团成员。

1930年，刘盛亚开始发表作品，著有长篇小说《夜雾》《彩虹曲》《水浒外传》，传记文学《木工黄荣昌》，译著戏剧剧本《巴黎圣母院》《浮士德》，诗集《尼伯龙根歌》《少年游》《歌德诗选》《海涅诗选》，短篇小说集《萝茜娜》《蔡特金传》等。其中，三十年代末创作的《卐字旗下》（包括十六篇散文）、《小母亲》极具代表性。

刘盛亚是中国现代文学史上第一个揭露德国法西斯的作家。他通过自己的作品向中国读者真实展现了德国法西斯的血腥统治，反映了在希特勒的统治下，德国民族尖锐的矛盾和德国阶级矛盾的激化。这些作品在当时的中国引起了广泛的注意和影响。《卐字旗下》《小母亲》被誉为三四十年代中国文艺作品中反法西斯的文学力作。刘盛亚也因此被称为“反法西斯作家”。陈白尘认为他的作品“是他为呻吟于希特勒残酷统治下德国人唱出的愤怒的歌”[①]。

“《再生记》事件”批判之初，刘盛亚已应邀参加中国第一届赴朝慰问团（1951年4月—5月29日）。当刘盛亚在朝鲜战场知道《再生记》受到

① 陈白尘：《哀盛亚》，《刘盛亚选集》，成都：四川人民出版社，1983年，第2页。

大批判时，他表示不解。他认为文艺批评应当是正常的批评，对于这种暴风雨般的非同志式、非马列主义的文艺批评的态度，他持保留态度。他说：

> 作品是属于人民的、社会的，应当到广大的读者中去接受检验。①

尽管受到批判，但刘盛亚在朝鲜战场的采访并没有受到太大影响，他依旧保持昂扬的创作激情，兴致勃勃地进行战地访问，亲身感受着志愿军和朝鲜人民的英雄事迹。

1951 年初夏，应抗美援朝总会约请，刘盛亚与赴朝慰问团文艺组（田汉、草明、黄药眠、黄谷柳、田间等）先后在大连、天津等地进行反映朝鲜战场的文学创作。

因刘盛亚在外地写作，重庆文联遂决定：待其返回西南后，由文联组织一次有本人参加的讨论，对其进行教育，帮助他进行深刻检讨，并根据本人表现，确定今后对他的态度。

但通过夏衍此信可知，直至 1952 年 3 月初，刘盛亚一直没有对他在小说《再生记》中所犯的“错误”进行检讨。这也是夏衍所担心的。因刘盛亚一直不进行检讨，而此时的上海却出版他的新作，这显然不合时宜，这种做法群众肯定会有意见。

根据 1951 年 8 月 19 日《新华日报》文艺副刊的统计，自《新华日报》7 月 12 日公开发表对《再生记》的批判文章以来，读者的来信和来稿多达

① 魏德芳：《怀作家刘盛亚》，《新文学史料》，1993 年第 4 期，第 162 页。

26篇。正因群众对《再生记》意见极大，再加上群众在来信中也谈到文艺工作的领导者、编辑们在思想上也是存在很大问题的。考虑到《再生记》产生的消极影响，夏衍在致靳以的信中还是委婉表达了自己的顾虑。他担心靳以如果此时出版刘盛亚的作品，不仅人民群众会有看法，而且很有可能给靳以、巴金、平明出版社，甚至上海文艺界以及自己带来政治上的被动。那时的夏衍正因上海拍摄的电影《我们夫妇之间》《关连长》《武训传》饱受批判。因《武训传》，夏衍还被迫公开做出检讨。那时的夏衍，从内心来说，不敢在上海出版刘盛亚的作品。

对于靳以要出版刘盛亚什么作品，夏衍在信中并没有提及。这让笔者产生了兴趣。根据相关资料查询，笔者发现该时期刘盛亚主要是针对自己到朝鲜战场慰问时的所见所闻所感进行创作。被研究者提及的作品有《汉城的儿子》《英雄城》《新店》《高射炮手》《程宝君》等。这些作品集中体现了刘盛亚对新中国、新中国人民，对社会主义，对中国志愿军大无畏的牺牲精神及朴实可爱的朝鲜人民真诚、质朴的讴歌，作品中透出了激情明快的色彩和直抒胸臆的政治热情。但面对外部政治压力，即使刘盛亚创作的是这样主题鲜明的作品，夏衍也不敢同意在上海出版。

早在抗战时期，夏衍就曾与刘盛亚在郭沫若领导下的重庆群益出版社共事过。那时，刘盛亚担任该出版社总编辑。在1946年1月13日创作的《记郭沫若》一文中，刘盛亚还曾谈及夏衍：

每有警报，郭先生总是跑到他侄儿住所去的，因为那里有一个比较好的私人防空洞。

……

一次，紧急警报都响过了，可是郭先生一行还没有来到。我们全都诧异起来。

夏衍忙匆匆地跑进洞来，一面正吃着烤白薯。

我就问他从哪里来。他说从郭先生家里来。

“郭先生怎么不来呢？”有人问。

“郭先生今天不来了。”是夏衍的回答。

我们全都很奇怪，于是就请他更详细的加以说明……[1]

对于自己的这位同事，夏衍应该是比较了解的。对于刘盛亚并不常用的笔名“寺将”，夏衍应该也是知道的。这也就可以解释夏衍为何在信中用“S.J.”来称呼刘盛亚，而不是用刘盛亚较为常用的“S.Y.”，也许这也是两人之间的习惯使然吧。但笔者猜测：在写此信的时候，夏衍因有顾虑，所以并没有直呼刘盛亚或是用他常用的笔名“S.Y.”、轼俞或成敏亚。这顾虑与当时夏衍承受的政治压力可能有着莫大关系。

1952年的夏衍，因为三部电影（《关连长》《我们夫妇之间》《武训传》）正承受着来自北京和全国的政治批判。

上海解放前，夏衍一直做统战工作。上海解放后，来自解放区的文艺理论迅速成为中国文艺界的主流意识。但上海这个当时中国文艺界人才荟萃之地，却有着诸多来自旧社会、旧阶级的文艺工作者，想要他们短时间内放弃早已习惯的题材而去写“工农兵”，其难度之大可想而知。

作为上海文艺界的实际领导人，夏衍自己其实一时也很难立刻适应。

① 刘盛亚：《记郭沫若》，《刘盛亚选集》，成都：四川人民出版社，1983年，第509页。

当时的上海文艺界就发生了“可不可以写小资产阶级”的论战。在论战中，夏衍明确表示：

> 可以。他还拿出一本毛主席《在延安文艺座谈会上的讲话》，指着其中的一段说：毛主席明确地讲，文艺的服务对象有四种人，“第四是为城市的小资产阶级劳动群众和知识分子……他们也是革命的同盟者，他们是能够长期和我们合作的”。[①]

不久，夏衍的这句话就在上海、北京及其他地方文艺界传开了。在天津工作的好友阿英赶紧给夏衍写信，说北京文艺界“传说”夏衍在上海“提倡”文艺为小资产阶级服务，他委婉劝诫夏衍讲话一定要小心。

1950 年、1951 年，上海昆仑影业公司、文华影业公司在夏衍的鼓励与推荐下，先后将发表在《人民文学》1950 年第一卷第 3 期的萧也牧小说《我们夫妇之间》、朱定短篇小说《关连长》拍成电影，并于当年年底上映。两部片子公映后群众反响很好，但北京的文艺界却传来了批评的声音。

在《文艺报》刊发的批评文章中，有人批评电影《关连长》：

> 以资产阶级人道主义歪曲了我们人民解放军的革命人道主义。……影片严重歪曲了中国人民解放军的形象。……影片对革命知识分子的表现也是歪曲了。[②]

---

① 夏衍：《懒寻旧梦录》，北京：生活·读书·新知三联书店，1985 年，第 619—620 页。

② 中央文学研究所通讯员小组：《评〈关连长〉》，《文艺报》，第四卷第五期，1951 年 6 月 25 日，第 18 页。

电影《我们夫妇之间》则被批评为：

> 一、这部影片披着进步的革命的漂亮外衣，处处为小资产阶级知识分子捧场，完全不符合事实的抹杀了工人阶级及其先锋队共产党的领导作用，倒好像是小资产阶级在领导革命，没有小资产阶级，革命就不能胜利向前发展了。
>
> 二、歪曲描写了共产党员、解放军的形象……
>
> 三、影片对解放后的新生活也做了不正确的描写……[①]

1950年底，上海昆仑影业公司上映了其拍摄的《武训传》。1951年5月20日，《人民日报》突然发表了一篇题为《应当重视电影〈武训传〉的讨论》的社论，该社论经毛主席亲自修改审定。该文指出《武训传》：

> 承认或者容忍这种歌颂（指对武训那样的人）就是承认或者容忍污蔑农民革命斗争，污蔑中国历史，污蔑中国民族的反动宣传……
>
> 应当展开关于电影《武训传》及其他有关武训的著作和论文的讨论。

7月23日，《人民日报》又发表了《武训历史调查记》。《武训传》随即开始遭受全国性大批判。

① 《文艺动态》，《文艺报》，第四卷第八期，1951年8月10日，第15页。

其实，上海昆仑影业公司在筹拍《武训传》时，夏衍就明确表态“武训不足训”，并不赞成拍摄计划立项。但后来，《武训传》剧本经中宣部审阅批准拍摄，而且拍摄资金也是由政务院文化教育委员会拨付，与夏衍没有什么关系。

但因该片受到来自中央最高层的批判，作为上海文艺领导者的夏衍只能“无奈地”承受着这前所未有的粗暴批评。

北京《文艺报》所刊发的文章除对这三部电影作品不断地提出批评外，还对当时上海实际文艺领导者夏衍也提出了尖锐批评：

> ……上海文艺界有着自上而下的分不清敌我界限，站不稳立场的混乱情况，他们不能坚定地与自己思想中的敌人作斗争，相反地，却被它慑服，失去权衡真理的力量，竟为着关怀昆仑公司七亿元的损失，就让这个他们早已认为不足为训的奴才来麻痹与模糊广大观众的思想意识。这就说明了自由主义的不严肃的作风不只是在群众中存在着，而被领导方采用了，并且以此来领导工作，这在客观上，就是助长了资产阶级的反动思想，使其得了空隙，大摇大摆地来毒害人民。[①]

《文艺报》对夏衍的批评，引起了他心中极大的不快。但是陈毅却坚定地支持他。在一次市委常委会上，陈毅公开表示：

---

① 上海《大公报》：《上海文艺界应纠正思想混乱现象》，《文艺报》，一九五二年第三号（总第56期），1952年2月10日，第17页。

上海执行党的知识分子政策，一切措施都是经过常委会批准讨论，所以北京《文艺报》指名批判夏衍右倾是不对的。[①]

但因《武训传》带来的政治压力过大，再加上好友中宣部副部长周扬的劝说，为尽可能消除影响，夏衍不得不站出来做检讨。对于自己的被迫检讨经过，夏衍在《〈武训传〉事件始末》中曾有详细描述：

《人民日报》批判《武训传》的事，是我从德国回国途中经莫斯科时，当时的驻苏大使馆文化参赞戈宝权告诉我的。我记不起具体日期了，我回到北京，已经是6月下旬了，我记得很清楚，就在回到北京的第二天，我正在埋头写“出访总结”，周扬打来电话，要我到他家里去，有事面谈。见面之后，既没有寒暄，也不问我访苏情况。第一句话就是毛主席批《武训传》的事，知道了吧？我说：我回国途中在戈宝权处看到了《人民日报》的文章，具体情况不了解，现在正在赶写出访总结，还来不及考虑这件事情。周扬接着就说，总结之类的事让别人去干，你赶快回上海，写一篇关于《武训传》问题的检讨。对此我很意外，我说拍《武训传》这件事与我无关，一、昆仑公司要拍此片，我不同意，对孙瑜说过“武训不足为训”的话。剧本是后来中宣部通过的，对这部片子上海文化局没有资助，贷款是政务院文化教育委员会给的。因此，不必由我来做检讨。我和周扬是老熟人，尽管他现在

① 陈坚、陈抗：《夏衍传》，北京：北京十月文艺出版社，1998年，第492页。

是中宣部分管文艺的常务副部长，是顶头上司，但我还是敢于和他抬杠。我有点感情激动，而周扬却非常平静，他说：你要知道问题的严重性。《人民日报》那篇文章，毛主席亲笔改过两次。有大段文章是他写的。为此我做了检讨，周总理也因为他事先没有考虑到这部片子的反动性而一再表示过他有责任，加上这部片子是上海拍的，你是上海文艺界的领导……我正要讲话，周扬很严肃地说：你再想想，除了《武训传》外，也还有一些别的问题，中央领导是有意见的。这样一说，问题就清楚了，我想到了“只讲团结，不讲改造”的问题，想起了“文艺可不可以为小资产阶级服务”的问题等等，于是我就说：“好吧，明天写完出访总结，后天就回上海。”这时周扬才露出了笑容，说这样就对了，现在我们是执政党，党员——特别是老党员要勇于负责，要你写检讨，主要是因为你是华东和上海的文艺界领导。

回到上海后，我先向饶漱石、舒同做了汇报（这时陈毅在南京），饶漱石面无表情，更不讲他对《武训传》的看法，只是听我说要公开做自我批评和写文章检讨时，点头表示同意。我先在上海文化局召开的100多人的文化界集会上对《武训传》问题做了检讨，又把这次发言整理成文，寄给周扬，这就是在《人民日报》1951年8月26日发表的《从武训传的批判检查我在上海文化艺术界的工作》。此文发表前夕，周扬打来电话，说这篇文章送请毛主席看了，他还亲笔修改，有一段话是他写的。并说毛主席看了之后对他（周）说：“检讨了就好”，所以要你“放下包袱”，

放手工作。……[1]

“《武训传》事件”后，夏衍在上海文艺界的工作变得更加谨慎，对于在上海的文学出版更是不越雷池一步。

批判《武训传》，对于当时中国的电影界、中国知识分子影响其实很大。1950年、1951年全国年产故事片高达二十五六部，1952年则骤减至两部。剧作者不敢写、领导不敢下决心拍摄，当时的文艺界形成了一种不求有功、但求无过的风气，大家都害怕拍片给自己找麻烦。

正是在这样的背景下，当夏衍知道靳以打算出版刘盛亚著作时，他不得不慎重地考虑到中宣部对《再生记》已经定性，并对刘盛亚提出了要求，再加上《文艺报》对《再生记》仍不时地加以批判。

1951年8月10日《文艺报》在“文艺动态”栏目登载消息：

连续刊载在一月十七日至三月六日重庆《新民报》晚刊上的刘盛亚的小说《再生记》，是一篇内容低级充满色情描写的反动作品，作者不仅力图将一个满手血腥的特务写成无辜的人，以博得观众同情，而在小说的开始，作者竟称汤恩伯的匪军为“我们的军队”，末尾叙述解放前夕的情况时，则称人民解放军为“匪军”，全篇还有许多地方也表现了作者一贯的反革命立场。重庆市文联曾召集讨论会，严正指出作品中严重的政治错误。重庆七月十二日和十五日《新华日报》除发表有曾克等的批评文章外，并有这

① 夏衍：《〈武训传〉事件始末》，《战略与管理》，1995年第2期，第19—20页。

次讨论会的内容纪要。目前各地文联已逐渐进一步加强文艺思想的领导工作，经常讨论和研究该地文艺工作和文艺作品中的问题，提出正确意见，这种努力是很好的。

1951年12月10日，《文艺报》在“艺术·文化·思想”栏目登载了《重庆文联检查文艺工作中的问题》一文：

重庆文联最近曾召集座谈会，检查了目前存在于重庆文艺界的一些主要问题。

重庆的某些文艺工作者中，严重存在着忽视政治、脱离政治倾向。这些同志不喜欢参加社会政治活动，把自己封锁在狭隘的小天地里，因此，西南两年来轰轰烈烈的群众运动，很少被反映在文艺作品中。部分同志甚至对文艺作品应表现新英雄人物表示怀疑，他们提出“要写几千年封建社会给农民的精神负担”，并且错误地认为只有旧社会对农民的残酷压迫，在农民中间生长起来的恨，才是他们为祖国和人民的利益而奋斗的动力。对于刘盛亚的无耻反动小说《再生记》，虽公开进行了批判和讨论，而有些报刊的编辑人员对此仍无足够的重视。发表该文的《新民报》晚刊编辑部至今未公开向读者做负责的交代；有些文艺工作者则对这一讨论也表示了极度的冷淡。

某些报刊编辑工作缺乏对人民负责态度。《新民报》晚刊编辑蒋阆仙在发表《再生记》时，竟认为“以作者过去的文章而论，以作者本人而论，都以为是可以发表的”，因此他连《再生记》

> 的全文都未看完，就发表出来。而实际上，《再生记》的作者刘盛亚过去的作品，也并不是如这位编辑同志所想象那样毫无问题的。
>
> 重庆市文联召开这样的座谈会，对工作中存在的一些问题进行研究，这是很好的。要使这些问题从根本上得到解决，必须展开对于毛主席文艺思想的广泛而深入的学习，展开批评与自我批评，进一步加强文艺工作者的思想改造。

而刘盛亚从重庆市文联、西南局宣传部、中宣部开始批判《再生记》一直到现在，依旧不做出任何检讨。这时上海的出版社要出版他的作品，显然是不合时宜的。

正因如此，夏衍在信中委婉地向靳以表示“稍微搁一时”，此事不能操之过急。毕竟在当时“《再生记》事件”的影响并不亚于夏衍已被牵涉其中的《我们夫妇之间》《武训传》。夏衍不愿靳以因出版刘盛亚的作品而再出纰漏。

当时的靳以应该是已经看过刘盛亚的文稿，认为他的这些作品符合平明出版社的出版要求。所以他希望能为自己的这位老友再出一本著作。谈及二人的交往还要追溯到1934年。那一年，还在北平上中学的刘盛亚创作了一篇描写老拳师在镖行倒闭后陷入生活绝境的中篇小说《白的笑》，后发表在1935年3月16日由郑振铎、靳以主编，巴金任编委的《文学季刊》第2卷第1期。在这篇以旧社会艺人的悲惨遭遇为题材的小说中，刘盛亚主要强调了社会的压迫与不公，作者深切表达出自己对被压迫与被剥削者的深切同情。小说中的人道主义情怀反映出“五四新文学精神”对刘盛亚的影响。从此，刘盛亚便与靳以及进步文艺界开始有了接触。靳以也常尽自己所能地向好友们推荐刘盛亚的文章。在巴金故居馆藏中，就收藏有一封 1935 年某月 29 日，靳以在北平写给上海巴金的书信。在信中，靳以这样推荐刘盛亚的作品：

> 金：今天寄出《虫蚀》一本，刘盛亚游记一篇，并图一本。刘文我仔细看过一次，你看看送给中学生如何？那本图可以制版，但用后望还给我。如中学生不合宜，《申报》月刊如何？此事望你主张。
>
> ……

正是在靳以的鼓励和帮助下，刘盛亚得以结交了包括巴金、郭沫若、茅盾等文艺界朋友。巴金对刘盛亚的文学创作是较为欣赏与支持的。1948 年，刘盛亚的长篇小说《夜雾》就被巴金收入其主编的“现代长篇小说丛书”，在重庆文化生活出版社出版，全书厚达 721 页，在当时堪称鸿篇巨制。

巴金晚年对刘盛亚的家人及其遗作出版都非常关心。在巴金致李致（巴金大哥李尧枚的儿子，曾任四川人民出版社总编辑、四川省委宣传部副部长兼四川出版总社社长、四川省文联主席、名誉主席）的信中，巴金四次言及刘盛亚。

> “我接到魏德芳同志来信，盛亚的事，你能为他们讲话时，

就讲几句吧。”①

“刘盛亚追悼会，我明天找文联打电报去，请代送花圈，我尚未得到通知。”②

“有两件事提一下，只是提一下罢了。由你们决定。一、刘盛亚的遗作是不是可以考虑出一本，有人说《卐字旗下》可出，你们看看怎样？落实政策嘛。”③

“听说你们要出版刘盛亚遗作，很好。”④

1981年5月9日，巴金在致何洁的信中，又再次提到刘盛亚：

请替我问候流沙河同志，这些年他吃够苦了。但比起刘盛亚同志来，他能活到今天，还是幸福的。⑤

这时刘盛亚已去世20年，但巴金对于这位四川朋友的思念却从未停止。

1983年6月，在巴金多次关怀和过问下，四川人民出版社出版了由魏德芳（刘盛亚遗孀）编、陈白尘作序的《刘盛亚选集》。魏德芳在该书《后记》中说：

幸有巴金、陈白尘、扬波、巴波等同志的热情关怀和支持以

① 李致：《巴金的内心世界——给李致的200封信》，成都：四川人民出版社，2006年，第165页。
② 李致：《巴金的内心世界——给李致的200封信》，成都：四川人民出版社，2006年，第169页。
③ 李致：《巴金的内心世界——给李致的200封信》，成都：四川人民出版社，2006年，第183页。
④ 李致：《巴金的内心世界——给李致的200封信》，成都：四川人民出版社，2006年，第199页。
⑤ 蒋蓝：《梼杌之书》，北京：东方出版社，2014年，第296页。

及出版部门的帮助，才得以出版。[①]

由此可见，巴金对故友刘盛亚的深厚情谊。

在《刘盛亚选集》“短篇小说”中，编者选入了1951年9月刘盛亚创作于大连的两篇反映朝鲜战场的文章《英雄城》《新居》。而刘盛亚遗孀魏德芳在《怀作家刘盛亚》（《新文学史料》1993年第4期）中还曾提及刘盛亚在那一时期创作了《高射炮手》《程宝君》。但根据现有资料，笔者很难找到这几篇文章，在不多的研究刘盛亚的文章中，研究者也几乎很少提及这些反映朝鲜战场的文章。1952年到1953年，刘盛亚的文学创作进入了沉默期。但1954年开始，刘盛亚积极投身到工农兵中间及火热的生活中。他先后到重钢、长江航线上体验生活，与工人们工作、生活在一起，与工人们交朋友。那段时间，他相继发表了反映工厂生活的报告文学《木工黄荣昌》、短篇小说《星》和反映长航生活的短篇小说《悬崖标灯》。除此之外，他还创作了《鲤鱼送屈原》《海底捞船》《最后的命令》，以及川剧《怒龙沱》等作品。

虽然这次在上海出版受阻，但这并未影响靳以与刘盛亚的友情。根据靳以1954年“入川日记”可知：1954年9月19日至1954年10月3日，10月13日至10月25日，靳以曾在重庆多次与刘盛亚见面。

1954年9月19日（星期日）

下午五时半到渝，……刘盛亚夫妇在家相候，……

---

① 魏德芳：《刘盛亚选集·后记》，《刘盛亚选集》，成都：四川人民出版社，1983年，第631页。

1954年9月20日（星期一）

在家休息。晚刘盛亚在粤香村晚餐，过后到文化餐厅饮茶，……

1954年9月26日（星期日）

……到刘盛亚那里去看，他的腰跌坏了，不重，他们请在竹林吃饭，颇好，又便宜。

1954年9月28日（星期二）

晚与刘盛亚谈。

1954年10月13日（星期三）

晨十一时到渝。晚看刘盛亚的怒龙沱，尚好。

1954年10月25日（星期一）

……与德芳谈盛亚事，与盛亚谈。晚邓林春，张天授，盛亚夫妇均来，送到码头。

2019年，上海辞书出版社出版的《靳以日记书信集》收录了首次公开的靳以致刘盛亚的四封书信（1955年11月28日、1956年×月7日、1957年4月25日、1957年5月8日）。在每封信中，靳以都坦诚地对刘盛亚谈了自己对他文学作品的个人建议。

盛亚同志：你的信和稿件都收到了。稿子我先看过。我觉得和以前的作品不同，文句简洁，也写出人物来。只是前边有些杂，显得冗长了些，稿子交给文艺月报去看，他们的意见也如此，说是要删改一下，可以用的，不知你的意见如何？是否由你自己删改，或是由编辑部删改，以后再将原稿还给你，请告知一声。写川剧

本当然也是好的，但我以为主要的还是深入生活来写祖国伟大建设的面貌。……（1955年11月28日信）

盛亚同志：你的小说当时我看了以后，就改名为“灯标亮了”，上信忘记告诉你，不知你的意见如何？关于黄荣昌的事，我提出几个问题来，望快些回答我。

一，党委如何帮助黄的创造？是否有工程师帮他的忙？是否机器搞好了一年才发给他一个马达？（旁插：当时我记得谁告诉我的）现在他的机器是否还和一年前的样子？是否加以推广？有所改进否？这个机器房是否加以充分利用？

此外我再问一声到北碚去的公共汽车，是否来回仍然价格不同？是否回程比较便宜些？以上的材料我将在文章中引用，望准确地回答我。

……（1956年×月7日信）

盛亚：寄来的稿件“最后的命令”我已经读过了，……觉得情节很吸引人，文章也很好，尤其对江上大雾的一节描写都觉得很好。如果有些小意见的话，就是不十分必要的细节多了些，还有一些回忆。……我们还有一点具体的意见，写在下边：

（一）船虽然要沉，人可不死。因为左右两岸的人和船都有，是否还可以救他们出来，最好让那个他不喜欢的大付［大副］去救。我不知道解放后是否也有沉船死船长的事？如果人不死的话，题目叫“最后命令”就不十分恰当了。

（二）即使人一定要死，他的缺点和错误应该更突出些。这样的教育意义才更大些。

这些意见是包括我个人和同志们的，可以接受也可以不接受，可以改，也可以不改。如果要改的话，还是请你自己动手。（1957年4月25日信）

盛亚：来信收到了，最突出的一节回忆（六六一六七面）是老船长想起他的儿媳妇一节，只有五六行，想删去了。大家总觉得结尾还是不让这个老船长死好。只要有办法不死，还让他活下去。——当然是由你决定。

如能早些改好告诉我们，当然很好；否则至迟要在七月十五之前改好。（1957年5月8日信）

只是很可惜，在这些日记与书信中，二人未再谈及1951年的那次出版。而且刘盛亚1951年创作的反映朝鲜战场的文章在平明出版社或是其他出版社一直没有得到出版。

关于这些文章的手稿，平明出版社不知是退还给了刘盛亚，还是暂时保存着准备以后出版，这些手稿是否还存世，也都无从知晓。

出于对这位“反法西斯作家”的兴趣，笔者在中国现代文学馆的馆藏系统中曾尝试寻找有关刘盛亚的资料。[笔者在图书大库中借阅的《刘盛亚选集》就是1994年10月魏德芳（刘盛亚遗孀）签名赠送给当时文学馆副馆长舒乙的，后舒乙馆长将此书转赠给文学馆。]当笔者在查询系统中输入“刘盛亚”时，系统显示馆藏有三部他的手稿：《补给线》《二渔夫》《俘虏们》，都是由巴金先生捐赠给文学馆的。

通过查阅，笔者看到三篇手稿均创作在“25×20=500”的“中国人民志愿军慰问团文艺组稿纸”。

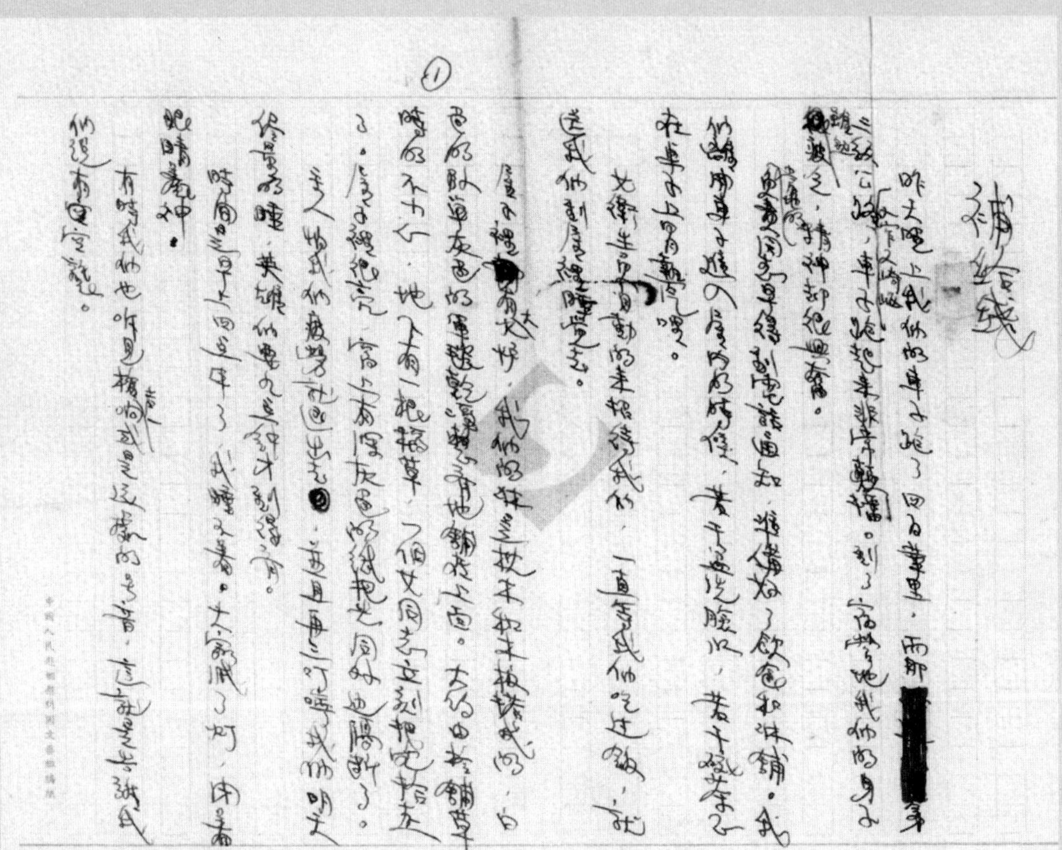

《补给线》手稿第 1 页

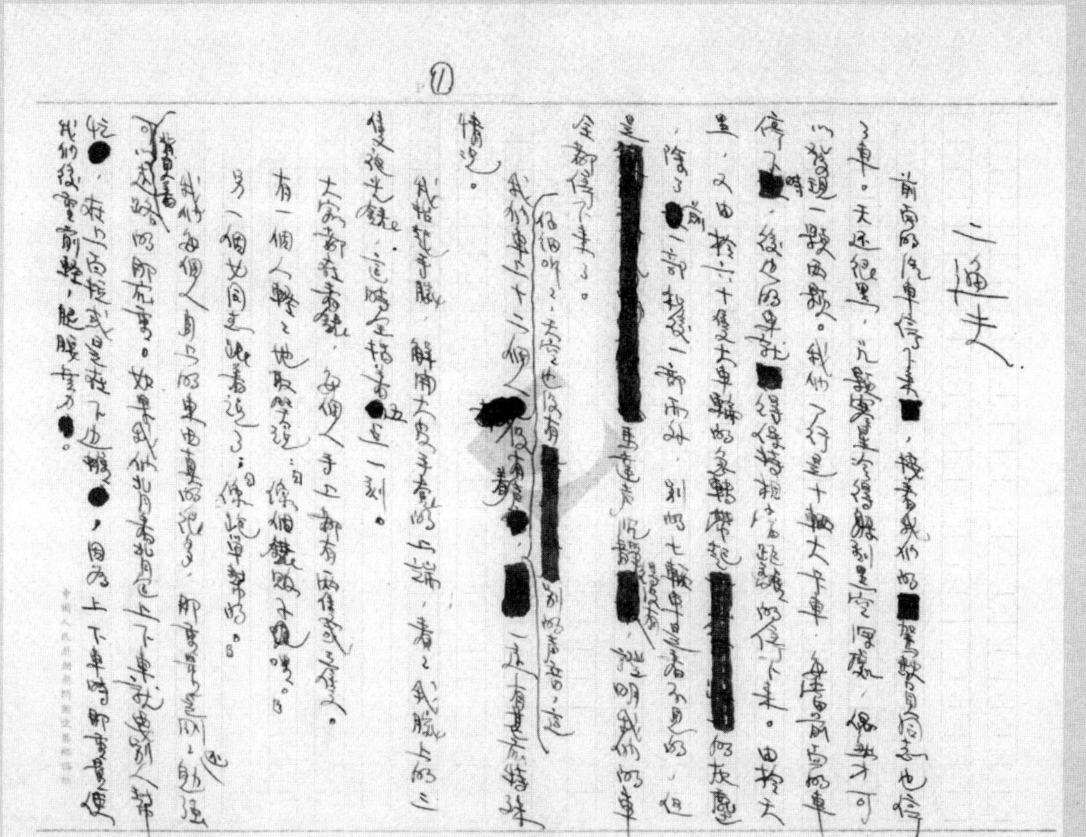

《二渔夫》手稿第 1 页

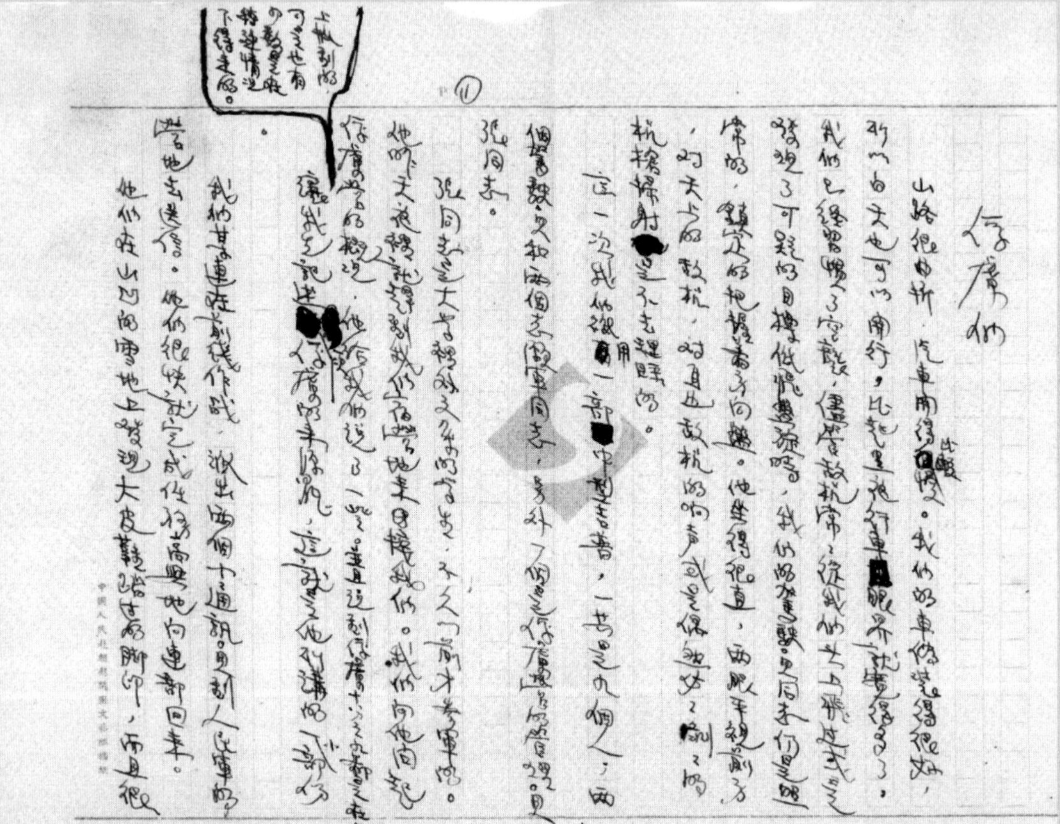

《俘虏们》手稿第1页

《补给线》创作于“一九五一·八月　大连”，21 页，6219 个字；

《二渔夫》创作于“一九五一年十月　天津”，13 页，4855 个字；

《俘虏们》创作于“一九五一年十一月底　天津”，12 页，4876 个字。

三篇手稿均有不同程度的修改。

《补给线》一文首先讲述了火车司机向奎、关承惠为了抢修机车，保证火车站各列车准时开行，不顾个人安危，冒着生命危险进入机车火室抢修的英雄事迹，而后又描写了民夫胡万发节省汽油的小故事以及押运火车的志愿军班长武玉和带领战士们为保证完成任务，如何解决火车及车上人员用水的故事。

《二渔夫》则讲述了朝鲜闵、朴两位老渔夫抢救志愿军战士的英雄故事。

《俘虏们》则描述了在中国志愿军的战俘营里，志愿军如何善待各国俘虏，并从思想上如何改造他们的精神世界。

通过对有关刘盛亚资料的研究，笔者发现这三篇手稿均未被研究者、刘盛亚家属及刘盛亚友人提及。

考虑到巴金与靳以和平明出版社的关系，笔者推测：1952 年，靳以在收到刘盛亚创作的手稿后，本想在巴金创办的平明出版社出版刘盛亚著作，但由于当时夏衍在信中所提到的顾虑，平明出版社未出版刘盛亚著作。也许靳以是想等以后有合适的机会再行出版，所以刘盛亚的手稿并未退还给他本人，而是留在了平明出版社，由靳以、巴金保管。1955 年 12 月 1 日，平明出版社根据当时公私合营的政策并入了新成立的新文艺出版社。

1957 年下半年，形势发展变化。刘盛亚在这一年因《再生记》被定性，送往四川峨边农场。1960 年，刘盛亚于峨边沙坪劳教营去世。

而其好友靳以则在 1959 年 11 月 7 日凌晨，因心脏病第三次复发在上海去世，终年50岁。

这三篇稿子在靳以、刘盛亚去世后，应是被巴金先生妥善保存。历经十年“文革”，这三篇佚稿幸运地并未丢失。1985年，中国现代文学馆在北京成立，作为重要创办人之一的巴金先生积极向中国现代文学馆捐赠资料，其中就有这三篇刘盛亚佚稿。

虽然这三篇文章现在读来，可能并不精彩，文学表现力也偏弱。但对于一位过早离世，存世作品并不多的作者而言，已然是弥足珍贵。正因为它们的存在让我们有机会再次走近这个可能早已陌生的名字——刘盛亚，走近这位中国现代文学史上的“反法西斯作家”，并有机会了解他在中国现代文学史上曾留下过怎样的足迹。

吴春梅

捐赠品到馆藏资源：文学档案研究空间的构建

——从倪墨炎文学史料档案整理谈起

『京城格格』遍访龙江大地

成就新中国首部国际获奖影片

吴春梅

中国现代文学馆馆员，长期从事现当代文学资料的信息资源管理工作，现任中国现代文学馆征集编目部副主任，从事馆藏资料的整理、编目工作。研究方向为现当代文学资料的编目、信息资源管理。

14 捐赠品到馆藏资源：文学档案研究空间的构建

——从倪墨炎文学史料档案整理谈起

吴春梅

倪墨炎（1933.11—2013.9），浙江绍兴人，或许是与鲁迅的同乡之缘，他从小听得最多的是关于鲁迅的故事，看得最多的是鲁迅的书籍，也不自觉地搜集、发掘了更多的鲁迅资料，进而成为一名研究周氏兄弟及现代文学的学者。国内外研究周氏兄弟的学者不在少数，研究成果也比比皆是，倪先生的史料贵在有针对性，他不但想方设法购得在民国期间出版的有关鲁迅生平及研究类的书籍六十多种，还从周氏兄弟研究延展到与周氏兄弟密切相关的民国时期其他作家，如胡适、陈独秀、钱玄同、萧军、萧红等人身上。为了搜书、淘书、资料考证，倪先生与大量专家、学者建立了友好的联系，二十世纪八九十年代的千余通往来信函足以印证其工作之勤勉与严谨。倪先生的现代文学考证成果颇丰，并始终秉承“字字有依据，事事有出处，若有存疑，宁缺不讹”的治学态度。另外，他在现代文学书话写作方面亦占有一席之地，与姜德明先生并称为“北姜南倪”。此次，中国现代文学馆能够得到倪墨炎先生的全部藏书和现代文学史料档案可谓是周氏研究学者及中国现当代文学研究者史料征集的新拓展，亦是文学档案征集“套餐”式服务的一次有益尝试。

1. 史料的征集

中国现代文学馆自成立以来，通过历届馆人的不懈坚持，以及所付出的真心、热心和细心，赢得了作家和家属的信任，并得到多方支持，使得征集工作顺利而卓有成效。如今，文学馆依托于中国作家协会的强大后盾，和前辈馆人在作家及家属群中建立的良好口碑，时至今日还有作家或家属主动与我们联系，表达捐赠意愿。当然，我们也要清醒地认识到：“作家及其家属既然选择将手稿档案无偿捐赠给文学馆，就是意味着与手稿的文物价值相比，他们更注重手稿的史料价值与学术价值。”[①] 因此，征集方案的策划首先要想作家所想，为他们配置适合的征集“套餐”，以求让捐赠者放心、安心、舒心。当然，“套餐”成果的刊发也力求全面、专业，以达到可利用性强、检索便利的目的。本着这一指导思想，文学馆在接到倪墨炎家属抛来的橄榄枝时，第一时间与家属取得联系，了解家属的意愿和即将捐赠的资料的情况和数量，做到胸有成竹。在经过一段时间的接洽与商谈后，2019 年 3 月初，由时任征集编目部主任的计蕾老师带队，一行三人前往上海，完成最后的接收工作。来到位于浦东的倪家，屋内陈设简

---

① 王雪：《作家手稿档案征集研究——基于中国现代文学馆的考察》，《档案学研究》，2019 年第 5 期。

洁，倪墨炎先生的藏书整齐地摆放在客厅、书房和卧室的几排大书柜中。柜子明显是订制的，书一排一排、一摞一摞横躺着，为了能摆放更多，柜子的纵深比一般书柜宽，所以能够码放两层。倪先生的老伴儿陈九英女士操着一口浓重的绍兴口音告诉我们："他（倪墨炎）的积蓄都花在买书上了，搬家时邻居以为是开书店的。"看着这些书，兴奋是必然的，放眼望去就有不少民国时期的版本。但是，这满满三个房间的书，预估有近万册，主任考虑到陈女士年事已高，不能长时间打扰，因此留给我们的时间并不多。征集接收计划总是会出现临时制订、随时调整的情况。幸运的是，无论是作家家属还是作家本人，多数都是通情达理、善解人意的，总是迁就我们的时间，体谅我们的辛苦，让我们没有理由不尽心尽力、尽职尽责地去完成自己的工作。两天半，我们完成了全部图书、资料的装箱、打包、邮寄工作。事后，大家笑谈："三个女子，两天半，万余件文学资料的接收，大概是能创了征集部的工作纪录的。"

冰心纪念馆前馆长刘东方曾说过："近现代名人遗物大部分还是由其后代继承的，随着前辈的逝去，后代对先辈的怀念之情自然就会转移到烙有先人痕迹的遗物上，对前辈的遗物，后代们有着深厚的感情。为了纪念先人，后人是不会轻易将遗物捐赠出来的。因此，名人博物馆藏品征集工作，博取名人后人的信任与支持显得尤其重要，这要求我们藏品征集人员要以一颗真诚的心去与名人后代进行交流沟通，要以朴实言语、炽情实理感化对方，要有耐心，需要长期的情感交流磨合。"[①] 因此，在直接面对捐赠者的征集接收工作中，做足功课，如了解作家生平、研究方向、著作书目、

① 刘东方：《文物征集工作是博物馆藏品的"命脉"——从名人纪念馆藏品的征集工作谈起》，《中国博物馆协会名人故居专业委员会学术研讨会》，2014 年 11 月 24 日。

交游情况；合理安排接收时间、经办人员、物流方案；与捐赠者协商好接收流程和内容等，往往能更直接地让捐赠者体会到受赠方的诚意和工作态度，是“博取”“信任与支持”的绝好机会。

2. 史料情况概貌

2.1 倪墨炎藏书拾趣

倪墨炎购书始于鲁迅研究工作，工作之余，又善写一些书话、札记、随笔等介绍中国现代文学知识的零碎文章，以作为“精神零食”补给读者，其素材大都是他长年搜集、整理的大量旧版本、旧期刊。

倪墨炎的藏书大致分四类，除倪墨炎本人著作25种74册外，有关周氏兄弟的书籍就占据藏书总量的五分之一，有900余种近两千册，其中不乏珍贵初版本。为了研究鲁迅，他搜集到民国期间出版的鲁迅著作、有关鲁迅生平及研究类书籍90余种，从1925年3月商务印书馆出版的《彷徨：创作集》，到1949年6月三联出版的《鲁迅传》，共计118册。其中还包括鲁迅逝世后于1936年11月在莽原书屋出版的《鲁迅最后遗著》，以及1927年梁社乾翻译的《阿Q正传》等。而1949年以后出版的鲁迅研究著作还有近1200册。除此之外，倪墨炎收藏的书籍涉及胡适、陈独秀、钱玄同、刘半农、冯雪峰、胡风、萧军、萧红、张资平、赵家璧、孙伏园、俞平伯等与周氏兄弟关联密切的民国时期其他重要的作家，1949年以前出版的有2400余册，1949年以后的更是多达5000册。比较早期的藏本有1908年商务印书馆根据英译本重译的《不测之威》、1920年亚东图书馆出版的《胡适尝试集》和1923年商务印书馆出版的新诗集《雪朝》等。在倪墨炎的书话文章中曾经记录了他在上海旧书店淘旧书时的经历趣事，提到倪墨炎淘书时眼光之犀利，其多年的书友姜德明评价“应该说，墨炎君锐意搜集现代文学资料起步较晚，但他收获显著，这同他早已心中有数大有关系。什么书重要，什么书稀见，什么书有价值，什么书意义不大，他都了如指掌，减少了很多盲目性”。

作为从事多年编辑工作的专家、学者，倪墨炎搜书、藏书绝不仅仅为了收藏，他对文学资料感兴趣，边收藏边发现边研究，整理编撰了不少有创见的学术文章，他的论述以大量史料为基础，极具说服力。现在，这万册藏书已收入中国现代文学馆倪墨炎文库，成为中国现代文学爱好者、专业研究者最佳的资料源泉。

倪墨炎收藏的民国时期的初版本图书有约 490 种，535 册。初版本在内容、装帧、印刷方面的文献价值和研究价值是毋庸置疑的，但再版本、改订本、翻印本的修改、调整、取舍等版本流变性也不容忽视。我们看到倪墨炎在图书搜集中所重视的不仅是书籍的收藏价值，更关注的是“把版本资料与人生感慨结合起来，把书的命运与社会、政治、文化等联系起来，超越了版本学的内容，丰富了版本研究的意义”①。在倪墨炎的著作中有不少关于新文学版本的书话，如《刘大杰的〈寒鸦集〉》《冯至的〈北游及其他〉》《李素伯和他的〈小品文研究〉》等，都是他对所藏图书的研究所得。

如果说早期倪墨炎藏书的目的是为研究鲁迅做准备，在与姜德明先生相识后，共同的志趣使淘书寻书变成了一件兴事，也“从有明确功利目的

---

① 金宏宇：《新文学版本研究的角度》，《中国现代文学研究丛刊》，2005 年第 2 期。

的藏书进入了享受收藏乐趣的藏书”[①]。20世纪80年代初，上海的旧书店很多，倪墨炎经常到淮海路、南京路、四川路的旧书店采购，与旧书店混熟了，还得到去书店库房觅书的待遇。80年代中期，文庙旧书市场是倪墨炎常去的地方，曾“一次买到六十多本巴金主编的《文学丛刊》，一次买到二十余种良友文学丛书”[②]。在淘换旧书的过程中，倪先生也遇到了不少奇事巧事，有惊喜也有遗憾，但无论如何都是他值得回味的经历。

倪墨炎藏书是为了读书，读书是因为爱书，爱书所以编书、著书，他将自己“介绍我国现代文学的一些零碎知识”的文章比喻为“精神零食”，“可以补充文学史所无法顾及之处”[③]。而他的《鲁迅后期思想研究》《大鲁迅传》等著作当可称作“精神正食”，成为现代文学在校生学习的课辅材料。

2.2　倪墨炎非书资料的深度整理

倪墨炎家属除捐赠了倪先生的全部家藏图书外，还将先生现存的著作书稿、与作家文人的往来信函和搜集整理的现代文学资料一并捐赠给中国现代文学馆，给文学馆的现代文学资源库注入了更多新的素材。此次整理出倪墨炎著作手稿192件（包括他人手稿15件），书信1390件，档案照片216件，其他档案资料178件，音像资料7件，他人赠送的书画作品13件。

2.2.1　文稿

倪墨炎早年喜好古典文学，后通过研究鲁迅转而喜欢上了现代文学。

① 倪墨炎：《倪墨炎书话·编后记》，《倪墨炎书话》，北京：北京出版社，1998年，第1页。

② 倪墨炎：《倪墨炎书话·编后记》，《倪墨炎书话》，北京：北京出版社，1998年，第1页。

③ 倪墨炎：《现代文坛随拾》，上海：上海书店出版社，2013年。

姜德明回忆倪墨炎锐意搜集现代文学资料时曾提到，他“常常有新的发现，更重要的是他能够进行深入的理论研究，常常提出一些新的见解，这是他高人一筹的地方，比如他的专著《鲁迅后期思想研究》，便是一部耐读的学术研究著作。此外，他关于现代作家创作的旧诗在新文学史上的价值等见解，以及关于周作人、张资平等人的文学评价，在我都感觉到既新鲜，又是实事求是的”[①]。倪先生留下的百余篇文稿中既有手写原稿《鲁迅旧诗辩解》《鲁迅与中国共产党》等 134 件，也有亲笔修改稿《鲁迅旧诗浅说》《苦雨斋主人周作人》等 8 件，更有大部头著作《真假鲁迅辨》和晚年未全部完成的作品《鲁迅传》。还有上海少年儿童出版社约请倪墨炎先生编写的一大本《周作人和儿童文学》，但因故未能出版。

2.2.2　信函

从此次的捐赠资料中，我们整理出了大量书信档案。倪墨炎书信档案的特点：一是书信数量多，有 1390 封。二是时间跨度大，通信时间最早的在 1974 年，最近的在 2010 年，即倪先生去世前三年，时间跨度近四十年。三是通信人多达 110 人。四是信件内容比较集中，大概包含鲁迅研究方面，旧书收集方面，文章写作、约稿方面。五是与倪墨炎通信联系的人很多是中国现当代文学研究方面的专家、学者。

我们注意到，与倪墨炎先生通信频度极高的当数姜德明先生。姜德明是著名藏书家、《人民日报》高级编辑，从新中国成立起，出于对中国现代文学的热爱便开始收藏民国时期图书，与唐弢、雷梦水等藏书家过从甚密。倪墨炎与姜德明的书信往来有 259 封，时间在 1975 年至 2001 年间。

---

① 姜德明：《现代文坛随录·序》，倪墨炎：《现代文坛随录》，上海：上海人民出版社，1989 年，第 10 页。

在姜德明的一篇小文中可以找到缘由："倪墨炎同志给我的信，稍长的，我都保存起来了。因为我们有共同的爱好，搜集现代文学的旧本。限于南北两地隔绝，面谈的机会不多，只好在信中各谈淘书的琐事。我乐于时常接到他的来信。"让他们相谈甚欢的不只是共同的爱好，当然还有相同的事业——编辑写作，对彼此文章内容的意见和建议频频现于信中。甚至对各自工作的变化与事业的憧憬也是知无不言的，如见姜德明1990年2月26日致倪墨炎的信中提道："墨炎兄：来函收到。知编《书城》，甚悦。这比当出版社负责人还要好，因为今后出书极不易，赚钱谈何容易。任命你编此刊物，可谓再合适不过。你应尽全力办好这一刊物。我同意你的看法，刊物不能办得过于艰深，还是雅俗共赏为好。我一定写稿，并代你宣传……"可见，姜德明不仅在精神上支持自己的朋友，在实际行动上也许诺将全力以赴。事实上，姜德明也确未食言，1994年至1997年间他曾频繁向《书城》供稿，当然由于种种原因并未悉数刊登，单就刊登的13篇来看，均是符合倪墨炎标准的书话作品，即"能写书话的书至少要具备两条：一条是比较鲜为人知，人们耳熟能详的书何劳你去写它；二是要有点意思，或在见解上会有所启迪，或在性情上能引起共鸣，或能引发一段史实或一种知识，或很有趣可供人解颐"。

20世纪70年代末，倪墨炎的一本著作《鲁迅后期思想研究》计划由人民文学出版社出版，但由于当时社会环境未稳，人事变动频繁，致使书籍出版遭遇坎坷，人民出版社编辑陈子伶给倪墨炎的82封来信主要就是围绕此事，字里行间时常能体会到"当面不能言、不便言者"以书信代为表达的不得已。此外，时任人民文学出版社编辑的毛承志亦因此事寄信34封。在鲁迅研究方面，通信人有鲁迅之子周海婴、北京鲁迅博物馆副馆长陈漱渝、周建人秘书冯仰澄、文学评论家舒芜、北京鲁迅博物馆研究馆员王得后、王世家、钟叔河、张铁荣等人。关于书人书事方面，因为有寻书淘书的需求，通信数量也不在少数，如曹靖华、唐弢、吴泰昌等人。当然由于自身的现代文学研究工作以及《书城》主编之职，大部分书信是关于现代文学研究方面的征询和论辩，如：李济生、梅志、鲍昌、萧乾、金性尧、陆萼庭、牛汉、吕叔湘、罗竹风、唐湜、王火、王燕棠、叶圣陶之子叶至善、余秋雨、刘心武、赵家璧、周汝昌、周翼南、朱金顺、陈子善等。

2.2.3 历史图片和剪报资料

倪墨炎在长期的现代文学研究过程中，有意识地收集整理了大量现代文学史料图片，鲁迅各时期、各方面的图片尤其丰富，共计 216 张。当然，多数图片资料都是坊间广为流传的，但也不乏周氏研究者们四处难寻的史料图片。

倪先生的另一部分重要的收藏便是大量文学档案资料和剪报资料。由于倪先生在七八十年代先后从事上海人民出版社编辑、上海新闻出版局审读工作，又参与了《鲁迅全集》的编辑注释工作，对文学动态、文学论争、鲁迅研究方面都会特别关注，也有机会收到一些内部资料和参考文章。多年的资料收集习惯使这些档案资料得以保存下来，无论是对当时政治环境的反映，还是重要文学事件的回顾，都是有价值的。在资料征集打包的过程中，我们发现了倪先生悉心收集的大量剪报资料，包括自己早期发表的文章剪报、鲁迅研究剪报和现代文学资料剪报，都是倪先生长期关注的信息或材料，经过筛选、分类，粘贴在 A4 纸上，形成九十余本剪报簿。20 世纪中后期，报纸、杂志是大众获取信息的主要来源，其具有新闻性强、信息量大、传递速度快和传播面广的特点。然而，报纸的信息量虽大，却呈分散、无序的状态。“报纸的信息只是反映和说明事物的某些方面，只有当它是一个信息集合体的一部分时，才能更好地发挥它的参考价值的作用。”[①] 作家和文学研究者在翻阅报纸杂志时都会有意识地关注自己研究领域的信息、资料，而且各种资料间具有横向和纵向的历史联系，他们的专业性使他们充分考虑材料间的系统性、逻辑性和规律性，经过整理、筛选、分类、加工，使原本杂乱无章的材料变得有序，形成具有针对性和实用性的专题资料。剪报工作能够使读者全面地集中获得某方面信息或资料，是我们进行二次文献信息开发利用的一项重要情报信息服务内容。如此得来全不费工夫的文献资料当然不容丢弃和散失。然而，剪报资料要充分发挥其查考利用价值，规范的著录标引工作是不容忽视的环节。

3. 分类整理与编目

文学馆的文学史料编目工作一贯采用分类整理、简要登记、详细编目的方式。首先将文学资料按书刊、手稿、书信、图片、书画、实物、电子资料、其他藏品进行分类整理，然后再对资料进行一一拣选，列出各类具有入藏价值的史料档案的名称、数量，最后根据登记账目，逐一著录藏品的全部描述项信息。倪墨炎收藏的资料既有其现代文学研究的成果，也有其毕生收集整理的现代文学史料资源，仔细梳理、详细编目必会成为现代文学研究的重要参考。

① 方文真：《剪报信息的开发和利用》，《北京图书馆馆刊》，1999年第3期。

3.1 文库图书编目的难度挑战

倪墨炎藏书总量达7000种10200册，其中有2000余种2500余册民国时期的现代文学书刊。民国时期的文献作为反映民国现实社会的最重要载体，具有很高的文献价值和历史价值。尤其是新文化运动和五四运动后，以陈独秀、李大钊、鲁迅、胡适为代表的文学家以白话文的语言形式，开始创作文体更为自由的文学作品，也出版了大量具有时代转折意义的版本图书。民国时期，中国开始从传统社会向现代社会转变，这种转变不仅表现在思想、文化方面，社会生产方面也同样面临着新技术的变革。西方印刷术被引入中国，使出版量激增，但科学的技术要求和出版管理却没有及时跟上，使民国图书的纸张质量较差，酸化情况严重，破损情况主要表现为纸张发黄、变脆、散页、掉渣、霉斑等，致使图书信息不全或难以辨认。且民国图书的装帧设计、印刷、发行并未规范统一，这也给信息著录工作带来了很大的难度。如在版本说明中除“初版”“2版”“增订版”，还有“沪版”“渝版”“国难后1版”等。另外，民国时期社会动荡，货币变化频繁，有大洋、金圆券、国币等，图书价格书写有中文数字，也有阿拉伯数字，还有无法确认货币单位的。此般种种对民国图书的信息著录，我们秉承的基本原则是尊重原貌，尽可能查找相关信息来补充信息源的不足。

在倪墨炎文库的图书编目中，着重要求编目人员对数据查重的重视，不仅要核对题名、责任者，还要注意核对出版地、出版社、出版时间和版次信息。尽管如此，在数据审校环节，依然会出现数据套录有误，或套录书目数据信息不全的问题。这些均要求编目人员按新数据重新编目或对原数据进行修改，将书目信息补充完整。

文学馆的文库图书不仅具有文献价值和历史价值，对于为其设立文库的作家本人来说“一方面保留他的藏书特色，另一方面也可展现藏书风貌”[①]。因此，还具有一定的档案收藏价值。为此，文学馆对文库图书的书目数据制订了更为严格的编目要求，尤其在图书版次、图书品相、图书来源、签章等相应字段上都要加注说明信息，力求客观翔实地反映文库图书的原貌特征。

3.2　非书资料编目的难点和问题

几年来，文学馆对非书资料的标准化、规范化编目管理，使编目业务在质量和效率上都有了一定的提升，这在倪墨炎文学资料的整理编目过程中得到了很好的体现。此次整理出的倪墨炎的非书资料共计六大类2006件，其中包括手稿、书信、照片、字画、电子文件和其他资料。虽然资料数量大，种类多，但有着以前工作的经验积累和明确的编目规则，使编目工作得以系统有序地完成，未出现藏品条形码错编漏编、类别含混不清、字段著录不全和信息著录错误的问题。对此次征集接收的资料，除确实不符合入藏原则不予收藏的资料外，全部规范编目入藏，做到藏品件件有档，数据条条规范。

美中不足的是，被归入其他资料的剪报材料存在整理经验上的欠缺和在编目著录中的不足。究其原因是，长久以来，剪报材料都不是文学馆征集入藏的重点，也未引起足够的重视。然而，北京大学中文系教授洪子诚在接受访谈中的一句话却引起了我们的注意：“除了自己搜集原始性资料，研究不可能不借助学界已有的史料整理成果。”他还提到：“从50年代末

① 吴春梅：《文学档案的深度筛选与解读——基于现当代文学档案整理入藏的研究》，《档案管理》，2021年第4期。

到 80 年代初，北大中文系资料室的先生们一直坚持分专题做剪报，收集报纸上的评论文章，研究论文。如‘山水诗和共鸣问题讨论’‘电影《北国江南》讨论’‘小说《金沙洲》讨论’‘散文笔谈’‘历史剧讨论’‘《海瑞罢官》讨论’‘《创业史》讨论’等等，贴在牛皮纸上装订成册，不下十几种。它们对我帮助很大，这些剪报后来就当作废品处理了。很心疼这些先生们多年的劳动。”[①] 由此可见，剪报材料对于现当代文学的研究和写作中所起的作用是不容小觑的。因为，在面对倪先生的九十余本剪报资料时，我们也决心从此开始弥补文学馆馆藏资源在这方面的缺失，收集现当代文学剪报资料以备日后查考。

遗憾的是，在资料整理中虽然意识到了剪报材料的重要性，但在具体操作中却未能按照立卷归档要求，逐一标注剪报材料的标题、作者、报刊名称、时间、版面或页次等信息，仅根据专题进行了简单的划分归档，如学习鲁迅的文章剪报、鲁迅生平纪事剪报、现代作家文章剪报、现代文学方面的文章剪报、文艺理论方面的剪报、古典文学方面的剪报等，时间跨度从 1971 年到 2006 年。如若对每一类剪报材料编写目录，加注标题、作者、时间索引，无疑更能提高资料的参考价值，以及节省用户的查阅时间，提升服务效果，这也是文学馆编目工作未来努力的目标。

4. 建立协同机制合力挖掘文学史料价值

随着中国现当代文学研究的不断推进，现当代文学文献史料的发掘和

---

① 王贺：《当代文学史料的整理、研究及其问题——北京大学洪子诚教授访谈》，《新文学史料》，2019 年第 2 期。

整理工作已经引起研究者的关注。近年来，每年都有来自高等院校的师生、报纸杂志记者、电视媒体、出版编辑和个人出于研究、宣传、出版的需要，到文学馆进行馆藏资料的查询、复印、复制、拍摄。文学馆建馆36年来，馆藏资源已达90万件，名副其实成为中国最大的文学博物馆。然而，中国现当代文学的巨大“宝库”要实现其社会价值，唯有对资源本身的深度整理、规范编目，形成中国现当代文学史料目录，才能为用户提供有价值、可信度高的信息之源。在全力整理倪墨炎家属捐赠的文学资料之时，恰逢全国文学馆联盟成立之际，中国作家协会副主席李敬泽在成立大会上提出：“文学馆要服务作家、服务文学界、服务广大文学爱好者、服务广大的人民群众，这几个服务是高度统一、互相支持的。”中国现代文学馆作为全功能的博物馆，在征集、收藏到研究、展示、活动、交流上都起到示范作用。要让深藏在文学馆库房中的藏品“走出来”“活起来”，首先要将提高馆藏资源质量作为亟待解决的问题，其次要依托馆藏资源加强与各联盟单位之间，作家、学者之间，各类媒体之间，学校社会之间的通力合作，促进现当代文学的推广，满足人民文化的需求。

4.1　打造征集“套餐”回馈作家捐赠

文学馆在工作实践中始终本着不辜负作家无偿捐赠的初心，全力为捐赠者服务，并“倾力打造了一系列配套的征集‘套餐’，力求令捐赠者放心、安心、舒心”[①]。在倪墨炎文学资料的整理过程中，第一，力求目录著录准确，标注清晰，一件一码，分类归档，以做到有档即可查，可查即可见的有效

① 王雪：《作家手稿档案征集研究——基于中国现代文学馆的考察》，《档案学研究》，2019年第5期。

性便利。第二，为倪墨炎先生设立作家文库，作为对作家本人的永久性纪念。第三，在倪墨炎文学资料全部编目入藏之时，正值鲁迅先生诞辰 140 周年，文学馆筹办了“鲁迅先生与书籍装帧”展，倪墨炎的部分藏书即成为展览的重要展品，这不但是对捐赠者的捐赠行为的认可，也是对收藏家收藏行为的肯定，更是对收藏品本身的价值认定。第四，订制“倪墨炎文学资料入藏证书”和“捐赠清单”，作为对捐赠者捐赠行为的赞誉和凭证。

4.2 依托文学馆馆藏管理平台汇编文库书目

文学馆原馆长陈建功曾说过，文学馆的藏品“如果只是保管在库房里，‘藏在深闺人未识’，它对人类文明的贡献就不能够得到有效的体现，只有对它进行不断研究、推广、介绍，文物才会不断地得到‘增值’，文物的生命力才会延续下去”[①]。为此，在整理倪墨炎文学资料时，对于“倪墨炎文库”数量可观的图书藏品，文学馆计划汇编成《倪墨炎文库目录》，以成为馆藏资源存档和学者深入研究查考的一手资料。文库目录作为纸本目录，可按分类卷和条目展现，书刊管理平台则是动态数据展示，两者相依相托，因此数据上必须保持一致。为了做好书目汇编工作，在图书编目完成之后，文学馆又调用征集编目部的几位工作人员负责校对书目。为提高目录准确性，需要与原书比对，民国图书的破损情况和临时存放场所的空气状况都无形中增大了工作量，大大影响了校对进度。在历时半年将全部数据校对完成后，还需要反馈错误信息，由编目人员修改，以达到动态数据库与纸本书目的数据一致。

---

① 陈建功:《翰墨书香中的追寻·总序》，许建辉:《翰墨书香中的追寻》，北京：文化艺术出版社，2014 年，第 10 页。

书目汇编以书刊管理平台数据为依据，亦需对平台数据内容进行必要的规范化处理。如题名格式尽量统一，分卷、分册题名与主题名分隔符号以及副标题书写格式规范统一；责任者的国别、朝代要做符号区分，并分别在格式上进行统一，责任方式、多责任者书写方式也要标注清晰；出版时间和版次合并为一项；签赠和装帧情况也要在备注项中说明。图书编目遵循客观著录的原则，但编目人员对信息不全的图书也要做必要的查考和补充。对于信息源中没有，经编目人员查证加上的著录信息要做特别标明。

倪墨炎文库目录在汇编时考虑到倪先生的图书收藏有对鲁迅图书以及民国现代文学图书的偏好，为了着重反映这两类图书的价值，特别进行了目录的分类整合。划分出可供鲁迅研究的图书、民国图书、1949年以后出版的图书、出版时间不详的图书、倪墨炎个人著作以及期刊六大类。此种分类方法可能存在欠妥之处，目的仅仅是突出倪墨炎文库的收藏特色。另外，在进行梳理整合工作时，由于笔者对现当代文学版本知识储备上的欠缺，在书籍归类中无可避免地出现了一些纰漏，如个别图书归类有误、1949年前后出版的图书时间点划分不够准确等。其中最主要的一项失误是在汇总数据时没有将丛书信息纳入书目项中，致使倪墨炎收藏的六十余册巴金主编的“文学丛刊”，以及二十多册的“良友文学丛书”未能在民国书目中得到体现。黄国荣曾在《民国丛书三论》中提出“民国时期的丛书是民国文献的重要组成部分，是能够反映一个时代思想文化走向的出版物”①，如若在书目中加以特别标注，势必能够对民国图书的研究提供更多借鉴。

① 黄国荣：《民国丛书三论》，中国历史文献研究会编：《历史文献研究》，上海：华东师范大学出版社，2014年。

4.3 积极倡导“私人收藏家”助力现当代文学文献的搜集

早在2003年12月在清华大学召开的“中国现代文学的文献问题座谈会”上，“与会者认识到现代文学文献的搜集、整理和刊布是一项牵涉面很广的公共工程，不仅需要现代文学研究界的不懈努力，还有赖于健在的作家及其家属和各级图书馆、档案馆系统的支持，需要学术基金组织和各级政府的财政扶持，以及私人收藏家的慷慨奉献和出版界的大力参与”①。时至今日，相信仍有大量的现当代文学文献散落于民间，或出于保护目的，或出于研究目的，或出于等待升值的目的……文学馆作为专业的公共服务机构都有责任秉承巴金的建馆思想，汇聚各方资源构建中国现当代文学文献资料中心。文学馆已陆续建成152个作家文库，汇集了137位作家和15家出版单位的特色图书32.7万余册，2003年7月还曾成功入藏唐弢先生的4万余册现代文学图书，可谓收获满满。如今，倪墨炎先生的夫人和女儿又倾力奉献出倪先生毕生所藏，实在是对中国现当代文学研究的一大贡献，也是对中国现代文学馆工作的无声支持，更是对巴老倡议在行动上的拥护。

4.4 规范文献资料目录，提供数字化服务

在“中国现代文学的文献问题座谈会”上，与会者还呼吁“在现代文学学科内部建立起文献工作的协作机制，即各高校现当代文学学科点与各科研机构如中国现代文学馆、中国社会科学院文学研究所、鲁迅博物馆等之间建立文献信息的互通—共建—共享关系，群策群力，分工协作，合力

① 解志熙：《“中国现代文学的文献问题座谈会”共识述要》，《中国现代文学研究丛刊》，2004年第3期。

建设，资源共享，以推动现代文学文献的搜集、整理、存档、发布工作，并争取使这种协作关系制度化、数字化。为此，希望作为现代文学资料—档案中心的中国现代文学馆能承担现代文学文献资料的集中、存档及其数字化和查询服务，并在经费和物质条件上提供必要的支持”。实际上，文学馆在2000年迁入新址时已经开始了馆藏资源的信息化建设工作，通过20多年的不断升级改造，馆藏图书目录系统和藏品目录系统已经初具规模。10年前馆藏数字化系统和多媒体文学资料管理系统也相继投入使用，可为用户提供馆藏纸制档案资料的检索浏览，以及音像资料的片段查询浏览功能。但由于馆藏资料的授权、保密、设备等，涉及法律、技术和资金问题，用户只能在馆内局域网中检索浏览。然而，还有很多研究者对这方面的情况不甚了解，我们也要感谢一些知情的学者再次提出的呼吁：“希望中国现（当）代文学学科内部、外部间能真正（加快）落实‘文献工作的协作机制’，并‘使这种协作关系制度化、数字化’，诸如中国现代文学馆这样的公共机构能建立起更为有效、更为开放的公益查询与服务机制，以更好地惠及学林。”[①] 看来，酒香也怕巷子深，文学馆不能仅仅是一个“大库房”，既要适时把馆藏资源拿出来“卖一卖”，也要将文学馆的特色服务亮出来，加强宣传；更要以全国文学联盟的发展为契机，开拓文学馆自身发展的路径，合力构建“中国现代文学资料联合目录”，实现信息共建、资源共享、独立保管的协作机制，以达到提高服务质量、促进深入研究、加强宣传合作的目的。

① 易彬：《捐赠、馆藏与作家研究空间的拓展——从中国现代文学馆所藏多种穆旦资料谈起》，《文艺争鸣》，2018年第11期。

15 “京城格格”遍访龙江大地成就新中国首部国际获奖影片

吴春梅

金秋十月，中国现代文学馆迎来了一年中最灿烂的季节，也迎来了一位文学馆的老朋友——颜一烟的女儿余彦。余彦老师早在几年前，已经把颜一烟女士的所有藏书和部分手稿捐赠给了文学馆，两年前再次来到文学馆看到母亲的手迹被妥善地保存在恒温恒湿的手稿库房后，又毅然决定将母亲的其余文学资料都交给文学馆保存，一方面希望得到科学的管理，另一方面也希望能够为后人提供研究参考之便。在众多资料中，余彦老师特别提到《中华女儿》，她说：“这作品是我母亲根据黑龙江乌斯浑河畔发生的‘八女投江’的故事编写而成的，原名《抗联的女儿》，是母亲在 1948 年首任编剧的电影剧本。”值中国共产党百年诞辰之际，手捧这部在新中国成立后即获国际电影节奖的电影剧本，让人不禁又回想起那悲怆壮烈的画面。“八女投江”的故事是众多东北抗日联军故事中的一个，是一部电影使其备受瞩目。颜一烟作为深度挖掘“八女投江”事迹的作者，也由此开启了自己的剧本创作之路。

颜一烟：挖掘冷云事迹的第一人

《中华女儿》的编剧颜一烟，原名颜毓芳，1912年出生于北京一个满族封建官宦家庭。虽然有“清朝格格”的身份，但由于当时清王朝已被推翻，而且家中有至高无上地位的祖母并不接纳颜一烟母女，致使她的生活并没有想象中的锦衣玉食，而是备受嫌弃和限制。顽强不屈的性格和强烈的求知欲，让她通过一次次的偷学、破格，完成了小学和中学的课程，并自费考入日本早稻田大学文学部。1937年抗日战争全面爆发后，怀着强烈的爱国之心，颜一烟毅然放弃学业回到祖国，投身于抗日救亡运动。她很快加入上海救亡演剧第二队，通过演出宣传抗日救国，并开始剧本创作。其间她机缘巧合地结识了周恩来、李克农等人，并在他们的精神感召下克服种种困难，奔赴革命圣地延安。到达延安后，颜一烟先是进入抗日军政大学学习，后又调入抗大文工团任剧作组组长，1939年奉调鲁迅艺术学院艺术指导科任教员。在鲁艺成立了编译处后又被调任翻译员，再到戏剧音乐系任教。在延安的近八年生活中，颜一烟“表现出了共产党员高度的党性原则，一切服从革命需要，做一行爱一行，做一行钻一行，在每一个新的工作岗位上，都有出色的表现，都有新的创见和新的作品，受到党和人民的高度赞誉”[①]。在积极努力下，1938年9月她光荣地加入了中国共产党。

---

① 高进勇：《颜一烟：从王府格格到电影艺术家》，《钟山风雨》，2011年第3期。

1945年日本无条件投降后，颜一烟奉行党中央“挺进东北，壮大革命根据地”的决策部署，随“延安干部团”奔赴沈阳。在创作了大量优秀的话剧和短篇小说之后，她又在1948年被调入东北电影制片厂（长春电影制片厂前身）担任编剧。虽然面对陌生的工作，颜一烟也曾有过顾虑，但为了党的事业，为了争夺宣传阵地的政治任务，她欣然接受，并于同年接受了东北电影制片厂交给她和于敏的创作东北抗联事迹的电影剧本任务。

颜一烟历时半年在东北各地搜集抗联材料，被抗联战士艰苦的生活和顽强的作战精神所感动，她在回忆中讲述：“在几个月的采访中，我逐渐完全忘记了自己是在为写剧本搜集材料，而是越来越深切地感到自己是在上党课！”[①] 从大量的访问材料中关注到“八女投江”的英雄事迹后，她深入收集，挖掘出冷云、胡秀芝、安大姐等重点人物，又借助各种条件研习电影剧本的写作，终于在1948年底完成了剧本创作。颜一烟回顾《中华女儿》的创作过程时曾说：“这个任务，对我来说，确有很大的困难。但是，难道会比在零下四十多度的冰天雪地里浴血苦战的东北抗联的英雄们更困难吗？我决心向英雄烈士们学习，以冲锋陷阵的精神，克服一切困难，夺下这个碉堡来！”[②]

这之后，颜一烟又创作了《烽火少年》《陈秀华》《盐丁儿》等多部电影电视剧本，成为新中国宣传战线上的优秀战士。

---

① 朱安平：《〈中华女儿〉气壮山河》，《党史博采（纪实）》，2016年第1期。

② 颜一烟：《从“中华女儿”到“烽火少年”》，《电影艺术》，1979年第5期。

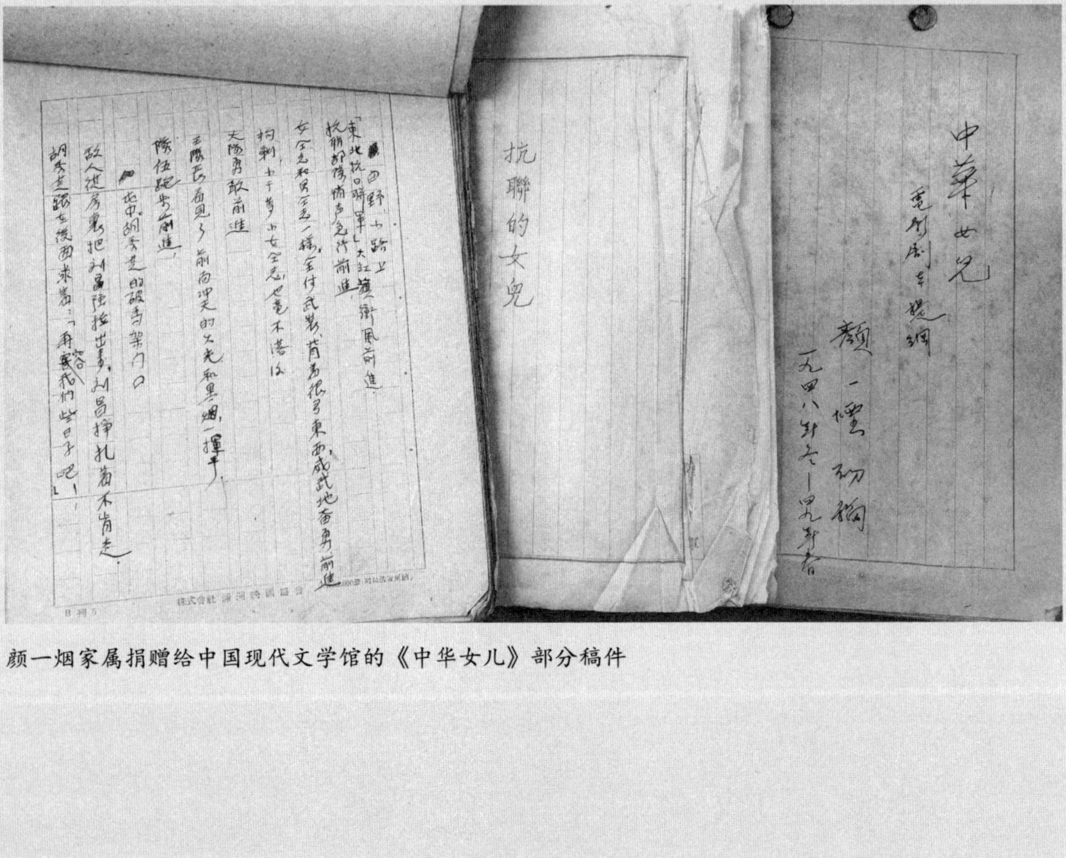

颜一烟家属捐赠给中国现代文学馆的《中华女儿》部分稿件

《中华女儿》原名《抗联的女儿》

笔者在整理的过程中发现余彦老师捐赠的这批文学资料，有九部是关于《中华女儿》的创作稿件，包括《中华女儿》的初稿《抗联的女儿》、《中华女儿》电影剧本提纲、《中华女儿》电影剧本和《八女投江》故事回忆手稿等。从这九部稿件中可见颜一烟在缺少素材和经验的情况下编写《中华女儿》所经历的构思创作—修改—再创作的过程。虽然稿件由于保存不利，已明显霉变，纸张开始酸化变脆；其中的复写稿由于不耐久性等原因，黑色复写字迹已有褪色迹象，但这丝毫不影响稿件的史料价值。其中《抗联的女儿》是一部代抄件复写稿，据余彦老师讲，这是颜一烟创作的“八女投江”故事的最初版本，虽然这并非颜一烟的亲笔原稿，但从故事架构来看无疑是《中华女儿》剧本的分场大纲初稿。该稿件装订完整，封面页有破损褶皱痕迹。全稿共分三十二场，虽然在表现手法上比较粗糙，但故事脉络清晰、情节设置有张有弛。在与其他几部稿件对比后发现，《抗联的女儿》中主要人物设定与其他几部不尽相同，其中最主要的有两处：一是胡秀芝与杨素贞的人物设计有较大差异。二是冷云的丈夫在《抗联的女儿》中是“杨小队长”，而《中华女儿》中却改为“周小队长”；而且对于他牺牲的消息如何被冷云得知，作者也从冷云自己的猜想改为由王队长直接告之冷云，侧面体现了战争的残酷，以及冷云同样面对丧夫之痛后，所表现的冷静与无畏。在稿件的整理过程中，笔者为了理清九部稿件的创作时间顺序，查阅了相关文献，通过了解颜一烟创作剧本的经过和探寻“八女投江”的故事，试图使稿件更具校勘价值和创作研究价值。

从颜一烟的回忆文章和《中华女儿》影片创作的纪实文学作品中，笔者了解到：《中华女儿》是反映东北抗日联军（简称东北抗联）题材电影的开山之作，是1948年刚刚调入东北电影制片厂的编剧颜一烟接受的第一个创作任务。1948年11月，中共中央宣传部发出《关于电影工作给东北局宣传部的指示》，其中要求的题材范围“主要的应是解放区的、现代的、中国的”[①]。颜一烟接到任务后决定创作东北人民抗日战争十四年苦斗史的影片，随即赴东北各地搜集材料。在访问过程中，颜一烟了解到：“在我们祖国的东北角，在长白山侧、松花江畔……，这支钢铁的人民队伍——东北抗联，十四年中，是怎样英勇顽强地和日本侵略者作着殊死的斗争！”[②]在对材料进行研究分析后，确定了写“八女投江”的题材。颜一烟在采访中了解到，这八位烈士都是普通的指战员，对他们的生平并没有过多的记载，唯有时任“八女”所在的第五军军长周保中在1938年11月4日的日记中有过不逾百字的记录。周保中同志回忆：“‘八女投江’是事实，一次出发，在江边被敌人包围，奋战数小时，弹尽后，宁死不做俘虏，英勇壮烈地投江牺牲了！”八位女英雄中，除了冷云和胡秀芝两位同志被回忆出一些零星事迹，仅了解到跟她们在一起战斗的还有两位朝鲜同志。怀着强烈的创作冲动，颜一烟很快完成了初稿。由于整个故事除了“投江”的情节都是虚构的，她送给当年抗联三路军政委冯仲云同志审查时特别问他：“关于八位女烈士的生前事迹，实在访问不到更多的材料，我这样编造，可以不可以？”冯仲云同志非常肯定地回答：“当然可以，艺术不是照相；你这样写，于八位女英雄说来，不完全是真人真事，可是，对于整个抗联说来，就相当真实可信，因为你反映了当时东北抗联的真实。”“八女投江”

① 朱安平：《〈中华女儿〉气壮山河》，《党史博采（纪实）》，2016年第1期。

② 颜一烟：《从“中华女儿”到“烽火少年”》，《电影艺术》，1979年第5期。

的故事是东北人民与日本侵略者殊死奋斗史的缩影，是中国人民反法西斯战争的缩影，剧本最初命名为《抗联的女儿》，据颜一烟回忆，在剧本审查中有同志建议：“这种精神，这种伟大的气节，是足以代表我们中华民族的优秀儿女的，为什么不叫‘中华女儿’呢？”[1] 至此，可以证实《抗联的女儿》确是《中华女儿》的最初版本，之所以与《中华女儿》在人物和内容上有较大出入，是因为颜一烟的剧本是根据“八女投江”的事迹，将很多抗联女战士的故事“移花接木”创作而成的，在个别人物的设计上有错位现象也情有可原。颜一烟是第一个挖掘并宣传“八女投江”故事的，是她的创作让故事立体丰满起来，并成功地将“八女”形象首次搬上银幕。

电影《中华女儿》

电影剧本《中华女儿》于1949年初创作完成后，马上交给了刚刚调入东北电影制片厂的凌子风，并与翟强共同执导，该片也成为凌子风在新中国电影创作的处女作。凌子风在认真研究了剧本后，认为群像式的表现手法不足以突出重点，刻画代表性人物，建议把情节集中在一个人身上。于是颜一烟经过反复思量，同意在冷云的基础上只着重描写胡秀芝这个普通农村妇女。将她在丈夫惨遭日寇烧死后，满怀家仇国恨毅然参加抗联队伍，经过战争历练，终于加入中国共产党，直至最终与冷云等七位抗联女战士英勇牺牲的故事贯穿于影片始终。这也就是九部稿件中的那两部电影剧本油印件所呈现的情节。

---

① 颜一烟：《从“中华女儿”到“烽火少年”》，《电影艺术》，1979年第5期。

1950 年参加第五届国际电影节《中华女儿》
获得的“自由斗争奖”奖状复印件

1957 年《中华女儿》获得文化部颁发的 1949—1955 年优秀影片二等奖证书原件
（颜一烟家属提供）

影片于1949年11月拍摄完毕后，送交中央电影管理局审查，受到中宣部、文化部领导及各方面的热烈称赞，随即被安排为12月10日至16日在北京召开的亚洲妇女代表大会献映，并作为新中国首批对外输出的影片之一，在多个国家进行公映。最终，该影片荣获了1950年第五届捷克卡罗维·发利国际电影节的“自由斗争奖”，成为新中国首次在国际上获奖的影片。《中华女儿》真实反映了中朝两国人民共同抗击日本帝国主义的抗联历史，在国际上引起的巨大反响，为新中国电影赢得了国际声誉。在第二次文代会上，曾亲自审看过此片的周恩来总理特意将与会的颜一烟找到身边，向毛泽东主席介绍说：“这是影片《中华女儿》的作者！”毛主席向她微笑点头，亲切地和她握手，并一起坐在前排合影。[①]1957年，该片再获文化部颁发的1949—1955年优秀影片二等奖。

《中华女儿》的大获成功源于“八女投江”的真实历史；源于剧本创作尊重生活，安于“从群众中来，到群众中去”的耐心和毅力；源于聚焦生活，弘扬民族精神的现实主义电影表现手法。通过电影语言，颜一烟让“八女投江”的故事广为人知，并掀起了一股学习“八女”、研究“八女”、多艺术形式创作“八女”的热潮。

---

① 朱安平：《〈中华女儿〉气壮山河》，《党史博采（纪实）》，2016年第1期。

张梦

胡可与战斗里成长

张
梦

中山大学硕士研究生。2012年起任职于中国现代文学馆征集编目部，长期从事作家手稿、书信和图书的征集工作，研究方向为作家手稿和书信的整理与研究。

16 胡可与《战斗里成长》

张 梦

《战斗里成长》是著名剧作家胡可先生在新中国成立后发表的第一部作品。这部作品在诞生之初就得到了社会各界的认可，不仅被搬上了舞台、银幕，还被翻译成多国文字，并在苏联、匈牙利、罗马尼亚、日本等国上演，成为军旅戏剧发展史上不可抹煞的一颗红星。

《战斗里成长》这部作品的雏形，其实早在解放战争时期就已经形成，1948 年经由胡可、胡朋、歌焚、轻影、胡海珠五人集体创作，分幕写出的一份草稿。其诞生的背景是 1948 年 5 月，华北部队正准备解放太原、平津保，准备打出去，和兄弟部队一道解放全中国。当时，华北广大农村土地改革已经完成，翻身的农民子弟为保卫胜利果实踊跃参军，同时大批的国民党军被俘士兵也加入我军当中。人民解放军的兵源既要扩大，也要保持革命队伍的纯洁性，尤其是要提高新兵的思想觉悟，把他们从“保田保家”的

《战斗里成长》初版本

参军理念上升到打败蒋介石、夺取全国政权、解放全中国，帮助全国各族被压迫人民翻身当家做主这一更高的觉悟水平上来。在这一明确的无产阶级教育目标下，华北军区政治部要求胡可所在的抗敌剧社，创作出一部有助于教育新兵乃至全体解放军战士的戏剧，并为部队演出。

胡可当时是抗敌剧社创作组的组长，接到上级的任务以后，他立即组织大家投入创作。胡可先生回忆道："那时写剧本都有明确的目的性，就是要'写作从主题出发'。现在主题是有了，但这个故事怎么写呢？创作组的同志们展开了讨论，胡朋说起之前被派到某区做群众工作时，在一次控诉敌伪罪证的群众集会上，一个妇女发现坐在台上的八路军干部正是她失散多年的丈夫；我则想起了在部队里常有父亲和儿子同在一个连队的事，也有兄弟二人先后参军在战斗中相遇的事。就这样，战斗生活中积累起来的故事一个个涌现出来。"最后胡可就和大家一起编写出了一个父子二人为报仇而相继出走，在部队相逢不认识，战斗胜利后，最后全家团圆的故事。

剧本是分幕执笔的，最后由胡可统一结稿并取名为《生铁炼成钢》。初稿写出来，还没有来得及修改，创作组的同志们就接到攻打太原的任务，就这样，胡可把这部初稿揣在挎包里，带到了太原战斗前线。在作战前线，胡可住在太原东山猫耳洞里，每天记录在部队里的见闻。通过长期的深入部队，胡可被部队高昂的斗志、战士们的求战情绪、官兵同志的战友情谊强烈地感染着。最深切、最真实的感受，常常使他联想到那本待修改的剧稿，他想着重展示部队生活，想把战士们艰难的战斗生活和英勇奋战的精神写下来。所以，他想在原来剧本的基础上，把前后两部分都做些压缩，重点把中间父子十几年相见不相识的情节扩展开来，突出对军队生活的描写。

虽有剧本改写的想法，但是一直未能动笔。就这样，胡可对这份材料丢不开、放不下，像酝酿一坛老酒一样，让剧本里的情节和人物形象一步步走向丰满成熟。直到北平和平解放，胡可随着军区机关进驻北平，被调到华北军区宣传部从事专职写作。1949 年，在参加新中国第一次全国文艺工作者代表大会，观摩了各解放区的戏剧演出后，胡可受到极大的鼓舞和鞭策，创作热情高涨，随后便在政治部分给他的一间宿舍里，守着一张小课桌，摊开一年前的旧稿，开始了对剧本的改写。1949 年底，剧本改写完成，胡可又给《生铁炼成钢》起了一个新的剧名，这便是《战斗里成长》。他将修改好的稿子上交给军区宣传部部长张致祥，张部长阅读后对剧本很是赞叹，这也更使胡可备受鼓舞。随即胡可便把剧本交给了丁玲，并得以在《人民文学》发表。

《战斗里成长》不仅获得了文学上的成功，此后剧本又交到华北军区文工团进行排演，由刘佳担任导演并在北京进行了预演，预演后得到了田汉、曹禺、艾青、张庚等戏剧前辈们的指点和戏剧同行们的意见。在此基础上，胡可在公演前又对剧本进行了修改，在 1950 年春节期间正式公演。那时华北虽然已是一派祥和，但就全国来说战斗还在继续，几大野战军正在向西北、西南、东南、华中、华南进军，剿匪的任务还十分艰巨。因为此剧具有鼓舞士气和向新区人民宣传我军性质的功效，其后又在兄弟部队文工团里多次上演。此外，因这一剧作描写了我国人民经受的苦难和人民解放军的面貌，又被翻译介绍到国外，并得以在最早同我国建交的苏联等几个国家上演。

《战斗里成长》主要讲述了主人公赵铁柱家的三亩水田被横行一方的恶霸财主杨有德强占，在衙门告状失败，老父亲赵老忠在冤屈之下服药自尽，赵铁柱也被财主父子逼得走投无路，为了给父亲报仇，出这口恶气，他只得丢妻弃子离家出走。在赵铁柱离家后，孤儿寡母又被财主撵出碾盘村，妻子只能带着幼子石头背井离乡，流离失所，最后落脚在太原县附近的一个小村落，靠给别人缝洗衣服糊口度日。十年后的石头，虽还是懵懂少年，却有不惧汉奸的英雄气魄，勇敢给八路军带路。在事后的搜查中，杨有德的儿子杨耀祖认出了石头，石头为了躲避杨耀祖的追杀，走上了和父亲一样的报仇之路。无巧不成书，石头在加入八路军之后，偶然遇到了自己的父亲，此时的赵铁柱已征战沙场多年，成了营长赵钢，石头成了他手下的战士，但彼此却全然不知他们之间的父子关系。最后他们营在石头家乡附近开展的“端炮楼”突击中，一举成功，并抓获了恶霸杨家父子，石头娘也认出了赵铁柱，一家三口终于能够团圆的故事。

这部作品经历了作者漫长的雕琢，又历经战争的淬火，所以它的问世，注定是要引起轰动的。侯金镜先生也曾对这部作品赞不绝口：“读着他的成稿，觉得原来的草稿经过他的手，已经被赋予了生命，这是第一次，我沉醉在最熟悉的战友的作品里。”

“沉醉在最熟悉的战友的作品里”，作为抗敌剧社曾经的副社长、胡可的老领导，侯金镜先生给予了《战斗里成长》这部作品最真挚的肯定。他沉醉在熟悉的历史中，更是沉醉在他曾经感同身受的情感中。不论是普通老百姓，还是革命战士，这部作品里凝聚着他们处在战争年代中最真实的处境、情感和期望。赵铁柱是被压迫阶级的代表，财主霸田、父亲服毒这样的事在旧社会稀松平常，他被逼无奈、为父报仇、投身革命也是最真切、最现实的需求。赵石头当然跟赵铁柱一样，也是为了复仇而参加革命。通信员双儿，参军则是为了保卫全村，保卫家乡，不愿叫国民党反动派占家，还有更多的新兵都怀揣着这样简单的理想加入革命的队伍中。作品通过简单的人物对话，便将人物的诉求表现得充分而全面。

除此之外，革命队伍鱼龙混杂，大家目标不一的情状也被真实地反映出来。有人为了保家保村，有人为了报仇雪恨，有人为了打倒蒋介石……大多是停留在狭隘的个体目标之上。在行动上，自由散漫、无组织纪律性（作品中赵石头多次要求参加突击队，但营长赵钢因种种原因未能答应，后来赵石头私自下连），充分体现了新兵队伍对于组织纪律的漠视。这些都是当时革命队伍中所存在的现状表达。作者胡可通过长期的部队生活观察，把战士们的心理活动、情感以及个体农民的局限性，通过诉苦大会以及突击任务表现得自然而真实。

然而，这样的战斗队伍是无法适应革命的需要的，这就需要加强对新兵的教育，把个体农民逐步锻炼成无产阶级战士，在训练中形成高度的组织性和纪律性，尤其是把行动散漫和斗争目标狭隘的农民打造成一支行动和意志统一的革命军队。

革命部队大熔炉，千锤百炼成钢铁！作品最后，通过诉苦大会和“端炮楼”的突击任务，营长赵钢完成了对战士们的教育，那就是“服从命令听指挥”，“革命任务不光是保卫个人的家，也不能光靠几个人，而是要在党的领导下，组织起来，武装起来，通过革命战争报大家的仇”。

《战斗里成长》一书主题鲜明突出，从具体人物赵铁柱一家蒙冤出发，引出父子二人的复仇之路，即投奔了八路军，在军队中相逢，在军队中成长，最后锻炼成为真正的战士，一雪前耻。它也侧重于通过小人物反映出当时旧社会的人民群众所遭受的磨难和压抑，通过赵氏父子的行为反映出人民大众对旧社会的不满和反抗，通过赵铁柱到赵钢的演变，反映出人民军队的性质和先进性，尤其是通过一次战斗经历和对待战犯的态度，反映出我们党和军队的组织纪律性和优良作风。所以，这部作品的诞生在当时的历史环境中，对于我党和人民军队具有正面的宣传作用，对于新兵的思想改造，具有强大的冲击力和影响力。但它的剧情又不完全拘泥于军营和战斗这条主线，赵妻的隐忍和不屈，仓婶子对赵家妻儿的帮扶，也显示出人民群众的精神品格，表达出作者对人民的歌颂之情。作品最后以一家团聚，父子为了全国人民的解放而继续奔走，赵妻义无反顾继续等待父子的归来而结尾，饱含情感脉络，这样一个温馨而美好的结局，着实带给苦难中的人们以安慰、希望和生机。

切中历史现象，人物形象熟悉真实，故事情节和素材贴近生活，情感真挚而热烈，这样一部好的作品，都是胡可对自己亲历农村和军队生活的提炼。他16岁就在北平西北郊开始参加抗日游击队，加入革命的队伍中，1937年底参加八路军，长期以抗敌剧社为阵地，在晋察冀参加抗日文艺宣传工作。他本身不仅是艺术战士，也是革命战士中的一员，他也像普通战士一样参加过反扫荡、大生产、对敌政治攻势、土地改革等一系列运动。他了解农民在旧时代的生活，也在新兵团工作过，了解新兵的心理，还到太原前线战斗过，体验过大兵团作战生活。丰富的战斗生活，成为他创作的源泉和灵感。所以，在《战斗里成长》这部作品中，有他熟悉的影子，也有他自己的影子，攻打太原、诉苦大会、新兵教育等也都是他曾经参与过的工作，他创作出的优秀的作品都是来源于最真实的基层和最真实的生活。

笔者曾多次拜访《战斗里成长》这部作品的改作者——胡可先生，即使在 98 岁的高龄，他依然思想活跃，反应灵敏，热情而和蔼，令人敬重。他说："我没有上过高中，没有上过大学，但是我在军队经历了战争，接受了党的教育，在敌后环境下我们和人民群众密切接触，经历了劳动人民的洗礼。"党的教育、战争的洗礼、人民群众的影响，胡可先生将自己的成就归功于此，他也用他的作品回馈着党和人民的培养。他是一位经历过血雨腥风，扎根于人民群众，真正在战斗里成长起来的人民艺术家。他用他的人生经历和作品诠释了"真正革命的文艺产生在斗争激烈的地方，产生在前方，产生在敌人的碉堡下面"。

贺同越

奔赴饿乡，探索道路
——饿乡纪程的创作

『花环』诞生记

贺同越

“90后”，山东聊城人。本科毕业于解放军艺术学院，研究生毕业于北京大学中文系。现在中国作家协会中国现代文学馆工作。

17 奔赴饿乡，探索道路

——《饿乡纪程》的创作

贺同越

瞿秋白是中国共产党的早期领导人之一，他是伟大的马克思主义者，卓越的无产阶级革命家、理论家和宣传家，也是中国革命文学事业的重要奠基者之一。中国现代文学馆不仅保存着《瞿秋白文集》《瞿秋白论稿》等多部作品，还保存有瞿秋白的照片等珍贵资料。研究瞿秋白的经典作品《饿乡纪程》对我党的发展有着特殊的意义。

伟大的十月革命胜利震撼着世界，李大钊在我国首先热情歌颂着“这新纪元的创造”，他在 1918 年《新青年》上发表了《庶民的胜利》《布尔什维克主义的胜利》等文章，引起了反响。而最早真实而又具体地介绍俄国十月革命后实况的是瞿秋白。1920 年 10 月 16 日，他作为晨报的特约记者离开北京，奔赴俄国考察写作了《饿乡纪程》和《赤都心史》。《饿乡纪程》记录了他自中国到俄国一路上的见闻经过，具体事实，以及内心的变化起伏，思想理论。《赤都心史》记录了瞿秋白到莫斯科之后的所闻、所见、所思、所感。这两部著作，记录了一个“东方稚儿”成长为一个无产阶级先锋战士的思想发展历程。

一、深厚的文化底蕴

瞿秋白出生在一个书香世家，瞿氏“祖孙、父子、叔侄，世代科名”，“无瞿不开榜”，“相继为士大夫者十余世矣，诗书之泽如此绵远，亦人家所难能而不可必得者也”。瞿秋白自幼便受到正统的古典文学的教育，家庭给予他很深厚的影响，书香氛围塑造了他上下求索的勇气。父亲瞿世玮擅长绘画、剑术、医道，生性淡泊，不治家业，寄居叔父家中，经济上依赖在浙江做知县的大哥瞿世琥的接济。他的母亲对旧学也颇有根底，瞿秋白自然而然地有着较为深厚的古典文学底蕴，在文字上也是才气卓然。

不仅对文学充满兴趣，瞿秋白涉猎十分广泛。羊牧之在《霜痕小集》里写道：（秋白）在中学时除钻研正课外，已开始读《太平天国野史》、《通鉴记事本末》、谭嗣同的《仁学》、严复的《群学肄言》、梁启超的《饮冰室文集》……枕头边经常乱堆着《杜诗镜铨》、《词综》等。……他读书很多，有一次到我家来，吃饭时对我说：我们做一个中国人，尤其是知识分子起码要懂得中国的文学、史学、哲学。李子宽在《追忆学生时期之瞿秋白、张太雷两先烈》一文中回忆：惟《庄子》除秋白外，他人皆不易无师自通，亦惟秋白能独立思考。瞿秋白读的书广而博，在他的思想体系中，既有儒家思想，也有道家老庄思想，此外瞿秋白也看佛学，思想体系也会有佛学的影响。

虽然出身于名门贵族，但是辛亥革命后，伯父瞿世琥弃官闲居杭州，停止了对瞿世玮一家的资助。瞿家陷入经济困境，搬到城西庙沿汀瞿氏宗祠居住，靠典当、借债度日，瞿秋白也因为交不起学费而辍学。瞿秋白在《多余的话》中写道：“我虽然到了十三四岁的时候就很贫苦了；可是我的家庭世代是所谓‘衣租食税’的绅士阶级，世代读书，也世代做这一点，与‘奉儒守官’的杜甫是极其相似的。”

1916 年 2 月，瞿秋白的母亲因贫自尽，一家零散，父亲只能以教书维持生计，家人各自投奔亲友。这引起了瞿秋白对社会人生关系的痛苦思索。后来他执教于无锡江陂国民学校，1916 年 12 月到了武昌投奔其堂兄瞿纯白。

二、赴俄前的思想准备

1917 年春，瞿秋白入京。原本要报考北京大学，但因付不起学膳费，遂参加了普通文官考试但未被录取。其后他考入外交部“不要学费又有‘出身’”的俄文专修馆，学习俄文。俄文专修馆的教材是普希金、托尔斯泰、屠格涅夫、契科夫等俄国著名作家的文学作品，使瞿秋白对俄罗斯的历史、文学、哲学等产生了深厚的兴趣。这对他的最初政治思想和文艺观念产生了影响，还扩大了他的视野，让他了解到了俄国当时的情况，对他奔赴俄国采访打下了很好的基础。在俄文专修馆读书期间，瞿秋白在《新中国》第 1 卷第 5 号上发表了他的第一篇译文——托尔斯泰的短篇小说《闲谈》。从此，他和朋友们开始了对俄国文学的翻译。1919 年 11 月，他和一些朋友组织创办《新社会》旬刊，他是这个旬刊的主要编者和撰稿者之一。创办这个刊物的目的是十分明确的，发刊词中这样写道："现在创刊这个小小的期报——《新社会》的意思就是想尽力于社会改造的事业。"他在《革新的时机到了》一文中，更是大声疾呼地提出："革新的时机到了！中国人若是能趁着这个时机，极力奋斗一下，非但中国自身有无穷的希望，就是对于世界也有极大的贡献。"他在《新社会》上发表的文章，主要是研究和宣传劳动问题、社会运动和社会主义。他揭露旧社会的种种罪恶，主张从根本上改造中国。当时他对于马克思主义学说已做了一番研究，并且相当赞同用社会主义的方式来改造中国社会了。他把当时在中国流行的社会主义的各种流派研究比较了一番之后说："我以为历史派的——马克思主义派直接运动（是）不可少的。……我想这是比较普遍的、较易进步的方法，不至于像办新村办不好，仅仅是新式理想的桃源。"（《读〈美利坚之宗教新村运动〉》）但此刊物在1920年5月遭禁。原本的刊物被禁止之后，瞿秋白又和《新社会》的同仁合作办了一份《人道》月刊，但是由于成员之间思想的分歧等种种原因，这个刊物只办了一期就停刊了。

1920年5月，瞿秋白任俄专学生会代表，做了"政治领袖"，组织同学群众去参加政治运动。郑振铎在《记瞿秋白同志早年的二三事》中写道："我们这一群代表着'俄专'、'汇文'和'铁路管理'的便在一起，成了一个小单位，主要的原因是平时见面多，比较熟悉，因之，在开会、活动时也就常常在一起了。秋白在我们之中，成为主要的'谋主'，在学生会方面也以他的出众的辩才，起了很大的作用，使我们的活动，正确而富有灵活性，显出他的领导的天才……"在京城形势严峻的时刻，瞿秋白、郑振铎等始终坚持斗争，毫无畏惧，机警应对当局的迫害。"秋白是很机警的，曾经被一个走狗跟踪了半天，跟上了电车，又跟上了人力车，但他转弯抹角的兜圈子，终于甩掉了那个狗子。自此之后，秋白的行动显得更小心了。”（郑振铎《记瞿秋白同志早年的二三事》）为着社会主义的最终理想，瞿秋白加入了李大钊创立的“马克思学说研究会”，思想倾向更明显地靠近马克思主义了。同年，他应北京《晨报》之聘，起程赴俄任通讯员。

三、为何取名《饿乡纪程》

根据瞿秋白自撰的《饿乡纪程·附记》说明，“篇中所写，原为著者思想之经过，具体而论，是记自中国至俄国之路程，抽象而论，是记著者‘自非饿乡至俄’之心程。因工作条件的困难，所以到1921年10月方才脱稿。此中凡路程中的见闻经过，具体事实，以及心程中的变迁起伏，思想理论，都总叙总束于此（以体裁而论为随感录）”。

十月革命刚刚胜利的俄国并非是一片和平的景象，当时多有亲朋好友劝诫瞿秋白不要去俄国，奔赴内忧外患、经济困难的俄国，被认为是走入绝境。但是中国的状况在瞿秋白看来已经是“阴沉沉，黑黝黝，寒风刺骨，腥秽污湿的所在，我有生以来，没见一点半点阳光，——我直到如今还不知道阳光是什么样的东西，——我在这样的地方，视觉本能几乎消失了；那里虽有香甜的食物，轻软的被褥，也只值得昏昏酣睡，醒来黑地里摸索着吃喝罢了”。在他看来，俄国却是能带来希望的所在，他在《饿乡纪程·跋》中写道：“二十年来的盲求摸索不知所措，凭空乱舞我的长袖，愈增眩晕。如今幸见心海中的灯塔，虽然只赤光一线，依微隐约，总算能勉强辨得出茫无涯际的前程。”瞿秋白是经过革命洗礼的作者，他将作品取名为《饿乡纪程》正是要舍弃这“乌沉沉”的“黑甜乡里的美食甘寝”，往“饿乡”去，“为大家辟一条光明的路”来。

王统照评价说，“我同我的朋友，有二年多没有见了。他那个怯弱的身体，竟然有大无畏的精神与魄力，居然敢在一九二〇年危险的时期中，向人人视为畏途的苏维埃俄国大踏步走去。而且他那一走，抱了深苦的绝对入世观，却用超越的出世观的烛光引导着走去”。

1920年10月15日晚，也就是瞿秋白离开北京赴俄国的前一天晚上，耿济之、瞿菊农、郑振铎、郭绍虞等人（他们都是1921年1月成立的文学研究会的发起人）来为瞿秋白送行，瞿秋白特意对他们提到了一个典故："……清管异之称伯夷叔齐的首阳山为饿乡，——他们实际心理上的要求之实力，胜过他爱吃'周粟'的经济欲望。——我现在有了我的饿乡了，——苏维埃俄国。俄国怎样没有吃，没有穿，……饥，寒……暂且不管……他始终是世界第一个社会革命的国家，世界革命的中心点，东西文化的接触地……”（《饿乡纪程》第五章）

瞿秋白这里提到的，其实是《史记·伯夷列传》的典故，殷商时期的小国家孤竹国的国君想要将王位传给自己的小儿子叔齐，但是叔齐却认为王位应该由国君的长子伯夷继承。伯夷认为自己不应该违背父亲的意愿，应当听从父亲的命令，于是便离开了这个国家。等到国王死后，叔齐仍然觉得自己继位不符合礼法，也离开了国家。周灭商后，伯夷、叔齐耻于吃周家的粮食，于是就在首阳山采薇，最后饿死。瞿秋白在对友人的谈话中使用这一典故，无疑是要强烈地表达他那信仰社会主义的热烈而坚决的态度。

四、历史影响

《饿乡纪程》最后由郑振铎编入“文学研究会丛书”出版（1922年9月，商务印书馆）。茅盾当时在商务印书馆编译所工作，他后来回忆了将《饿乡纪程》改名为《新俄国游记》的经过：“这两部书（《饿乡纪程》《赤都心史》）的原稿，是瞿秋白尚未回国时由莫斯科寄来的。当时我觉得这两部书稿的书名是一副对联，可以想见作者的风流潇洒。然而商务印书馆当局却觉得《饿乡纪程》书名不好，改题为《新俄国游记》，便落了俗套了。”茅盾曾评价道：“对于出身于本世纪初旧社会里经历过大半生涯的知识分子,《饿乡纪程》会给予很大的启发。这也许是我个人感受。但我确是先从《饿乡纪程》认识了秋白同志，而且是在这基础上发生了我对于他的尊敬和钦佩的。”

王统照于同年10月24日写书评介绍《新俄国游记》，并在他编辑的中国大学《晨光》杂志上发表。文章刊于“书报批评”栏，文末署名“剑三”。这篇书评被学界视为“最早认识和正确评价瞿秋白这一名著的好论文”。王统照提出，“我以为由这本游记可以得到两种教训”，其一是“一个悲勇少年的人生观念的自述”，其二是“在游记中最赋有感动的文学兴味的作品”。这两点确实点明《饿乡纪程》这部作品的意义。

毛泽东高度赞扬瞿秋白：“他在革命困难的年月里坚持了英雄的立场，宁愿向刽子手的屠刀走去，不愿屈服。他这种为人民工作的精神，这种临难不屈的意志和他在文字中保存下来的思想,将永远活着,不会死去。”1955年，中共中央把瞿秋白的骨灰迁葬到北京八宝山烈士公墓。2006年，在瞿秋白就义的地方福建长汀，竖起了“瞿秋白烈士纪念碑”，建起了“瞿秋白烈士纪念馆”。瞿秋白是一座矗立在中华大地上的永恒丰碑，他兼顾政治家、文学家的双重素质，为传播马克思主义思想，党的思想理论，为探索中国革命道路做出较大的贡献。

18 "花环"诞生记

贺同越

李存葆是一位杰出的军旅作家，他的重要出版作品《高山下的花环》《山中那十九座坟茔》《沂蒙九章》等，手稿《大王魂》《贺辞》《沂蒙九章》以及书信《李存葆致林湄》都保存在中国现代文学馆中。《高山下的花环》是李存葆的代表作，研究这篇作品的完成过程对于李存葆的研究有重要意义。

1982年7月19日凌晨，《十月》杂志的编辑张守仁还在书桌前奋笔疾书，他难以安然入睡的原因是正连夜审读《高山下的花环》。翻完最后一页稿纸，他像淘金者终于觅到了大金块那样，喜悦之情难以抑制。他写道："济南军区歌舞团创作员李存葆写的《高山下的花环》，描绘的是南疆自卫还击战开始前，一个企图走后门撤退到后方去的高干子弟，在战友们的英雄行为感召下，终于留在战场上，由落伍者变成为战斗英雄的曲折故事……

一部八九万字的中篇，能写活七八个人物，这是不容易的。《高山下的花环》文笔朴实，感情深厚，后半部有些篇章，读来感人肺腑，催人泪下，震撼着、净化着读者的心灵。我建议将这部作品作为重点稿件，刊登在下一期《十月》的头条位置。"[①]

正如他所预料的那样："这是一部难得的突破之作，这是一部我早就盼望的好稿，这是一部能给《十月》和作者带来巨大荣誉的力作。"[②]《高山下的花环》在当时引发了一场出版的奇迹，全国先后有 74 家报纸连载这篇小说，北京出版社的《高山下的花环》单行本，已印到 158 万册。当时国内有 8 家出版社出版此书，总印数达到了 1100 万册；作品更是被翻译成日、俄、英、法等十几种语言。美国嘉兰德出版公司出版的 20 本世界文学系列丛书中，《高山下的花环》名列第五。此外，这个故事还被改编成话剧、歌剧、京剧、舞剧、评剧等。1984 年，《高山下的花环》被导演谢晋改编成了电影，当时几乎达到了家喻户晓的地步。那么，《高山下的花环》是如何诞生的呢？

1979 年春天，对越自卫反击战打响以后，李存葆正在济南部队政治部宣传队当创作员，在接到军区政治部文化部组织到前线采访的任务后，火速奔赴前线。李存葆作为一个随军作家，在当时的表现还是非常突出的，他不仅跟随着军队作战，而且还采访战争中的英雄人物事迹，详细记录着那些战斗方案、成果，以及英雄人物的壮举。但是，随着时间的推移，记录的方案都渐渐在脑海中模糊了，反倒是那些"感情的碎片"越来越多地闪现，他"觉得描写战斗的过程较多，而揭示人物心灵的东西较少，可能

① 张守仁：《李存葆的"花环"与我》，《光明日报》，2016 年 2 月 18 日，第 10 版。

② 张守仁：《李存葆的"花环"与我》，《光明日报》，2016 年 2 月 18 日，第 10 版。

是这些作品缺少感人的力量的根源”。正如评论家雷达概括的那样：“在李存葆貌似粗糙的农民式的外表下，掩藏着一颗极为灵敏善感的心灵。”对于苦难、自尊、道德、爱情以及人性的善恶，他的敏感程度常常使我们惊讶。这个阶段他写的报告文学作品《将门虎子——记战斗英雄兰方虎》获得了很多赞誉，但是李存葆对这些创作成果并不满足。李存葆期望自己能够实现创作上的突破，他努力地回想在战场上的经历、英雄的事迹和那些最能打动他的故事，他想到了一件件触及心灵的真实事件：

有一天，一群傣族姑娘在溪边给前线送下来的烈士清洗遗体。当时这座傣家寨子里的青壮年都去支前了，给烈士穿衣入棺的事都由姑娘们来做。这时，有一位傣族老阿爹走过来，声音颤抖地斥责姑娘们：“你们怎么能这样狠心……水太凉了。”姑娘们当即明白，连忙去烧热水。

还有一次，李存葆去一座苗寨赶集，正好看到一位十六七岁的姑娘要买一位老大娘的鸡蛋，两人在为价钱争执，旁边的人告诉老大娘说，这个小姑娘是用献血的钱来买鸡蛋送给伤员的。老大娘一听，一下挎起篮子对小姑娘说：“孩子，你咋不早说，说了还用你花钱买，走，咱们把鸡蛋送给伤员去。”周围卖鸡蛋的人一听，也都默默地挎起鸡蛋篮子给野战医院送去。

多年后李存葆回忆道：“正是从这些普通民众身上感受到的美好感情，让我努力把它融化到作品的字里行间。”

他多次想到的是部队欠账的问题，这在部队很常见。“几乎也都发现了欠账的事。这些欠账的烈士，清一色是从农村入伍的。他们有的来自河南，有的来自山东，有的来自天府之国四川……”“有一个党委搞了个统计数，连排干部牺牲后留下欠账单的人所占的比例数相当大。”[①] 在当时的环境中，这个问题能不能写，李存葆思考了很长的时间，他曾经反复琢磨这件事情，因为“欠账”的问题反映了十年动乱时期的过渡。

反复思虑之后，他将这些细节设计到了小说中：一位烈士的妻子拿着抚恤金，卖掉她结婚时娘家陪送的嫁妆，和婆婆一起，来到部队替丈夫还债；一位指导员的遗书上写着，他有一件崭新的军大衣，让妻子留给 10 岁的女儿，等女儿结婚时当礼物送给她；有一位班长在战斗中立了二等功，复员时他把为数不多的复员费都还了账，但还差 15 元，于是他把自己的一套新军装留下顶欠下的 15 元钱。

在某部采访时，李存葆遇到这样一件事：某部接到命令马上要开赴前线，但团里有位干事接到调令要走。尖刀连的同志喊道：“他不是怕死吗？叫他到我们尖刀连来！”于是，这位干事被派到尖刀连。后来他悔悟过来，在战斗中立了功！李存葆在采访时就有战士说：这样的事你应该写一写。李存葆就将这位战士作为赵蒙生的原型写在了小说中。

“由于这些，我便产生了创作冲动，铺开稿纸拉了个结构。结构中的人物关系，梁三喜一家和赵蒙生一家这条线当时就有了，但其他的人物关系和现在的《高山下的花环》不太一样。开篇写了个引子，先引出梁三喜留下的欠账单，接着便把生活面放在沂蒙山中去了。”[②] 但是由于其他的材料准备不充分和“展现生活面的角度没选准”，李存葆的创作很快就难以继续下去，因此，《高山下的花环》第一稿的创作就只能结束了。之后，李存葆回到了所在单位。他几次想要重写《高山下的花环》，但是每每动

① 李存葆：《〈高山下的花环〉篇外缀语》，《十月》，1982 年第 6 期。

② 李存葆：《〈高山下的花环〉篇外缀语》，《十月》，1982 年第 6 期。

笔,"总感到难度颇大,除了角度的选择,还因生活交给我的那些素材的'负荷量'沉甸甸的,我不能把他们写得不痛不痒,这就遇到如何写军队内部矛盾的问题"[①]。

这个时候,他遇到一个矛盾,一方面前线英雄人物的故事深深地打动着他,震撼着他的心灵,他再也不能像以前那样"不痛不痒"地处理这些问题;另一方面,他又担心这样具有"破坏性"的故事会给军队抹黑。如何把控这样的写作难题,当时的李存葆还没有足够的把握,只能继续深入到生活中去。

这时新的转机来了。1980年2月,李存葆参加了党中央与中国作协召开的剧本创作座谈会。在这里,他受到启发,确立了新的写作方式。"这次对话对我重新思考构思《花环》有很大启示,我集中力量思考如何在《花环》中把矛盾写得尖锐一些,准确一些,深刻一些,特别是准确地反映矛盾,这是关键。不然,作品既不会尖锐,也不可能深刻。"[②]

之后,李存葆重新构思了《高山下的花环》。"这期间,我数次跟军内外年轻的同行们口头谈过《花环》的结构,当我讲到烈士的妻子和母亲用抚恤金还账的情节时,对方总是泪眼汪汪地对我说:'写!赶紧写出来!写得更悲壮一些!世界上哪有这么好的烈士,哪有这么好的人民。'当我讲到雷军长摔帽骂娘的情节时,对方也总是鼓励我:'军事文学应该有它独特的风骨,要充满革命英雄主义和爱国主义,要写得正气凛然!'"[③]由此,《高山下的花环》结构成形了,李存葆还在渐渐丰满小说的细节。

---

① 李存葆:《〈高山下的花环〉篇外缀语》,《十月》,1982年第6期。

② 李存葆:《〈高山下的花环〉篇外缀语》,《十月》,1982年第6期。

③ 李存葆:《〈高山下的花环〉篇外缀语》,《十月》,1982年第6期。

1982年春天，李存葆参加了全国军事题材文学创作座谈会，会上刘白羽的发言让李存葆收获颇大，他写道“这一次又提高了我的思想认识，对我在《花环》中表现部队内部矛盾，有不少启示”[①]。

通过这次座谈会的交流学习，李存葆采用了一种描写矛盾的方法——“在写《花环》时，我努力追求的是，对美的事物，采取实写，重笔浓墨；对于丑的东西，进行虚写，点到为止。在揭示矛盾时，寓热情于无情之中。矛盾尽管很尖锐，但它主要展现的是广大指导员的爱国主义和革命英雄主义。从梁三喜、靳开来对赵蒙生的痛斥声中，从雷军长甩帽骂娘的怒吼声中，读者可以体味到中华儿女那充满正义感的美好感情。在‘欠账单’和‘抚恤金还账’的描写中，‘欠’是虚写的，‘还’是实写的。‘欠’是意在不言，‘还’能打动人心。‘还’的实写尽管‘悲’，却有‘壮’，能充分展现梁大娘、韩玉秀这样的老革命根据地的人民，对党、对军队、对国家的一往情深；能够描绘出我们民族脊梁的瑰丽的灵魂。”[②]

确定了写法之后，《高山下的花环》的故事和结构已经在李存葆的内心了，而机会也来了。张守仁回忆道：“会议期间，大会组织与会作家乘车到河北高碑店去看当地驻军战士打靶演习。大巴车上，与会的济南部队歌舞团创作员李存葆，和我坐在一起。我向存葆约稿。他向我讲了三个题材：一个是《月照军营》，是描写军人爱情生活的；一个是《英雄一生》，是叙述一位将军从抗日战争、解放战争、抗美援朝一直到今天的戎马生涯；一个是《高山下的花环》，围绕着一个边防连队战前、战中、战后的生活，反映了当时社会上、军队内部存在的种种尖锐矛盾。我听了他的三个题材，

① 李存葆：《〈高山下的花环〉篇外缀语》，《十月》，1982年第6期。

② 李存葆：《从生活到艺术》，冉淮舟编：《迎着八面来风》，北京：解放军文艺出版社，1986年。

《高山下的花环》

对《高山下的花环》最感兴趣。"[1]

《高山下的花环》酝酿阶段虽然很漫长，但是长期的积累和思索已经让作品产生了质变，小说的写作反而并没有花费太长的时间。会议结束以后，李存葆就参加了解放军文艺社举办的小说读书班，在班级里，他边读书边思考，并且给小说的人物都做了列表。"1982 年 5 月 20 日动手写《高山下的花环》，到 6 月 19 日就完成了初稿，并于 7 月 5 日至 7 月 18 日改写、誊抄完毕。当天傍晚，李存葆拿了一大摞原稿送到北三环中路我家里，希望我尽快处理。"[2]

毫无疑问地，《高山下的花环》很快得到了编辑部的认可，9 月初就进入了《十月》杂志的印刷厂。正如张守仁所总结的，《高山下的花环》之所以取得这样的成功，是因为，"凡在思想、艺术上取得较大成就的军事

① 张守仁：《李存葆的"花环"与我》，《光明日报》，2016 年 2 月 18 日，第 10 版。

② 张守仁：《李存葆的"花环"与我》，《光明日报》，2016 年 2 月 18 日，第 10 版。

题材作品，大都跳出了战术、战役的狭隘圈子，由军营、战壕、前线迈向社会，引入后方，展现特定时代政治的、经济的、思想的以及民心民风民俗民情的广阔背景”。《高山下的花环》同样也具有历史的意义，正如军旅文学批评家朱向前所说，“《高山下的花环》的文学史意义，不仅意味着军旅作家思想上的拨乱反正，也意味着军旅文学创作新局面已经开始，意味着以李存葆为代表的新一代军旅作家的崛起”。

袁媛

甘洒热血写春秋

——林海雪原的背后

袁媛

毕业于武汉大学，文学硕士，2021 年起任职于中国现代文学馆。从事作家手稿、书信和图书的征集工作，研究方向为中国现当代文学、海外华文文学。在海内外刊物上发表论文有《多元互补的华文文学史料建设》《整体性 多维性 全面性——评刘俊的〈世界华文文学：历史·记忆·语系〉》《对立冲突的梦幻之美——论路羽诗集〈月色朦胧〉中的张力》《暴力和解——精神防御机制视域下的〈三块广告牌〉》等。

19 甘洒热血写春秋

——《林海雪原》的背后

袁　媛

“穿林海，跨雪原，气冲霄汉。抒豪情，寄壮志，面对群山。”在茫茫的雪原中，密密的林海间，孤身赴敌窝，智斗座山雕的杨子荣，凭借自身的勇敢与机智成为一代人崇拜的英雄偶像，而将这位英雄的事迹传遍天下的正是小说《林海雪原》的作者——曲波。

一、从枪杆子到笔杆子

曲波原名曲清涛，1923 年 2 月出生于武术之乡山东黄县（今龙口市）枣林庄的一个贫农家庭。幼时的他只念过五年半私塾，13 岁失学在家务农和樵采，15 岁进入八路军胶东公学，成为一名八路军战士，在抗日战争时期，曾任连、营指挥员在山东地区作战。1945 年抗日战争胜利后，他随部队开赴东北作战，小说《林海雪原》讲述的就是他在这一时期所参与的剿匪战斗。

渡海北上参与剿匪的这一年，曲波刚从胶东抗大毕业，他被任命为东北民主联军牡丹江军区第二团副政委，与他一起加入这支队伍的还有杨子荣、高波等战士。那时的他们不会想到，自己将成为引起全国轰动的红色经典小说中的主人公。

1946年冬，曲波率领部队前往牡丹江进行剿匪。当时的牡丹江可谓是土匪聚集地，像座山雕、许大马棒、江左撇子等土匪司令都活跃在此处，他们在国民党高级特务的庇护下残害百姓，行径猖獗。这其中，最为棘手的顽敌便是盘踞在威虎山的国民党保安旅旅长座山雕（张乐山）匪帮。威虎山工事复杂，易守难攻，座山雕本人又极为狡诈，在遭遇我党军队多次围剿后，他带领亲信隐蔽在深山老林中，以威虎山作掩护继续横行霸道，为非作歹。为了以最小的代价捉拿座山雕，消灭匪帮，战斗经验丰富的杨子荣提出，由他假扮成土匪进入威虎山内部，取得座山雕信任后与大部队里应外合，将其歼灭。虽不忍战友只身入虎穴，独自面对重重危险，但为了消灭敌人，保护百姓，曲波还是在进行了周密的计划后，目送着杨子荣的背影融入了茫茫的雪原之中。很快，凭着自身的机智勇敢，杨子荣顺利地打入匪帮，帮助主力部队活捉了座山雕及其联络部部长刘兆成、秘书官李义堂等关键人物，杨子荣因此被东北军区司令部荣记了三等功，并被授予“特级侦察英雄”的光荣称号，《东北日报》以《战斗模范杨子荣等活捉匪首座山雕》为题对他的事迹进行了详细的报道。

曲波曾经回忆到，在1946年前后一年多的时间里，他一共打了七十二仗。这些都成为他日后创作《林海雪原》的重要素材。

为了使小说结构更为紧凑，人物形象更突出，故事更加精彩，曲波将这七十二仗概括成了四场各具特色的战斗，战斗内容也是作者结合自身经历创作加工而来，像小说中“智取威虎山”的那一组故事就是由曲波经历过的十几场战斗集合而成。在人物的创作上，曲波也加入了许多传奇色彩，像“里应外合智取之险战”“以少胜多的奇战”“远距离奔袭之苦战”“顺综急击之巧战” 等，都是曲波理想化的书写。这是因为他自幼酷爱文学和戏曲，从 11 岁起就开始读长篇小说，在随父农耕、樵采之余，先后将《说岳全传》《水浒传》《三国演义》等读了多遍，可以像说评书一样将这些故事讲出来，某些章节甚至可以背下来。因此，在许多英雄身上，读者都可以找到梁山好汉的影子，高波像智勇双全的“小李广”花荣，“快腿”孙达得类似“神行太保”戴宗……曲波笔下的战士们勇敢机敏，无所畏惧，似乎总能渡过难关，化险为夷。

然而，现实总是残忍的。1947 年 2 月，在追捕土匪丁焕章、郑三炮的战斗中，冲在最前面的杨子荣，被子弹击中胸部，壮烈牺牲，年仅三十岁。他曾经向曲波这样表达自己对前途的看法：“我今天的战绩，就是昨天的前途；明天的战绩就是今天的前途；这样一天一天就走到了穷人翻身阶级消灭的太平年。”杨子荣牺牲的一个月前，年仅 19 岁的高波中了土匪的埋伏，受尽酷刑后牺牲，他在生前给父亲的信中写道：“为了把祖国建立成一个民主、独立、幸福的新中国，就是死了，也愿为革命服务……”

可最终，他们都没有等到“太平年”，没有机会看到新中国。

二、从宣讲者到立碑人

在解放东北的战役中，曲波身负重伤，因骨头接得不好，他成了跛脚残疾人。于是，曲波离开了丹东海军学校政委的岗位，转业到齐齐哈尔机车车辆制造厂担任党委书记兼副厂长。他在部队医院供职的妻子刘波也随他转业到地方。

在新的工作环境，曲波工作得并不如意，每每遇到挫折，他总会想起那段和战友们并肩作战的峥嵘岁月。作为亲历过战争的军人，曲波当时的重要工作之一就是思想政治教育，通过宣传党的理论方针，鼓励职工为社会主义事业而奋斗。在报告中，他常常情不自禁地讲起当年共同战斗的战友们的事迹，慷慨激昂，热泪盈眶，台下的听众也为之感动，备受鼓舞。随着时间的推移，曲波渐渐不满足于只是通过宣讲这种方式来宣传英雄事迹，毕竟话语的传播力总是短暂的，它不能够打破时空的限制，将战友们的故事永久地留存下来。因此，他想将口头表达转化为书面叙事，利用纸质媒介的力量，为战友们立下一座永恒的“丰碑”，让子子孙孙都了解到他们的牺牲与伟大。正如曲波所想的那样：“党和祖国的这些好儿子，这样光辉的事迹，我有什么理由不把它更广泛地公诸之于世呢？”

1955年的除夕夜，大雪纷飞，或许是同样的白雪让曲波想起了那片雪原，想到了雪地中杨子荣的那片孤绝身影，他戴雪回家，心绪难平。十年前，他与战友们为了美好的新中国战斗在林海雪原，如今，他平安归家，战友们却长眠地下。身上的雪渐渐被家中的温暖所融化，望着妻子和孩子熟睡的身影，一个埋藏在他心底的念头生根发芽：“我的宿舍是这样温暖舒适，贤妻幼子俱全，这一切，杨子荣同志和高波同志没有看到，更没有享到，他们正是为了我们今天所享受的这些，度过了艰苦的年月，献出了他们最宝贵的生命……”那晚，曲波决定将这些战斗故事写下来，将战友们的事迹传播得更广，用文字为英雄们铸造起“丰碑”。于是，他在《林海雪原》

的开头写下：“以最深的敬意献给我英雄的战友杨子荣、高波等同志。”

曲波用这样的方式，让人民永远记住英雄们，也让英雄以这种方式“活”在了新中国，“看”到了太平年。

怀着对于战友的怀念之情，曲波开启了文学创作之路，但万事开头难，对于写作，他总是自卑的。尽管幼时曾念过私塾，读过小说，可军队出身的他在文学创作领域还是个门外汉，他觉得自己文化底子薄，无法完成一部长篇作品，这样的郁闷压在心底，使得曲波在文学之路上总是止步不前。妻子刘波察觉了他的心情，悄悄地从古书上抄写了一句话给他：“人之学有难易乎？为之，则难者亦易矣；不为，则易者亦难矣！”这极大地振奋了曲波的心情，与其畏惧不前坐在原地，倒不如勇往直前付诸实践。

就这样，曲波利用自己的业余时间开始了“秘密”写作。一下班，他就躲在屋子里专心致志地伏案创作，孩子们看着他那严肃而专注的模样，都以为他是在加班工作，不敢打扰。“回到”那片雪原的曲波，文思泉涌，下笔神速，常常能够一气呵成，每天多则可写 12000 字，少则也能写 8000 字。这当然也离不开妻子刘波的支持。为了让丈夫更好地投入写作，她承担了大部分的家务，并且成了曲波的第一读者和专职誊写员，每誊写完一章，她就随手揪一段毛线装订起来，所以装订文稿的线都和孩子们的毛衣一个颜色。妻子为他解决了后顾之忧，曲波便将主要的精力投入创作中。当他写到战友杨子荣牺牲的章节时，他失眠了。那天深夜，他辗转反侧，既无法起床续写杨子荣牺牲的情节，也无法安心地入眠。回想起与战友相处的点点滴滴，想到杨子荣那单纯而坚定的信仰，曲波不禁泪流满面。那晚，他第一次把睡梦中的妻子叫醒，向她倾诉自己内心的痛苦。最后，经过仔细考量，曲波为小说中的杨子荣写下了一个新的结局，让他“活”了下来，并和另一位主人公少剑波，一起投入新的革命斗争中去。

小说创作到一半，曲波被调到了北京工作。1956年，他完成了这部40万字的长篇小说，并将它命名为《林海雪原荡匪记》。

三、从无人问津到洛阳纸贵

小说完成后，夫妻俩开始为这部作品寻找出版社。由于不了解情况，他们也不知道这部作品应该投向哪里。当年，曲波的家离外文局非常近，楼上挂的牌子里有一个写的是“中国文学杂志社”，抱着从近处尝试的想法，他们拎着两包稿件来到了“中国文学”编辑部。结果到了那里他们才发现，编辑部里都是些外国专家，得知曲波的作品是中文后，他们笑着解释说自己的工作是把中文翻译成外文，建议夫妻俩去作家出版社试试看。但曲波心里却犯了嘀咕，他觉得作家出版社是出版作家作品的，自己只是一个普通人，怎么能够投稿呢？经过编辑们的解释，了解了作家出版社不光出版作家的书籍，只要稿子写得好，谁的都可以出版，他才放下心来。

于是，怀着忐忑的心情，夫妻俩又乘坐公交车来到了作家出版社，将稿子投递到了这里。登记时，曲波再三叮嘱接待员，成与不成都请一定要给个回话。毕竟这部作品耗费了他极大的心血，他很珍惜自己的稿子，也很希望得到专业编辑的评价。

当时的国内出版社数量很少，稿件又很多，编辑常常难以及时审阅每篇小说。在这样的情况下，曲波的作品还是被一位年轻的编辑发现了。这位编辑名叫龙世辉，一开始，当他刚刚打开这部由五颜六色的毛线装订的文稿时，他并不觉得有什么特别之处，只是漫不经心地往下翻阅，结果越看越入迷，奶头山和威虎山的故事深深地吸引了他，少剑波和杨子荣的英雄事迹也令他十分钦佩。读完后，龙世辉怀着激动的心情立即向出版社副社长兼副总编辑楼适夷做了汇报，他指出选题和基础都很不错，但还需要进一步地完善。楼适夷当即任命龙世辉为《林海雪原荡匪记》的责任编辑，负责小说后续的修改出版工作。

投稿20天后，曲波收到了龙世辉的电话，他邀请曲波到出版社去一趟。接到如此简单的电话，曲波觉得这稿子十有八九是要被退回来了，这是叫他去领稿件。他急急忙忙地赶到出版社，刚一坐下便向龙世辉要稿子。这一举动也让龙世辉有些惊讶，他笑着说："稿子我们看过了，很喜欢，决定采用。"曲波这才反应过来此次谈话的目的，心里顿时像炸开了烟花般开心又激动。接下来，龙世辉详细地和他谈了自己对于稿件的意见，他认为，小说的题材非常好，可以看出作者有很丰富的生活经验，具备非常好的改写基础，但是文学性还有所欠缺，还需要在语言、结构上进行改进。随后，他们就小说的结构和剪裁取舍、素材使用等问题进行了深入的讨论。

回家后，根据二人的讨论结果，曲波对小说进行了精心修改。由于自己文学底子不够深厚，在修改过程中曲波也十分虚心，请龙世辉帮忙对一些章节进行加工润色。经过三个月的努力，小说终于定稿，并改名为《林海雪原》。

在龙世辉的推荐下，1957年2月，《人民文学》以《奇袭虎狼窝》为题，从《林海雪原》中选载了《受命》《杨子荣智识小炉匠》《刘勋苍猛擒刁占一》《夜审》《蘑菇老人神话奶头山》《破天险奇袭奶头山》六章，由副主编秦兆阳撰写按语，引起了热烈的反响。同年9月，《林海雪原》由人民文学出版社出版，曲波的妻子亲自题写书名。小说出版后，受到了读者们的热烈欢迎，小说中所讲述的曲折惊险的传奇故事，英勇无畏的革命气概都让读者们印象深刻，曲波也一举成名，成为当时炙手可热的作家之一。据粗略统计，仅至1964年1月，该小说的印数便超过156万册，成为那个时代阅读量最大的作品之一。这部小说还被改编为话剧、电影、连环画，并且被翻译成英、俄、日、挪威、蒙古、越南、朝鲜、阿拉伯等多种文字在国外出版。尤其是被改编为京剧《智取威虎山》之后，获得了巨大的成功，其主人公杨子荣豪迈无畏的气概，坚定不移的信仰，至今都影响着许多人。

“今日痛饮庆功酒，壮志未酬誓不休。来日方长显身手，甘洒热血写春秋。”这段《智取威虎山》的唱词既是英雄杨子荣的心声，也是曲波创作之路的写照。进入和平年代后，曲波并没有沉浸在个人的幸福之中，而是利用业余时间发挥自己的能力，用写作开拓另一方天地，用一腔热血为英勇的烈士们立下跨越时空的“纪念碑”，让英雄们的精神代代相传。

张欣阁

探索书籍装帧的『新』形式

——鲁迅版本档案的分析与研究

张欣阁

2019 年毕业于马德里康普顿斯大学组织传播学专业。曾发表《从公关角度浅谈报纸特点》。2020 年进入中国现代文学馆展览部，协助举办“迎着新生的太阳——庆祝中国共产党成立 100 周年红色经典大展”“初心与手迹——中国现代文学馆馆藏红色经典手稿巡展”“纪念鲁迅先生诞辰 140 周年展”“只可自怡悦，不堪持赠君——纪念汪曾祺诞辰百年书画展”等项目。现任助理馆员，负责展览档案的研究、归纳与管理。

20 探索书籍装帧的“新”形式

——鲁迅版本档案的分析与研究

张欣阁

中国现代文学馆作为集档案馆、展览馆、图书馆于一身的文学博物馆，馆藏资源非常丰富，既有现当代文学的珍贵版本，也有作家手稿、书信、照片、影音、实物等档案资料。在鲁迅诞辰140周年之际，中国现代文学馆举办了“鲁迅先生与书籍装帧”展，笔者在筹备展览的过程中，对鲁迅参与装帧设计的馆藏档案加以分析，几种鲜明的设计风格清晰可见，充分体现了先生在书籍装帧的过程中汲取的不同文化渊源，以及对这些文化传统融会贯通后形成的刻有其“精神内核”的独特表达。

鲁迅是新文化知识分子群体中第一个在自己的作品上注重装帧的实践者和倡导者。他儿时就曾从大舅父那里借来绣像本的《荡寇志》，把里面的一百多张绣像全部描下来。还用纸蒙着画谱，一页页耐心地描画，他对美术的热爱可见一斑。他对书籍装帧的改革和创新有独到的理解，钱君匐在《回忆鲁迅的美术活动续编·我对鲁迅的回忆》中引用了先生自己的话："过去所出的书，书面上（指书籍封面）或者找名人题字，或者采用铅字排印，这些都是老套，我想把它改一改，所以自己来设计了。"①

鲁迅一生共参与设计了六十多种图书封面，创新性地邀请画家为书籍封面绘画，还请友人从苏联、法国、德国购买图书作为设计素材或参考……他对书籍装帧的要求，正如他自己在《热风·随感录四十三》中对于理想美术品的要求："我们所要求的美术品，是表记中国民族知能最高点的标本。"② 这些充满典雅古朴的传统之美、又能体现时代感和民族性的书籍，无疑是珍贵的档案资料，见证了书籍装帧领域的"新"形式的演变，反映出中国书籍从传统线装书向现代书籍的过渡。

1. 传统符号元素

"取其精华、去其糟粕"，鲁迅审慎地看待中国传统文化，又深深植根于中华民族的"民族性"土壤。先生曾言："现在的世界，环境不同，艺术上也必须有地方色彩，庶不至于千篇一律。"③"有地方色彩的，倒容易成为世界的，即为别国所注意。"④ 早在1912年，鲁迅就开始在各地留意各式拓片，在北京、陕北、厦门、上海等地辗转的经历，也促进了他对各个地方特色文化符号的研究；鲁迅一生共搜集有六千多幅拓片。以此为

---

① 钱君匋：《回忆鲁迅的美术活动》（续编），北京：人民美术出版社，1981年，第46—53页。
② 鲁迅：《鲁迅全集·第三卷》，北京：人民文学出版社，2009年，第124页。
③ 鲁迅：《鲁迅手稿全集》（书信函·第十一册），北京：文物出版社，1979年，第8页。
④ 鲁迅：《鲁迅手稿全集》（书信函·第十一册），北京：文物出版社，1979年，第93页。

基础，他在古为今用上做了诸多尝试：古代青铜器纹路、石刻艺术、墓志拓片等中国古代艺术元素都被注入装帧设计，在新的艺术外壳下，展露出强烈的“东方美学”风格。

最早在1923年出版的《桃色的云》上，鲁迅就采用古典图案设计封面，该书是由他翻译的爱罗先珂的童话集。封面上半部分采用汉代石刻的人物、禽兽及流云组成的带状装饰，印红色；封面下边用宋体铅字排写书名和作者名，印黑色。橘红色的云纹和边框错落有致，深沉又不失明艳，与黑色形成上下呼应。整个封面设计紧扣童话《桃色的云》的主题，流露出对春的渴望和对自由的希冀。

鲁迅搜集、研习汉画拓片，不拘泥于形式，他创造性地运用在封面设计上，成为翻译图书装帧设计民族化的成功尝试。1926年出版的高长虹散文集《心的探险》封面同样融入传统图案，青灰的底色上绘制腾云驾雾的龙形，顶部以细碎云纹铺陈，正中为飞腾于云间的群魔，都围绕“心的探险”四字做围攻、试探态，给人耳目一新的视觉冲击。在该书的目录页上，先生特意留下注解：“鲁迅掠取六朝人墓门画像作书面。”这种将图案与书名组合的设计，也开启了书籍装帧图文并茂的新形式。

线装书是中国传统的装帧形式，鲁迅采用线装书体现其设计方法的屈指可数。1931年出版的《梅斐尔德木刻士敏土之图》，首次用中国传统线装方式装帧西洋画册，封面也是传统的中式竖长方形白色块加以宋体书名。但鲁迅并未拘泥传统，为适应画册内容而特意改用西式翻身，中西结合。这个有现代意识的设计古雅有内涵，只可意会难于言传的“东方之美”寓意其中。而后出版的《木刻纪程》《凯绥·珂勒惠支版画选集》在装帧设计上基本也延续了这种方法。

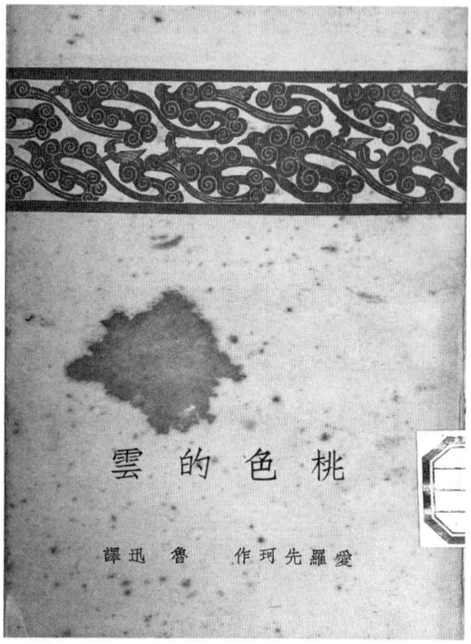

《桃色的云》

《心的探险》

2. 西方插画艺术

鲁迅对西方文化持有“批判性的拿来主义”观点，倡导“洋为中用”：“没有拿来的，人不能自成为新人，没有拿来的，文艺不能自成为新文艺。”[①]在他的装帧设计中，大胆地结合了西方优秀艺术形式，突破性地采用“中西合璧”方式，美观与直观兼具。

1909年的《域外小说集》是鲁迅首次参与封面设计的图书。封面从该书内文中提取典型插画，以点明“翻译书”的特点，使人第一时间便知此

① 鲁迅：《且介亭杂文》，北京：人民文学出版社，1973年，第23页。

《域外小说集》

为外国引进图书；用小篆做书名并位于中间偏上的视觉焦点，文字从右至左排列，汉字书写形式融入民族特色。这种设计方法现在看来比比皆是，但当时来说却是开创性的。

之后诸多翻译书的封面设计鲁迅先生都沿用此法，如《毁灭》《在沙漠上》《奇剑及其他》《小约翰》《一个人的受难》《接吻》等。其间，插画和书名的设计关系不尽相同，先生在这种风格系列中创作了一批优秀的作品，但也有较为表面化的设计。不过在“洋为中用”的探索道路上，鲁迅开拓性的革新创造之功功不可没。

3. 日本设计理念

鲁迅东渡日本求学时期，受到了日本极具民族性的设计理念启发，将素雅、单色、留白等日本典型设计风格融入了他的书籍装帧艺术中。他和与他一同留学日本的知识分子钱君匋、丰子恺、孙福熙等人，共同促进了日本的设计理念在中国的传播和发展。

鲁迅钟情于纯色系，诸多装帧设计都采用白底色，配以红色或黑色书名及作者名。如《中国小说史略》《热风》《南腔北调集》《准风月谈》《且介亭杂文》等。鲁迅先生依托纸张原色，将红黑等基础色表现得古朴沉稳，色彩则起到点睛之笔的作用，这种先进的色彩运用理念同样来源于日本。

此外先生还擅用艺术变体字设计书名，采用现代点、线、面的装饰方法，富于形式韵律和极简风格，具有相当强的现代感。如《而已集》封面，鲁迅手写变形美术字，字体横竖交织排版，加入的圆点元素更增加了形式感。

设计《两地书》封面时，鲁迅在致李小峰的书信中手绘出了基本版式。长方形框内印绿色手写美术体书名，简单大方。

在现代化设计理念的影响下，先生也在色彩上进行了新的尝试，如《壁下译丛》和《艺术论》。以点、线、面作为设计元素，以不同颜色的色块分割、烘托，极具形式感和现代感，同时仍不失鲁迅主张的“民族性”“东方的美”等内涵。

4. 形与魂相融合

鲁迅以笔为枪，永不休战，他不仅用文章批判社会现实，这种批判精神也注入了他的设计。在汲取了中国传统元素符号、西方插画艺术与日本设计风格后，他逐渐形成了自己的设计语言，即将自己独特的“精神内核”注入装帧设计，在书籍封面上也致力于传达出某种声音，试图将设计语言

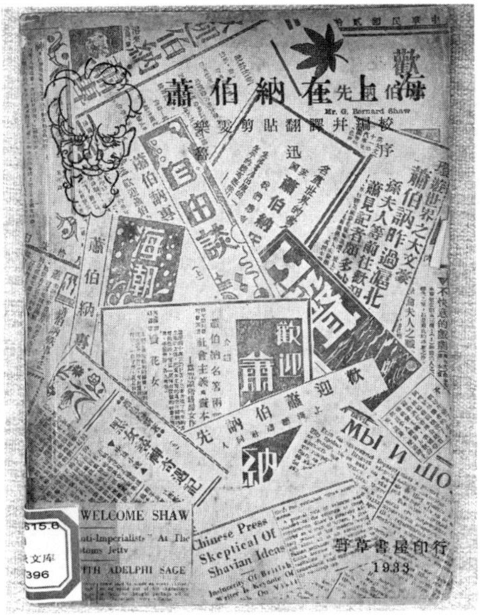

《萧伯纳在上海》

《苦闷的象征》

和艺术与思想意识相融合。至此，鲁迅对社会时弊的反思和对冷漠“看客”、懦弱自欺的“奴隶”的批判等，都能通过书籍封面借以传达。他在这一方面尝试颇多，意图将设计表达的情感与书的内容保持一致，最终呈现了一些优秀的设计作品。

《萧伯纳在上海》的封面上铺天盖地是上海各家报纸刊登萧伯纳来上海的报道，剪切拼凑又互相遮盖，土红色相互穿插，既烘托气氛且很有时代感。黑色的萧伯纳勾线头像位于下方，既能第一时间勾起人们对萧伯纳身份背景的好奇心，又传达了先生对当时社会跟风状态和政府控制舆论的强烈不满。即使拿到今天来看，此种设计也是相当不错的。

《苦闷的象征》的封面上是一位双手被反绑在身后的痛苦女人，周围

《死魂灵》

红色剪影如同一个个冷漠嘲弄的看客，外部社会拿着尖锐的三叉戟抵着女人的脖颈，将她束缚在满是刺的铁圈中。插图完美地传达出了“苦闷”的意涵，鲁迅先生将国民骨子里的冷酷的劣根性表现得淋漓尽致，即使不翻开书页，也能感受到书籍传达的尖锐批判。

《死魂灵》的封面取自珂勒惠支的石版画，图中围绕主人公身边的是一群道貌岸然的卫道士，他们对主人公的阿谀奉承，惺惺作态之状实则讽刺了社会上那些所谓的绅士名流，其丑恶的嘴脸和满腹自欺欺人之言尽数流露。

通过研究这些版本档案，可以清晰地看出“五四”时期书籍装帧的演进：书籍装帧的作用逐渐走向“用美学反映与概括书籍内涵”，甚至承担着“映射一个时代的文化面貌和历史变革”[①]的功能。在西方文化以倾轧之势冲击中国传统时，鲁迅以兼容并包的先进思想和厚重的民族文化精神开拓了现代装帧的道路。在出版行业发展道路上，还有众多的知识分子投身书籍装帧设计中，巴金、沈从文、艾青、胡风、叶灵凤等现代文学家参与设计形成了近代装帧行业的一大特色，他们都试图把自身的文学与艺术的积淀注入书籍装帧中。借由“五四”时期知识分子的尝试，中国现代书籍装帧开始思考其深层意义，书籍封面除了美学追求，更重要的作用是将书籍的内容以生动简洁的视觉化形式展现给读者。正如先生所说：“书籍的插画，原意是装饰书籍，增加读者的兴趣的。但那力量，能补助文字之所不及，所以也是一种宣传画。”[②]

参考文献

1. 杜佰通．论鲁迅书籍装帧艺术的当代思考 [D]. 东北师范大学，2017.

2. 杨永德．鲁迅装帧系年 [M]. 北京：人民美术出版社，2001.

3. 邱陵．书籍装帧艺术简史 [M]. 哈尔滨：黑龙江人民出版社，1984.

4. 王晓明．幸运儿——现当代名人传记之鲁迅传 [J]. 语文世界（初中版），2008（21）：4-7.

5. 上海鲁迅纪念馆、中国美术家协会上海分会：鲁迅与书籍装帧 [M]. 上海：上海人民美术出版社，1981.

① 李予晴：《五四时期鲁迅书籍装帧艺术及其当代思考》，吉林：东北师范大学，2017年，第37页。

② 鲁迅：《鲁迅全集·第四卷》，北京：人民文学出版社，2009年，第340页。

赵雨佳

青春万岁：一代人的初心、初情和试笔

小兵张嘎：沉重而又辛酸的真善美

赵雨佳

赵雨佳，安徽蚌埠人，毕业于首都师范大学，文学硕士，助理研究员，研究方向为中国现当代文学。2019年起任职于中国现代文学馆，积极参与馆藏研究、整理等工作，曾参与国家社会科学基金重大项目《世界性与本土性交汇：莫言文学道路与中国文学的变革研究》，在《文艺争鸣》《文艺报》等刊物发表文章多篇。

21 《青春万岁》：一代人的初心、初情和试笔

赵雨佳

王蒙是当代著名作家、学者，笔耕 60 余年，写下 45 卷文集共计 1600 万余字，作品被翻译成 20 多种文字在各国发行。2019 年 9 月 17 日，国家主席习近平签署主席令，授予王蒙“人民艺术家”国家荣誉称号。

《青春万岁》作为王蒙的处女作，创作于 20 世纪 50 年代。王蒙以他独特的人生经历、文学素养、政治敏感和社会责任感，直接、客观地反映中国当代的重大事件，描摹了青年对人生道路的探索和思考，其作品有丰富的思想文化内涵、强烈的时代性。然而，《青春万岁》的创作与发表并非一帆风顺。

近期，笔者在中国现代文学馆馆藏中发现了 20 世纪 70 年代王蒙致萧殷的书信，在这一封封珍贵的书信中，在字里行间中，可以窥到《青春万岁》的创造过程和出版历程。

由中国现代文学馆、人民文学出版社主办的《王蒙文集》出版暨学术研讨会在中国现代文学馆举行

1953 年，时任北京东四区新民主主义青年团区委副书记的王蒙，怀着无限的理想、激情和热血，写下了自己的处女作《青春万岁》，“歌唱新中国，歌唱金色的日子，歌唱永远的万岁青春”。

《青春万岁》没有描写炮火纷飞的战地时光，而是颇为浪漫地将目光投向一群女高中生，塑造了一个个乐观向上、青春洋溢的女性形象。小说聚焦于 20 世纪 50 年代初期，以北京女七中一群高三学生的生活和学习为主线，描写了郑波、杨蔷云等学生党员对一些生活困难、思想落后的学生如苏宁、呼玛丽、李春等的热心帮助，使她们都能融入学校这一大家庭，最终沐浴着春天的阳光，怀着美好的理想奔向光明的未来。小说通过她们的思考、探索、斗争，不仅探讨了当时学生中普遍存在的矛盾和问题，也展示了一代青年对人生道路的探索和思考，回应了诸多重大时代问题。

一、见证共和国青春：写作的历史语境

王蒙出生于1934年，出生3年就发生了卢沟桥事变，童年在战乱中度过，甚至和同学一起去阜成门玩，还要给站岗的日本兵鞠躬；1945年，王蒙11岁，当宣布日本投降时，他目睹了班上老师、同学的异常兴奋，“那时忽然明白了，中国是我的国家”。亲身经历时代巨变，给王蒙留下了深刻的印象，爱国情怀在他的心中不断滋长，又因讨论政治话题在全市中学生讲演比赛获奖，引起了党组织的注意；1948年，在即将满14岁的时候，王蒙被破例吸收为地下党员，成为一名“少年布尔什维克”。1949年3月，在新中国成立前夕，王蒙“脱离生产”调到了新民主主义青年团北京市委工作。1949年8月，王蒙参加中央团校第二期学习班，毕业后被分配到青年团北京第三区团工委，先后担任中学部和组织部负责人，后来第三区扩大为东四区，任区团委副书记。

可以说，王蒙的童年、少年、青年时光，始终与党、与祖国、与人民同频共振、紧密相连。加之，1949年10月1日，王蒙打着腰鼓去天安门参加开国大典，“新中国成立对我的意义非常大，那是完全进入一个新的时代和世界。我亲眼看见旧中国和旧社会是怎样分崩离析的，到处是危机，百姓没法生活下去”。

亲身经历了旧中国的灭亡与新中国的成立，处于新旧时代交接的王蒙，心中激荡不已：“我一定可以写一部独一无二的书，写从旧社会进入了新社会，从少年时代进入了青年时代，从以政治活动社会活动为主开始了大规模的经济建设，写从黑暗到光明，从束缚到自由，从卑微到尊严，从童真到青春，写眼睛怎样睁开，写一个偌大的世界怎样打开了门户展现在中

国青年的面前，写从欢呼到行动，歌唱新中国，歌唱金色的日子，歌唱永远的万岁青春。”

不过，对一个不到20岁的青年来说，写一部长篇小说，只有一腔热情是不够的。幸而，王蒙不仅有一定的人生经历，也有着丰富的阅读经历，他从小就在中外名著中汲取精神力量，有着较高的文学素养。

二、初生牛犊不怕虎：个人丰富的文学素养

王蒙，其名来自《茶花女》，1934年，其父王锦第正在北大读书，同舍室友有何其芳，而当时何其芳钟爱小仲马的《茶花女》，就建议其父用小说男主人公“阿蒙”的名字作为孩子的名字，王蒙就有了这个名字。或许是这样的因缘际会，让王蒙的一生都与文学结缘。

9岁时，王蒙到“民众教育馆”借阅了雨果的《悲惨世界》，沉浸在以德报怨的主教对冉阿让灵魂的冲击中；10岁时，他狂热阅读和高声朗诵《大学》《孝经》《唐诗三百首》和《苏辛词》；十一二岁时，王蒙不仅读了巴金的《灭亡》、曹禺的《日出》、茅盾的《腐蚀》和《子夜》、鲁迅的《祝福》和《故乡》，还从地下党员那里借来华岗的《社会发展史纲》、艾思奇的《大众哲学》、新知书店的社会科学丛书如杜民的《论社会主义革命》、黄炎培的《延安归来》与赵树理的《李有才板话》；后来工作中，他阅读了加里宁的《论共产主义教育》和列宁在苏联共青团代表大会上的讲话——《共青团的任务》，这些书籍大大鼓舞了他的工作热情，让他的工作充满干劲。对这一段阅读经历，王蒙自述道：“鲁迅使我严峻，巴金使我燃烧，托尔斯泰使我赞美，巴尔扎克使我警悚，歌德使我敬佩，契诃夫使我温柔

忧郁，法捷耶夫使我敬仰感叹……”

在诸多中外文学经典的滋润下，加之他目睹了新旧社会交替、新中国万象更新的盛况，作为历史的见证者和参与者，他认为自己有责任把这段历史时期和这段历史时期的少年、青年的心史记录下来，这就是《青春万岁》的创作缘起。

三、二十六年的等待：出版的波折与坎坷

1953年初冬，刚刚过完19岁生日，王蒙购买了几个16开的大笔记本，开始写下一页页潦草的小说草稿。他打算歌唱新中国的诞生、新中国的朝气、新中国的第一代年轻人，写下这一代人的初心、初情和试笔。

1954年冬，经过了一整年的艰苦努力，《青春万岁》初稿诞生了。完成初稿后，王蒙想起了父亲的一位同乡、同学，即来自老解放区、时任北京电影制片厂编剧的潘之汀，就将初稿送给了他。潘之汀读后十分欣赏，又介绍给了中国青年出版社文艺室负责人吴小武（即作家萧也牧），随后又交给编辑刘令蒙审稿。然而，却因为种种原因，一直没有消息。经过漫长的等待后，1955年冬天，王蒙见到了吴小武和中国作协青年工作委员会副主任、老作家萧殷，两位师长高度评价了小说的艺术感觉和王蒙的创作激情，也指出稿子的问题在于缺乏主线。听罢，王蒙下定决心开始修改此稿。

1956年初，在萧殷的帮助下，由中国作家协会出具公函，为在团市委工作的王蒙请了半年的“创作假”，以便他集中精力修改书稿。这次改稿历时五个月，从1956年4月动笔，到9月定稿，王蒙为小说加上了序诗：“所有的日子／所有的日子都来吧／让我们编织你们……”诗人邵燕祥则为

之补充上了“用青春的金线 / 和幸福的璎珞 / 编织你们”一句。

在改稿期间，他又写下了短篇小说《组织部来了个年轻人》，刊发在 9 月号的《人民文学》上，名字改为了《组织部新来的青年人》，引起了爆炸性的轰动。与此同时，《青春万岁》已在中青社通过三审。1956 年 9 月 30 日，《北京日报》以“金色的日子”为题，选登了小说的最后一章；年底，中国作协党组书记、老作家刘白羽在《人民日报》上撰文预告文学新人的成绩，赞赏张晓的《工地上的星光》与王蒙的《青春万岁》反映了文学新人的成果；1957 年 1 月 11 日到 2 月 18 日，《文汇报 · 笔会》副刊连载了小说近三分之一的内容。王蒙的创作一帆风顺，自此正式走入了文坛，成为一颗文坛新星。

然而，文学创作与政治生活紧密相连，政治上的风云突变影响了文坛。1958 年 5 月，王蒙被开除党籍，8 月下放去京郊劳动，《青春万岁》的出版计划也随之搁浅了。

1961 年，政策有所松动，小说的出版再度提上日程，人民文学出版社打听了书稿情况，中青社请《文艺报》负责人冯牧审读书稿，冯牧认为小说没有问题，根据当时的政治形势，建议可以减少“苏联”内容，于是王蒙开始删改小说中提到的苏联歌曲、书籍，如把苏联电影《普通一兵》改为《把一切献给党》，把苏联民歌改为陕北信天游小调。这是王蒙修改的第二稿。八届十中全会后，中青社将书稿报至上级团中央，团中央一位书记刘导生认为书中没写出知识分子和工农兵的结合，邵荃麟同样认为与工农兵结合的问题不可忽视，《青春万岁》出版事宜再一次被搁浅。

1963 年 12 月下旬，随着形势越发紧张，王蒙和妻子破釜沉舟，远走新疆，一待就是 16 年，这期间《青春万岁》的出版进入冰冻时期。1978 年，

《青春万岁》

“文革”结束，《青春万岁》的出版再次成为可能。在人民文学出版社负责人韦君宜的帮助下，王蒙对小说进行了第三次修改：一是删减了与情爱相关的内容，避免“不健康思想”。如弱化了杨蔷云、苏君、张世群之间的关系，删减了杨蔷云的恋爱心绪等内容。二是删除了结尾处毛主席的现身，由原来的毛主席现身天安门，与同学们亲切交流，改为了袁新枝看到一辆深夜疾驰的车认为是毛主席经过。随后，1979 年 4 月，《北京文艺》第四期刊载了全书的第 2 节到第 5 节。1979 年 5 月，《青春万岁》由人民文学出版社正式出版，印数 17 万册。

从 1953 年动笔，到 1979 年正式出版，历经了 26 年的风风雨雨，经历了 26 年的波折与坎坷，经历了 26 年的三易其稿，《青春万岁》终于正式与读者见面。

四、余音袅袅荡气回肠：影响一代人的青春岁月

《青春万岁》自1979年出版后，随后被翻译成阿拉伯文、朝鲜文和蒙古文等多种文字，影响深远。

据王蒙本人回忆，在1979年《青春万岁》刚出版时，“一个晚上，有十来个当年的中学生，来找我和我的爱人，我们一起冒着时下时停的小雨到劳动人民文化宫去了，我们在一起唱了许多当年的歌曲，朗诵了当年喜爱的诗篇”。

1982年，《青春万岁》被评为全国中学生最爱读的十本书之一。其实，不仅是受到中学生的欢迎，不少中年人也在阅读《青春万岁》中找到了自己的回忆、自己的青春：“《青春万岁》唤醒了我珍藏在心灵深处的记忆，回想使我的心情难以平静，使我留恋，也使我向往。人为了前进，总免不了要回忆过去。你的书在我心中引起的回忆，不是彷徨和悔恨，而是奋发和自豪。我相信，这枝经过风雨的吹打而倍加鲜艳的花朵，会使我们这一代人壮志满怀、青春焕发；也会帮助我们的孩子们懂得怎样度过他们青春的年华。”

与此同时，电影的改编上映也正在紧锣密鼓地筹备着。20世纪70年代末，编剧张弦着手开始对小说进行改编：“对我来说，《青春万岁》不是一部平常的小说，那里有我无法忘怀的我们的青春时代。”1983年，经过重重努力，由黄蜀芹导演的同名电影《青春万岁》上映，1984年荣获苏联塔什干亚非拉电影节纪念奖，成为影响一代又一代人的青春电影。

如今，《青春万岁》已经发行超百万册，早已经超出了文学范畴的影响，它不仅仅是一个书名，更是一个口号，是关于青春最嘹亮的声音。

“我们的青春像烈火般的鲜红，燃烧在充满荆棘的原野。我们的青春像海燕般的英勇，飞翔在暴风雨的天空。”青春，充满了理想、充满了激情、充满了力量、充满了献身精神，在见证、参与了新中国成立之后，1953 年的冬天，王蒙写下了《青春万岁》，至此余音袅袅，影响一代人的青春岁月。

22 《小兵张嘎》：沉重而又辛酸的真善美

赵雨佳

歪戴破草帽，手拿木杆枪，身穿白褂子，光着小脚丫；只有13岁，却擅游泳，会爬树，能摔跤，还爱咬人。他机灵透顶、野气逼人，他英勇顽强、爱憎分明，他敢闯敢说敢干，在任何时候、任何情况下都保持着乐观主义精神和革命英雄主义精神，他就是“浑身嘎气、纯净生动”的八路军小英雄张嘎。《小兵张嘎》自1961年问世以来，几经重印，久享盛誉，发行量达千万册，始终焕发着强大的感召力和生命力，成为数代人的记忆。

张嘎稚嫩纯真，其故事生动细腻，洋溢着浪漫主义的色彩。而作者徐光耀在创作《小兵张嘎》时，却正经历着生命中的至难至暗时刻：“他用他的笔让嘎子活了，而被他创造的嘎子也让他活了下去。他们在一个非常时刻相互成全了彼此。却原来，在这个嘎孩子、这个中国人那样喜爱的小老百姓身上，承载着徐光耀心中如此沉重而又辛酸的真善美！”

一、《小兵张嘎》之父：作家徐光耀

徐光耀，生于 1925 年，13 岁参加八路军，同年加入中国共产党，亲历抗日战争、解放战争、抗美援朝战争，参加大小战斗 100 余次，多次出生入死，见证了新中国的成立、中华民族的崛起。作为一名战士，他在枪林弹雨中成长起来，亲历生与死、血与泪的战争；作为一名作家，他著有《平原烈火》《小兵张嘎》《四百生灵》《望日莲》《乡亲们哪》《杀人布告》《冷暖灾星》等多部小说和电影剧本。

徐光耀 5 岁那年，母亲去世了，他在大姐的照料下，听着木匠爸爸讲述的故事成长起来。从小，他就对文学有着莫大的兴趣，听父亲讲“傻小子拜年”“傻姑爷娶亲”“财迷请客”“王小扛活”等民间笑话，以及《打渔杀家》《捉放曹》《六月雪》和《牧羊圈》等大戏，阅读《三侠剑》《精忠岳传》《奇巧冤》《包公案》《施公案》《七侠五义》和《隋唐演义》等英雄传奇书籍，具备一定的文学功底。然而，求学之路却因卢沟桥事变爆发、私塾关门而中断。

1938 年春，八路军第一二〇师某部进驻段岗村，其中有一个班的战士被安排住到徐光耀家。村里的八路迈着整齐的步伐、唱着雄壮的军歌，进门就扫地挑水、喊大伯大娘，整肃严明的军纪和浓浓的军民鱼水情深深打动了徐光耀，近距离的朝夕相处，让徐光耀萌生了当兵的想法，“不当亡国奴、要当兵打鬼子”。不久，部队开拔，徐光耀一心想成为一名八路，报效祖国，他不顾父亲的阻挠，哭了七天七夜，终于让父亲松了口。几天后，徐光耀赶到昝岗镇，追上了这支部队，报名后成为第一二〇师第三五九旅特务营的一名战士。参军半年多后，徐光耀目睹了共产党员开会，敬佩党员们的精神，就写了入党申请书。那年他才13岁，怕别人嫌自己年纪小，机智应答："牛大马大，能打鬼子吗？"很快，徐光耀就成了一名光荣的党员。

1939年春，徐光耀所在的特务团与冀中民军合编为冀中民众抗日自卫军（简称"民抗"），徐光耀也被调入"民抗"新成立的政治部下设的锄奸科，当了文书。1940年7月，徐光耀被提拔为正排级的技术书记，并被选送去参加冀中军区举办的锄奸干部培训班。

几年间，徐光耀昼伏夜出，在枪弹之间不断突围，积累了丰富的战斗经验。1942年，侵华日军纠集日伪军五万余人，开始"拉网式""梳篦式"大"扫荡"，根据地惨遭破坏，冀中军区部队减员1.68万人，被杀、被捕群众达5万余人，根据地全部变为沦陷区和游击区。无数的英雄为了胜利而壮烈牺牲，无辜的百姓惨遭杀戮，在亲历了"五一大扫荡"后，徐光耀对法西斯主义的暴行与残酷有了刻骨铭心的体验，他更深刻认识到了中华儿女视死如归、宁死不屈的民族气节，不畏强暴、血战到底的英雄气概，他渴望把这种伟大的精神表达出来，渴望把一个个鲜活的故事写出来，渴望让一个个鲜活的生命不朽。

徐光耀曾自述道："我走上文学之路，是由于生活的刺激，加上对敌人的仇恨，对人民斗争精神的热爱。"加之，在行军途中，徐光耀酷爱文学作品，先后阅读了《聊斋志异》《西游记》《老残游记》等古典文学名著，并涉猎了鲁迅、茅盾、叶绍钧、冰心和巴金等现代作家的进步书籍；又跟战友比着背诗，又写诗、写顺口溜，《雪夜行军》就是在这一时期写成的，这都让他有了深厚的积累。从1942年开始，徐光耀以笔名"越风"写了不少的通讯，如《猛将王峰》《攻克码头李》，登载在《火线报》《冀中导报》《团结报》等报上。

1944 年 7 月中旬，徐光耀被调到第六分区司令部任军事报道参谋。次年 3 月，他又被调至政治部宣传科任摄影记者，旋即调入前线剧社。在此期间，徐光耀写作了许多报告文学，然而渐渐地，他感到创作的局限性："报告文学在艺术上不能让人尽兴，真正地要表现那个时代，用活灵活现的人物去感动人，还得靠小说这种艺术形式。它能让我在现实的基础上插上想象的翅膀。"于是，他白天下乡下连，晚上写作，积极响应"八年抗战写作运动"。然而，这一时期的文学反响并不大。

1947 年，徐光耀 22 岁，一个偶然的机会，他插班进入华北联大文艺学院文学系，学习了八个月，了解了文学上的基础知识，认识到文学作品中人物形象的重要性。这一段学习经历，为徐光耀日后的写作打下了坚实的基础，"同时也朦朦胧胧地觉得，表现'五一大扫荡'的责任，自己也要担负起来。所以，我就留心起来，把经历过的战斗、事件，把认识的一些战斗英雄，记到一个小本子上"。

1949 年夏，解放战争接近尾声，部队在天津休整。亲历了绥远战役、平津张战役、太原战役以及解放战争的一步步胜利后，徐光耀决定以笔为戈、以纸为戎，把战地故事、战地英雄记录下来。7 月 7 日这一天，徐光耀请了创作假，将抗日战争中牺牲的司令员王先臣的遗像挂在墙上，以"五一大扫荡"为素材，开始了《平原烈火》的写作，只用了两个月的时间，就完成了初稿。1950 年，长篇小说《平原烈火》由人民文学出版社出版。这不仅是徐光耀的第一部长篇小说，也是新中国成立后第一部反映八路军抗战的长篇小说，具有重要意义。

《平原烈火》甫一问世，即引起轰动，当年就重印 4 次、印刷 6 万册。不仅社会反响好，更得到了文艺界的认可。1953 年周扬在第二次文代会上做大会报告，谈起新中国成立后的文学创作，提到了两部长篇小说，其中之一就是《平原烈火》；丁玲亦高度评价这部作品，认为这部作品与当时流行的苏联作家西蒙诺夫的《日日夜夜》相比，只差了那么一点点。

二、“嘎子”的故事：困境中的新生

然而，政治风云突变，引发了文坛震荡。1957年，徐光耀受到开除党籍军籍、剥夺军衔、降职降薪以及下放劳动改造的处分。

被斗了几个月后，徐光耀闭门思过，没有任务，没有工作。他陷入深深的痛苦之中：“我13岁参加八路军，13岁入党，在党的机密部门工作，一向表现很好，是党的非常可靠的骨干人物。就因写了一封实事求是的信，就成了反党分子、成了右派？这我内心怎么也接受不了，怎么想怎么冤枉。我怎么会反党呢？把党反倒了我去哪里呢？我在党的怀抱里长大，在部队里成人，竟然成了右派……”在这样的苦闷的环境中，他几近崩溃，精神甚至出现错乱。

正是绝望时，他突然想到了以前读过的一本苏联图书《普通心理学》，上面有八字大法“集中精力，转移方向”，于是他决心埋头创作，振作自己。面对困境，徐光耀没有自我放逐，而是选择我笔写我心，始终不改其英雄本色。

“写文章，一口血喷在桌子上，也是死。决心既下，第一步是先找题材。给自己定个规矩：不管写啥，一定要轻松愉快，能逗自己乐的，至少能使眼下的沉重暂时放松。这就很自然地想到了《平原烈火》，其中有个小鬼‘瞪眼虎’，出场时，曾是挺活跃的，可后来被主角挤到一边去，没啥事可干，最后只得蔫不唧儿的结束。一位老战友看了批评说，你怎么把个挺可爱的孩子写丢了呢？那好吧，现在就把他抓回来吧，能逗我笑的就是他。”

“瞪眼虎”的原型是抗战时期赵县县大队的小侦察员，他屡建奇功，在邻近几个县声名远扬，是带有传奇色彩的英雄人物。于是，徐光耀沿着这条线，照着“瞪眼虎”这个小八路的形象，“把平生所见所闻、所知所得的‘嘎人嘎事’，尽力搜寻，桌上放张纸，想起一点记一点，忆起一条记一条，大嘎子、小嘎子，新嘎子、老嘎子，尽都蹦蹦跳跳，奔涌而至……尤其抗日时那些嘎不溜丢的小八路们，竟伴着硝烟战火，笑眯眯地争先赶来。不多几天，那具有情节功能的嘎人嘎事，竟拉成一个长长的单子”。在这样长长的单子下，一个质朴、可爱、正义又勇敢的嘎子跃然纸上。

1958 年 1 月 23 日这天，徐光耀悄悄地动起笔来。起初，他是准备写电影剧本《小兵张嘎》，然而，剧本写到一半，徐光耀遇到了拦路虎——“嘎子坐禁闭后怎么出来，我写不下去了。嘎子有个性，批评他的话，他会跟领导辩论。电影一争论，戏就没法子看了”。沉思三天后，他决定走回老路，写自己熟悉的小说。这次，小说的创作非常顺利，不到一个月的时间，7 万字的中篇小说《小兵张嘎》便完成了。小说完成后，他用婉转的手法处理了写作的难题，一鼓作气完成了电影剧本。然而，不久后，徐光耀被正式戴上了右派帽子，小说和剧本就都搁置了。

一年后，徐光耀顺利摘了右派帽子，成了保定市文联的工作人员。1961 年 10 月，《河北文学》的编辑张庆田去保定组稿，遇到了徐光耀，也遇到了《小兵张嘎》。很快，这部小说发表在当年《河北文学》六、七期合刊上。第二年，小说单行本出版发行；《北京晚报》进行了连载。1963 年，电影《小兵张嘎》在全国上映，引起很大轰动。

小说《小兵张嘎》1962年出版以来，再版了20多次，并被译为英、印、蒙、德、泰、朝、阿拉伯、塞尔维亚等多种文字。1980年获第二次全国少年儿童文艺创作评奖小说和电影一等奖，入选“百部爱国主义教育图书”，编入“世界反法西斯文学大系”“共和国儿童文学名著”等书系，选入教育部语文新课标推荐阅读丛书，总发行量高达千万册，《小兵张嘎》成为新中国老中青数代人的共同记忆。

究其根本，《小兵张嘎》受到广泛喜爱，不仅是因为其曲折的故事情节、生动细腻的描写、机智勇敢的人物，还是因为其背后浓浓的爱国热情、奋勇抗争的大无畏精神，更是因为其创作者徐光耀在创作过程中贯穿始终的乐观、坚定与向上。